La Peste
鼠疫

卡繆 著
Albert Camus
顏湘如 譯

各界好評

一個關於人心最深的恐懼、關於生存與復甦、關於人類如何面對死亡的扣人心弦的故事。《鼠疫》是一部筆觸簡潔又具有史詩般恢弘氣勢的傑出小說，同時也是一篇反映出恆久不變的道德觀的寓言，與我們這個時代息息相關。在北非的濱海城鎮奧蘭，鼠疫爆發前出現了一連串預兆，卻都被忽視。接著它逐漸變成無所不在的事實，抹滅過去的一切痕跡，逼使受害者陷入超乎尋常的極端痛苦、瘋狂與憐憫之中。

——Goodreads讀書網

《鼠疫》主要講述的是死亡，但也談到了如何「選擇生存」。我們是否像奧蘭的居民一樣，過一天算一天，沒有真正去思考，而是把一切視為理所當然，懵懂、無感地麻木度日？或者我們是認真地正視死亡（並進而正視生命），不將任何事視為理所當然，懂得留意並欣賞我們的複雜與天賦才能，努力追求真理，並盡力做個好人？不管真相有多令人痛苦、有多難以面對，我們是否都能鼓起勇氣面對？我們能克服嗎？我們有沒有努力地成為他人與我們自己心中真正的英雄？

——Goodreads讀書網讀者Ben

這部以感性寫就的文學作品檢視了人類心理的長短處，最終堪稱研究人類的著作。書中一系列人物因遭遇同樣的災難（鼠疫）而命運相連，讀者可以透過這些人看見他們各自的哲理、信念與處理疫病所帶來的壓力的方式。這是個富含哲理的故事，必定能讓讀者對其結論多加深思。

我很喜歡這本書，覺得文字非常多采多姿又生動，還曾經有幾次特別中斷閱讀以記下書中語句。我想凡是對社會學、心理學、倫理學與人類學感興趣的人，都應該會對此書感興趣。至於熱愛存在主義者卡繆的讀者，就更非看不可了。

——Goodreads 讀書網讀者 Kassi

卡繆是個極富憐憫心的作家，加上流暢的文筆與樂觀的態度，在在使得閱讀其作品成為一大樂趣。他最廣為流傳的小說《異鄉人》描述的是若無任何明確意義，人就不可能活在世上，但《鼠疫》呈現的卻恰恰相反：即使看似毫無目的，也還是可能有目的存在。在阿爾及利亞的奧蘭爆發了一場鼠疫，故事描述五名主要人物如何奮力去面對疫病所帶來的絕對的隔離。這部小說暗喻著被納粹占據的巴黎，它讓我們看到一個人即便面臨徹底的絕望與重大潰敗，仍然可以有所作為。或許正因為此書與《飛越杜鵑窩》有些類似之處，我才會那麼喜歡。

——Goodreads 讀書網讀者 Ann

每當看了有關災難或災難後的書或是類似電影，我都會想到《鼠疫》。我想到當初這本書是某堂課的指定讀物，結果我經常看得比老師指派的還多，因為實在好看得讓人不忍釋手。卡繆不僅將一個慘烈故事講述得如此真實，也講述得十分高明。其他作家可能需要二十個字來表達的東西，他只需八個字。在許多方面，敘述某種致命疾病迅速奪去大量城鎮居民的性命，導致城鎮近乎與世隔絕的故事是相當令人沮喪的。然而，總還是有一絲希望，和一股找尋天際光明的欲望，這欲望本身是那麼值得讚歎，又是那麼真實地反映出許多人儘管受盡苦難卻仍保有的本性。這則故事無關疾病與災難，而是關乎對抗與存活。

——Goodreads 讀書網讀者 Kat

多美好的一本書！無論視為一座疫病城市生與死的直接敘述，或是集中營的暗喻，或是生命本身的暗喻，這部小說都以引人入勝的手法檢視了人類的狀態。書中主角體現了人類最高與最基本的動機，也證明了在「被拋棄狀態」之中，我們也能藉由理性與情感克服逆境。卡繆將一群非常平凡的人放到極不平凡的情況中，藉此證明我們可以從無意義中創造意義，並透過攜手合作挑戰不可能成功的任務來尋得力量與平和。

——Goodreads 讀書網讀者 Michael

這本書是有疑心病者的氪星石。我真的勤洗了好幾個月的手，而且每次在巷弄裡看到死老鼠就打算逃之夭夭。讀此書時我還沒有孩子，但即便如此，看到卡繆描述一名孩童罹患鼠疫的死狀還是深感震驚。此書膽小者不宜。它會先殺害你，又使你復活，然後再次威脅你的性命。

——Goodreads 讀書網讀者 Jessica

我認為在每個文學與藝術流派中，都有一部特別突出的作品堪稱為：一、該流派的代表作；二、以自身魅力贏得那些不喜歡或不認同其流派者青睞的佳作。對我而言，《我會活下去》是迪斯可音樂的代表；《神隱少女》是日本動畫的代表；而《鼠疫》則是法國存在主義的代表。

——Shepherd University 英文系教授 Michael Austin

無法抗拒的無意義感是卡繆所有作品中的共同敵人。《鼠疫》比喻的是人生在世，在精神層面上困擾並威脅到生存的兩難。不過同時也可以分成多個層次閱讀。你可以把它看成象徵納粹占領的法國，或法國占領的阿爾及利亞，又或是人類面對歷史事件、時間、宇宙時感到絕望的狀況。卡繆的主角經常接近於放棄或漠然，但仍會在某些人類基本需求的驅策下前進，儘管意識到成功的機率渺茫，還是會持續不懈。卡繆最愛純潔的大地，他書中的場景（例如讓一個人獨自看海）每每呈現一種本能的感覺，讓他有別於如沙特之輩的百分之百知性。這本書每次讀來都有不同感受。閱讀之際世上正在發生的事會影響你對內容的解讀。寓言的力量之所以強大是因為你會在不知不覺中受影響，就像神話。有些寓言感覺真實，有些則不然。此書掌握了一種感覺：生命就是持續不斷地對抗一個完全無法指名與確認的敵人（而這種感覺或許便是本書的部分力量與魅力所在）。

——Amazon網路書店讀者Doug Anderson

多年前上高中時曾讀過此書，如今又再次重讀。當年，老師說這本書是描述人類對抗無意義的宇宙的掙扎哲思。即便如此，我卻發現在我們開始處理SARS流行病（二〇〇三年四月）時，此書變得更吸引人了。卡繆書中所描述的流行病與亞洲的SARS之間，相似度驚人，尤其是人們面臨危機時的反應。其實無須將這個故事學理化，稱之為政治或哲學寓言。若是把它當成真實的（小說式）報導文學看，會更令人感到驚慌不安。

——Amazon網路書店讀者C. Paul Lee

卡繆的倫理觀：求善與驅惡

文：吳錫德（淡江大學法文系教授）

「鼠疫」號稱人類有史以來最危險的傳染病，習稱「黑死病」，因患者末期會皮下出血，全身發黑而死去。約莫在一三四〇年代發生在亞洲西南，之後傳遍整個歐洲，造成七千五百萬人死亡，使中世紀的歐洲人口折損了三成。其致命的病毒到十八世紀才逐漸失去威力。

鼠疫改變了歐洲的歷史、生活乃至生存，進而影響了全世界。因為這個病毒是全人類的公敵，有關它的主題便散見在歷代的文學作品裡，其中尤以義大利人文作家薄伽丘（G. Boccaccio, 1313-1375）的《十日談》最為著名。寫的正是一三四八年發生在義大利的大瘟疫。這本名著也標示人們追求「活在當下」新的生活態度。卡繆的這本《鼠疫》（*La Peste*，另譯為《瘟疫》及《黑死病》）也強調個人的生存與抉擇，但與之截然不同的是，前者選擇逃避，十個人（三男七女）逃離災區，極盡可能地尋歡作樂；後者發揮博愛，投入救災，甚至捨身取義。當中唯一的共同點就是抨擊傳統的價值觀，尤其針對基督教會。卡繆不僅挖苦基督教士，否認來世，更以辯證法來捍衛個人追求幸福的正當性。

「鼠疫」的寓意

這本被法國學術界稱譽為二戰後最好的一部小說（卡繆之前的處女作《異鄉人》也在一九四三年被沙特譽為二戰期間法國最好的一部小說），一九四七年一出刊即洛陽紙貴，在短短三個月內就售出九萬六千本。截至目前為止它的發行量已超過六百萬冊。第一個中文譯本是一九六九年由周行之譯自英文的版本。這部作品受到如此歡迎除了新穎高超的文字技巧及敘述手法外，最關鍵的還是書中所洋溢的人道主義關懷，以及對情節背景「似曾相識」的高度認同。

《鼠疫》基本上是一部寓言小說，雖然故事的時空背景確實可徵：一九四〇年代、阿爾及利亞第二大城奧蘭省的省會奧蘭市（Oran，阿拉伯文為Wahrān，「雙獅」之意，塞萬提斯的唐・吉訶德曾到此城落腳，它亦是卡繆妻子的娘家）。一九四一至四二年間此地曾爆發斑疹傷寒，染病人數多達二十餘萬人，當局曾進行大規模的隔離。但這些只是提供卡繆書寫的素材。事實上，早在一九三八年（卡繆時年二十五歲），在他的文學筆記《札記》裡已出現不少日後寫進《鼠疫》的記述。一九四一年三月，他在《札記》中寫道：「關於奧蘭，寫一部無關緊要且荒謬的傳記。」同年四月，他首次提到「一部關於鼠疫及冒險的小說」，並羅列了小說的角色及大綱。在這期間，他大量閱讀關於鼠疫的醫學報告、發展史及相關小說、記敘，甚至還包括一位名叫安德里安・普魯斯特（Adrien Proust）所寫的《歐洲防疫和一八九七年威尼斯大會》的專論。此書作者正是鼎鼎大名的文豪普魯斯特的父親。

一九四二至四三年間他利用避居及養病之餘寫成了初稿。一九四三年曾發表一篇〈鼠疫的流亡者〉，其中部分內容出現在《鼠疫》的第二部裡。之後又陸續做了修訂及增補，尤其把納粹占領法國期間的許多事件一併寫進書裡，以及光復後諸多真人真事嵌進文本，於一九四七年竟書出版。小說出乎意料的成功及轟動，也隨即獲頒「評論家獎」（Prix des Critiques）。旅美途中的沙特也放棄原先預定的講題，即興又熱情洋溢的談起這本新問世的小說。

有關鼠疫的寓意有著多層含義，一九四二年卡繆在《札記》裡寫道：「我想通過鼠疫來表達我們曾經遭受的壓迫和我們生活在其中的威脅及流亡的氣氛。同時，我想使這層含義擴展到一般意義上講的生存概念。」書出不久，也有來自左翼知識界對他的批判（尤其是羅蘭．巴特的指責），指出他的作品過於道德傾向、過於偏安、過於置身度外等等。他回駁說：「我希望人們在幾個意義上閱讀《鼠疫》，但是，它最明顯的意義是歐洲對納粹主義的抵抗。證據就是，雖未指明，但是在歐洲的每個人都認出了它。」

很明顯地，「鼠疫」就是造成人類痛楚的一切「惡」。舉凡暴力、戰爭、納粹、極權、人生的苦難（仳離、孤寂、疾病、流亡、死別等等）。它同時也包含某些政治及社會批判：基督教會的顢頇及偽善、戰後法國社會的停滯及僵化，以及違反人性的死刑處決。卡繆更直接點出奧蘭居民的墨守成規及麻木不仁等等。

從荒謬到反抗

一九四七年六月，卡繆在他的《札記》將其作品及未來的文學創作構思分成三個階段；「荒謬」系列：《異鄉人》、《薛西弗斯的神話》、《卡利古拉》、《誤會》；「反抗」系列：《鼠疫》、《反抗者》（一九五一）；第三系列則以「愛」（Amour）為主題。這個「愛」可以是親情、愛情、友情、博愛，甚至希望、認同等。其後完成的作品以其傳記《第一人》（一九九四）為代表。

早期人們輕率地將卡繆歸類為「荒謬作家」，如同彼時流行的「荒謬劇」的劇作家那般，或者是個人主義傾向的「存在主義作家」。沙特很早就看出端倪，他說過卡繆是「點出荒謬從而反對荒謬的作家」。我們生存的世界本身就充滿著荒謬，人有生老病死、富貴貧賤。卡繆提醒我們荒謬的存在；荒謬的不是世界，也不是人，而是存在於這兩者之間的關係。唯有透過「反抗」，才能取得平衡，也才能開創。《鼠疫》揭示了人類與荒謬的關係，以及人類面對荒謬所應採取的態度。其最終意旨在於，人類要走出荒謬的狀態。

卡繆在書中指引了方向，那就是人類有權追求「幸福」，而唯有透過「反抗」才能獲致這個「幸福」。換言之，人類的社會本就是以荒謬的形式存在，它令人心灰意冷，也教人卻步不前。唯有「反抗」，才能開創。同時也應積極介入到社會，這樣才能成為一個幸福的人，進而邁向一個理想的王國。但卡繆強調的毋寧是一種普世的、天職式的「介入」，而非像沙特所主張的意識形態的「訴求」。畢竟，人是被「投入」到世界、被「捲入」到時局裡。重要的是要清醒的覺察到自身的環境，去發覺荒謬的存在。這應就是卡繆存在主義哲學的起點：「覺醒」（或者「頓悟」）。反之，麻木不仁才是最可怕的。卡繆說過：「世界上的罪惡差不多總是由愚昧無知造成的。沒有見識的善良願望會同罪惡帶來同樣多的損害。」

一九五七年十月，瑞典諾貝爾基金會以「以明澈認真的態度，闡明了當代人良心所面臨的問題。（……）以完全純藝術風格的高度濃縮，把人類心靈中的種種問題，不加注釋地通過角色與情節，活生生地呈現在我們面前」授予他年度的文學獎得主。時過近半世紀，如今讀來，可說相當適切地點出卡繆思想的核心所在。

從現實到神話

《鼠疫》一書係以「紀事」（chronique）方式呈現，即以時間的順序記載事件的發展。從一九四〇年代的某個四月十六日爆發疫情說起，歷十個月解除隔離為止。以具體的時空描述一場想像中的大災禍。鼠疫遂成了一個殘酷的實驗室，檢驗著每一個人：醫生李厄、憤怒知青塔盧、神父潘尼祿、公務員葛朗、新聞記者藍柏、走私商人柯塔，每個人都以自己的方式表明了對待鼠疫的態度。最後，除柯塔外，所有的人都一起組成了防疫義工隊。

小說以冷靜、平淡、紓徐不迫的口吻敘述了一場攸關生死、驚心動魄的大災禍。情節發展中穿插許多人生哲理的辯證與對話。敘述的手法尤見新猷，事件的敘述者幾乎隱姓埋名，讀者是到了第三部才赫然發現，原來作者就是第一男主角李厄醫生（本書沒有女性角色）。但細心的讀者也能發現那位憤怒的知青塔盧又何嘗不是卡繆本人！他極端又沉痛地提出他的時代訴求。

一改《異鄉人》中的冷漠、平和及事不關己，《鼠疫》的文字有血有肉，論證犀利、譏諷挖苦、又鋪陳許多真實事件及黑色幽默。卡繆十分欽佩美國作家梅爾維爾（H. Melville）創作《白鯨記》的敘述手法。他說：「（《白鯨記》是）人們所能想像出來的關於人對邪惡開戰的最感動人的神話之一。」又說：「像所有偉大的藝術家一樣，梅爾維爾是根據具體事物創造象徵物，而不是在幻想中創造的。神話的創造者只有以現實的厚度為依據來寫神話，而不是在想像的瞬間進行創造才算得上是天才。」

談到他所追求的藝術風格，卡繆在《反抗者》一書中論述道：「藝術家對取之於現實的因素重新進行分配，並且通過語言手段做出修訂，這種修訂就叫做風格，他使再創造的世界具有統一性和一定的限度。」卡繆可說充分掌握現實與神話的力量，並給予藝術化處理，使這部小說提升為一部既具象徵意涵，又貼合現實的作品。卡繆成功地讓一樁普通事件提升為一件普世認同的藝術作品。讓人類的痛楚、流亡、仳離等情緒得以昇華到具有某種象徵的「神話」。

總之，透過這部小說，卡繆清楚地傳達一個訊息，那就是「人之可讚之點，多於其可鄙之處」。一九四六年十二月，他以公認不信教者的身分與天主教道明會會員座談，公開說道：「我對人類的命運是悲觀的，對人的命運卻是樂觀的。」

是的，卡繆正是以超越宗教信仰，既樂觀又入世的態度，來撰述這部小說，它（他）引領我們更清楚地看待世界、看重生命。

孤獨者的集體之夢

文：童偉格（知名作家）

在荒謬的經歷中，痛苦是個人的。一進入反抗行動，痛苦則成為集體的，成為眾人的遭遇。一種具有奇特性思想最初的進展因而就是承認所有的人都有這種奇特性，而人類現實從整體上說由於遠離這種思想與世界而受苦。使單獨一人痛苦的疾病成為集體感染的瘟疫。我們每天所遭受的苦難中，反抗所起的作用猶如「我思」在思想範疇中所起的作用一樣。它是第一個明顯的事實，然而這個事實使人擺脫了孤獨狀態。它使所有的人都接受了第一種價值。我反抗，故我們存在。

——卡繆《反抗者》

無論卡繆（Camus, 1913-1960）本人如何反對，他可能還是會因早期著作，而被我們恆久理解為一位「存在主義者」（或者，在我們對西方現代戲劇的導讀式詮釋中，將其定標為荒謬劇場之虛無傾向的先聲），並與沙特（Sartre, 1905-1980）並列，共同代表一種曾給前行一代知識青年，帶來巨大影響的時代思潮。如今看來，這些理解與詮釋，當然較少顧及卡繆與沙特思維間，存在的經典性矛盾與互斥（兩者間深刻地不可和解與混淆）。而對我而言，另一個意義重大的忽略毋寧是：從《薛西弗斯的神話》（一九四二）之後，直到遺稿《第一人》（一九六〇）間，卡繆其實花費了比建立個人早期主張，更漫長而艱苦的時光，以極平實的方式，反覆重省幾個歷經他的當代思潮狂烈沖刷後，猶帶給他深切困惑的西方古典人文命題。我認為在意圖上，這些重省也果然如他所言，是在為他在《薛西弗斯的神話》之前的，那些「有著更多真正的愛」的「笨拙的篇章」，重新找到「賦予這些祕密以一定形式的專業技術」。他認為自己，是「嚴格藝術傳統的奴隸」；他夢想的事業，是「總有一天在我的為人和言論之間將出現平衡」。

簡單說來，卡繆其實是位特別清晰而「淳樸」（老師對他的形容）的作者：一種思潮體系的建立，或對一種抽象理念的價值判準，對他而言，始終比不上眼前即臨的他人苦難來得重要。這種明晰與淳樸，時常因為表達上的直接，而被認為是「過於天真」了。例如：作為個人主張的重要演繹，整部《反抗者》（一九五一）文論的樞紐，意外簡明地坐落於「超越虛無主義」這一片段的單向陳詞：「反抗不能離開一種奇特的愛」；卡繆最想說的，或許真的不過是要人「毫不遲疑地獻出愛的力量，毫不拖延地拒絕（眼前的，具體的，給他人帶來苦難的）非正義」。我猜想，以當代犬儒素養，我們大概都能一眼看出，這種陳詞方式，在辭令交鋒場上的弱點所在。於是，在一個奇妙的向度裡，其實正是卡繆的直接與清晰，他不太包裝的陳詞方式，使他屢屢成為一個相對孤絕的論戰核心，多方均不討好（或如昆德拉指出的，卡繆以「反現代的現代主義」，這種「反動」之姿，成為以沙特為核心的法國菁英文化圈，嘲笑的對象）；與此相伴，卡繆也就在另一個奇妙的向度裡，成為上個世紀，一種具有獨特能動性，與代表性的文學家圖騰了：他的書寫之所以深刻而信然，首先是因為他的為人與行動，實證了這樣簡明言說的力量所在。簡單說來，卡繆所說的，一種對人類命運的奇特之愛，縱使無法在理論上，說服大多數善於辯證的「聽明人」，然而，支持者仍然相信，他確切打造了一條以書寫介入（或者，在正視荒謬本質的同時，超越內向虛無）的知識分子實踐道路。

人類最確切的命運：那與「對生命的純粹激情面對」的，「完完全全的死亡」。多年以後，在遺稿《第一人》中，卡繆自省這也許從寫作初始，即牢牢牽制他文學想像的荒謬叢集（《薛西弗斯的神話》：「真正嚴肅的哲學問題只有一個，那便是自殺。判斷人生值不值得活，等於回答哲學的根本問題。」），他當然明白，也的確鮮少遁入純抽象思維，去抬升、過度理論化人類在面對這荒謬叢集時，所思量，所被激起，且因之而為所應為的一切「盲目的希望」。他不過是平視著，並「希望這種在多年中一直支撐他度日、給他無限養分，與最艱難的環境勢均力敵的隱隱約約的力量寬宏大量地——這曾給予他生存的理由——同樣給予他面對衰老、平靜去世的理由」。這奇妙之愛，甚至原本就無關乎是否有無同行者。

也於是，在六十五年後，重新解讀卡繆的小說《鼠疫》（一九四七），我猜想，一個觀照卡繆對個人文學工程之認知與實踐的批評向度，可能是必要的。首先，當然因為如前所述的，卡繆對個人立場之明晰陳詞的追求，使這部小說，被刻意寫得毫無任何曖昧與晦澀處（《鼠疫》：「我了解到人類所有的苦難都源自於未能使用清楚的語言」）。它甚至黜免了如貢布羅維奇（Gombrowicz, 1904-1969，另一道荒謬劇場後來追認的先聲）在「思想劇」中，所著重炫巧的誇飾，變形與突梯，只將一切滑稽性（用兩盤豆子計時，或對著街貓吐口水的老人，反覆修改同一行文字的寫作者等等），以一種最無特殊情緒的直述口吻描述，以免僭越思想陳詞的嚴肅性。關於這一點，總與《鼠疫》一同被提起的，同樣作為卡繆「反抗時期」重要著作的文論《反抗者》本身，已是對於《鼠疫》小說藝術的，過於明確的說明。若以小說藝術論，《鼠疫》複雜之處，其實在於它彷彿以全副形構，實踐卡繆在《反抗者》中提出的藝術反抗論：「一切反抗思想都通過一種華麗詞藻或一個封閉的天地來加以闡述」。卡繆認為，他在文論中所雄壯羅列的，那些孤獨者的封閉天地，從薩德的修道院，尼采的山巔，超現實主義的城堡，集中營，自由奴隸的帝國等等，無一不體現他所觀察的，藝術在反抗現實的同時，亦賦予現實一種「使行動、美與非正義得到平衡」的「同意」（這是為何，一切革命都表現出對藝術的反感與敵視之因）；或者，一種理解：透過藝術作為，「人終於可以認識與主宰這個封閉的世界」。以此，卡繆認為，小說乃是將現實，在情感的極致化中修正：「小說者，其實不過是行動在其內找到其形式的一個世界，在那裡說出了終結的話語，人交由人擺布，一切生命具有命運的面孔。」

「一切生命具有命運的面孔」：這是小說人物的虛擬烙印，和現實生活中的我們不同的是，他們以對行動之「一致性」的追求，「與命運拚搏到底」。請看：封閉性，一致性與命定性等等。有趣的是，這莫非是對西方在古希臘時代，所建立之悲劇傳統的，一種語境外挪用？卡繆似乎正是以此，鋪設《鼠疫》的封閉舞台。《鼠疫》時空：一九四〇年代，法國在阿爾及利亞濱海省會之一，奧蘭。一座在殖民產業動線上冒生的現代港埠：「很醜」，「沒有鴿子、沒有樹木，也沒有花園能聽聞鼓翅聲與樹葉窸窣聲」。移民至此辛勤工作，大抵專注致富，無暇照看過去，對眼前生活亦無特殊想望。這國境之南、背海而立的內向灘頭堡，四季變化由沿海空氣品質和外地運來販售的花籃標注。一切皆有一種人造的虛擬之痕，而唯一確切無疑的現實是：和所有初生的移民城市相仿，在此生活，端賴體魄健全。體弱者難免自感不便；而死亡，立即需求永息，則是會給眾人帶來麻煩的。

小說，即始於這樣一個人造春天裡，身為醫師的李厄，到車站送別妻子的場景——因為病弱，她將隻身前赴山區療養院靜養。敘事策略上，這是一個清顯而節制的伏筆。卡繆將鼠疫悄悄浮現城市地表的時刻，與李厄醫師因無能為力，只能將妻子送出城的場景並置，而在鼠疫加劇、君臨於圍城中，醫師在經年奮鬥，終於等到疫情退潮，城市重新開放後，所多得的，也只是早有心理準備的，妻子已病逝一星期了的平淡電報。李厄早有預期的是：對眼前苦難與死亡的反抗，原就「是一場永無止境的失敗」，而這「最終的失敗，雖然終結了戰爭，卻讓和平本身成為無法痊癒的痛」。

很明白：面對命運無由的苦難，生還者無法得勝。然而，這總體看來，低抑且徬徨的古典哀歌，卻因圍城時期所隔離出的形色人物，而獲得意涵的反響。卡繆呈現的，主要是陽性孤獨者，某種形式的現代聚落牛仔，與他在十年後的《放逐與王國》（一九五七）中，猶以獨立短篇逐一捕捉的山區教師，最終獨囚閣樓的畫家，與深入殖民腹地的工程師等，原則上形構相同：職業賦予他們與集體的聯繫；聯繫反饋他們與集體訴求的摩擦，而後，他們總在個人思索中，將一切叩問進西方人文命題中：理解，與愛之艱難。客觀說來，正是這正面叩問的意圖，使《鼠疫》所代表與肇啟的卡繆思維，確實已和小說《異鄉人》（一九四二）、文論《薛西弗斯的神話》與劇作《卡利古拉》（一九四四），這一所謂「荒謬時期」具體有別了。一種貫穿卡繆所有作品，總關鍵性存在、難以抹滅的個人孤獨感，在此，不太能如《異鄉人》一般，單純化整成一種可指喻為存在之本質的個人內在風景，或者，從反向角度來看：化整成西方現代小說，常藉由邊緣人物描摹，所擬態的一則則類病歷分析。在《鼠疫》的世界裡，卡繆明確想用以包覆於一個個孤獨者的，是層層體系碎片或裂縫：西方一神信仰體制的，歷史的，社會的，政治的等等，惟其並非個人心理的。

邊區傳教士，對應於始終隱不現形的高階教會；派遣採訪者，對應於失聯的中央報社；在殖民地方政府中，勞形於統計資料的底層技術官僚；自然擔負起教化、團練救護組織，與政策協助的醫療者；與掌握刑名公權的家庭離散的自我良心犯。這些神父，記者，低階公務員，地方醫師，自我流放的知識分子等，是卡繆關注的，這個被切斷體系關聯之景深的邊陲圍城中，相對能動性高、自主性強，擔負起集體苦難的「健康者」；而同時，亦可能是在體系末端，最深切察知個人與集體關聯之扞格的孤獨者。這些健朗的孤獨者，以完全異於瘟疫城邦之王伊底帕斯的無罪與潔淨之姿，在一個命運吝於指名捉弄他們的尋常人位階上，以非英雄之姿，思索著，應對著命運以亂數挑中他們的集體苦難（「他有的只是一點善心和一個看似荒謬的理想，這……使英雄主義獲得它應屬的次要地位，就排在幸福的大量需求後面，永遠不會在前。」）。「理解」，成為立場不同的他們自我節制，與相互期許的道德：「我們能攜手合作，是因為有個超越褻瀆與祈禱的東西將我們結合在一起。這才是唯一重要的」；「同情」，這個從尼采哲學起，正式被逐出人類思維殿堂的古典辭彙，再一次，被珍重提起：「我跟戰敗者比跟聖人更有休戚與共的感覺」，「我關心的是怎麼當個人」。以及終究，這樣一個超越一切邏輯或情感對立，確認兩位孤獨者之友誼的直接問句：「當然，人應該為犧牲者奮鬥，但如果從此什麼都不愛，那奮鬥還有什麼意義？」

如此，在卡繆寫作的一個相對成熟的時期裡，《鼠疫》以全副形構的刻意簡明，或甚至該說，必定會引人注目（或斜視）的古典提問法，標誌卡繆寫作歷程中，一個重要轉折；或如前所述的，標誌對過往那些「笨拙的篇章」的重新織理。因確切說來，「理解」向來是卡繆哲學思維的核心命題之一（《薛西弗斯的神話》：「就人而言，理解世界，就是迫使世界具有人性，在世界上烙下人的印記」）；而「同情」，及其所延異的所謂「愛」，則從卡繆理化式分析的「慾望、柔情和聰慧的混合物」，成為卡繆以反抗訴求，投遞向集體的瓶中信裡，一個可能是最關鍵的手澤辭彙。手澤之新，辭彙之舊，這個在個人想像中，面向集體的正面投遞行為，所包含的種種反差，在文學實踐上，確實使《鼠疫》，像一則也許過於理想、過於古意盎然的現代寓言：在這被封鎖經年的城市裡，沒有大規模暴亂，沒有嚴重恐慌感，人們所感到的，只有沉靜的「放逐與離情」。唯一能讓最後現身的敘事人李厄醫師明確譴責的，是一位「在心裡（是的：僅僅只是『在心裡』）認同那害死孩童與成人的東西」的人；但終究，他也獲得了寬諒：在古典悲劇命定性的統攝下，確實，沒有什麼業經描述的，是不能獲得寬諒的。也因此，如同卡繆在《反抗者》中，對純粹道德小說與純粹形式小說的兩方拒絕，《鼠疫》確實體現一種極其嚴整的中介：恐怕，它離個人超越與集體譫妄一般遙遠。

然而，在西方現代文學光譜中，卻似乎正是在這樣並不孤高難解，也不隨眾起乩的殊少保留席次上，我們看見卡繆，一個時期的穩定身影：「我」反抗，故「我們」存在；卡繆以一種虛構，所能激發的生存熱望，反證一種生存熱望的總體虛構。此即《鼠疫》中，那些善良到甚至不能放心，坐而為集體代言的孤獨者們，以清明神智，義無反顧投身去奮鬥的，一場後設之夢。

以一種禁錮來表現另一種，
就如同以任何不存在的東西來表現任何真正存在的東西一樣合理。

——丹尼爾・狄福①

①摘自丹尼爾・狄福（Daniel Defoe, 1660-1731）著的《魯賓遜漂流記》（*Robinson Crusoe*, 1719）。

Première partie

第一部

既然得親眼見到某人死亡，這個死去的人才有重量，那麼這些散布在歷史當中的一億具屍體，不過就是想像中的一縷煙罷了。

這部記事中所談論的怪異事件是在一九四X年發生於奧蘭。一般認為這些事件並不尋常，有些超乎常軌。因為奧蘭給人的第一印象十分普通，不過就是法國在阿爾及利亞海岸邊上的一個省會。

我們不得不承認這座城市很醜。在那平靜的外表下，我們得花一點時間才能察覺它與各地區的許多商業城市有何不同。比方說，一個沒有鴿子、沒有樹木，也沒有花園能聽聞鼓翅聲與樹葉窸窣聲的城市，總之就是一個平淡無奇的地方，教人如何想像？季節的變換只能從天空辨識。春天只會藉由空氣品質或是小販從郊區帶進城的花籃來報到，是一種在市場上出售的春天。夏天裡，太乾的屋舍被太陽曬得像在燃燒，牆壁也蒙上一層灰撲撲的灰塵；此時只能躲在密閉的窗板陰影裡過日子。到了秋天，反而是到處泥濘不堪。只有冬天才會有風和日麗的好天氣。

要認識一座城市有個簡單的方法，就是去看看民眾怎麼工作、愛戀與死亡。在我們這個小城裡，不知是否氣候之故，這一切全都一個樣，都是同樣狂熱與心不在焉的神氣。也就是說大家都覺得無聊，又都很努力地養成習慣。同胞們辛勤地工作，但始終只為了致富。他們對商業尤其感興趣，首先會（根據他們的說法）忙著做買賣。當然他們也喜好簡單的樂趣，他們喜歡女人、電影、作海水浴。但是他們會把這些娛樂保留到星期六晚上和星期天，其他日子則努力多賺點錢，這點非常合情合理。傍晚下班後，他們會在固定時間聚在咖啡館裡、會到同一條林蔭大道上散步，又或是回到自家陽台上。年輕一輩的慾望強烈而短暫，而年長一輩的惡習頂多也就是參加滾球同好協會、聯誼餐會或是到俱樂部打撲克牌豪賭。

可能有人會說這不是我們城市特有的現象，總而言之我們這一代人都是如此。大概吧，看到有人從早到晚工作之後，又選擇在牌桌上、在咖啡館裡、在閒聊中，總之就是在他們剩餘的生命中把錢花掉，這是再自然不過的事。然而某些都市與國家的人民，偶爾會有其他疑慮。大體上說來，他們的生活不會因此改變，只不過事先有所疑慮就等於搶先一步。反觀奧蘭卻似乎是個沒有疑慮的城市，也就是一個完全現代化的城市，因此無須詳述我們彼此相愛的方式。男女之間，或是在所謂愛的行動中迅速地互相撕扯吞噬，或是開始培養長期二人生活的習慣。在這兩個極端間，通常沒有折衷之道。這同樣也非特例。在奧蘭也和其他地方一樣，由於沒有時間、缺乏思考，人們不得不在不知不覺中相愛。

我們這座城市較為獨特之處在於可能遭遇到的死亡困境。其實，說困境不太恰當，應該說不舒服比較正確。生病的感覺總是令人不快，但有些城市與國家會給予病中的你支援，你幾乎可以放手不管。病人需要溫暖，喜歡有個東西可以倚賴，這很正常。但在奧蘭，極端的氣候、商談生意的重要性、背景裝飾的微不足道、黃昏的短暫急促以及享樂的品質，在在都需要有健康的身體。病人在這裡會感到十分孤單。想想看，當某人被困在因熱氣而劈啪作響的數百道牆壁背後即將死去，同一時間卻有一大堆人在講電話，或是在咖啡館中談論合約、海運提單與折扣等事宜。那麼你就會了解當死亡（即便是現代的死亡）如此突如其來地出現在一個乾燥的地方，會有多麼不舒服。

這幾樣指標或許已足以讓人對我們這座城有個概念。不過也不能太誇張。在此應該要強調的是城市與生活的枯燥面，但一旦習慣後，日子也能過得輕鬆。既然我們的城市正好有利於養成習慣，一切可以說是最完美了。從這個角度來看，生活可能不十分有趣，但至少這兒不會有混亂。而我們率直、討喜又積極的市民，總能在遊客心中激起一股合理的敬意。這座沒有風景、沒有植物也沒有靈魂的城市最終倒是顯得閒適，總能讓人安眠。不過應該要再補充一點，它嫁接在一處無與倫比的景致裡，位居一片光禿高原中央，四周環繞著稜線清晰的山陵，下臨線條優美無比的海灣。唯一令人遺憾的可以說是此城背海灣而建，因此想看海總得特別費一番工夫。

說到這裡，我們輕易便能承認：無論如何我們市民同胞都料想不到那年春天會發生事故，而且還是後來才明白那些事故是本書打算記述的一連串重大事件的前兆。這些事實對某些人而言十分自然，但對另一些人卻是不可思議。但記述史實者畢竟不能將這些矛盾列入考量，他的任務只是在他知道這事確實發生了，知道這事關係到一大群人的生命，也知道因此會有數以千計的證人內心明白他說的是事實的時候，說出：「這事發生了。」

再者，身分總會在適當時機曝光的敘事者做這種事也沒什麼值得讚揚的，多虧了機緣巧合讓他能蒐集到一定數量的陳述，也多虧了情勢迫使他攙合進他打算詳述的一切當中，他才得以完成史學家的工作。當然了，就算是業餘的史學家也一定有一些資料，所以這位敘事者也有他的資料：首先是他的證詞，接著是其他人的（因為角色的關係，使他得以蒐集到本事件中所有主要人物的祕辛），最後則是到頭來落入他手中的文獻。他打算在他認為恰當時從中取材，並隨自己的意思加以利用。他還打算……不過或許也該暫時放下評論與委婉措辭，直接進入主題了。關於頭幾天，需要略加詳細敘述。

＊＊＊

四月十六日上午，貝納．李厄醫師從診所出來，在樓梯平台上踢到一隻死老鼠。當時，他並未多想便將老鼠踢開，走下樓梯。但是到了馬路上，他忽然想到那裡不應該有老鼠，於是轉身往回走去通知門房。面對老米榭先生的反應，他更感受到自己的發現有多麼不尋常。那隻死老鼠的出現，他只是覺得奇怪，對門房而言卻是一大醜聞。他的立場非常明確：屋裡沒有老鼠。儘管醫師信誓旦旦地說二樓平台上有一隻，而且很可能已經死了，米榭先生依然堅持己見。屋裡沒有老鼠，所以一定是有人從外面帶進來的。總之，這是一場惡作劇。

當晚，貝納．李厄上樓回家前，站在走廊上摸找鑰匙，忽然看見走廊陰暗的角落裡竄出一隻大老鼠，步伐有些不穩，身上的毛溼溼的。老鼠停下來，似乎想尋求平衡，隨後奔向醫師，又停了下來，在原地打轉一面吱吱叫，最後倒地時從微張的嘴吐出血來。醫師凝視了牠一會兒，便上樓回家。

他心裡想的不是老鼠。那吐出的血讓他再次想到憂心的事。他的妻子已經病了一年，次日便要出發前往一處位於山區的療養院。他發現她正依照他的囑咐，躺在臥室裡休息，以便應付舟車勞頓。她笑了笑。

「我覺得狀況好極了。」她說。

醫師看著在床頭櫃燈光下轉向自己的那張臉。對李厄來說，這張三十歲的臉儘管帶有病容，卻依然年輕，或許是因為臉上的微笑將其他一切盡皆掃除。

「可以的話就睡吧。看護十一點鐘會來，我會送你去搭十二點的火車。」他說。

他輕輕親了一下微溼的額頭。那笑容送著他走到門口。

翌日四月十七日八點，門房將經過的醫師攔下，指責有人惡作劇在走廊上放了三隻死老鼠。想必是用了很大的捕鼠器，因為老鼠滿身是血。門房抓著老鼠的腳在門口待了一會兒，等著罪魁禍首說出幾句挖苦嘲弄的話自露馬腳。但什麼事也沒發生。

「這些人哪，我總有一天要逮到他們。」米榭先生說。

李厄驚訝之餘，決定開始巡視最貧窮的病患居住的幾個城郊社區。這裡收垃圾的時間晚了許多，汽車行駛在這一帶灰塵滿布的筆直道路上，也同時緊貼著放置在人行道邊的垃圾箱。在某條沿著垃圾箱而行的街道上，醫師數了數，約有十來隻老鼠被丟在菜渣和骯髒破布上。

他去看的第一名病患躺在床上，房間面向街道而且同時做為臥室與飯廳之用。病患是個西班牙老先生，面容嚴厲且滿臉皺紋。他面前的被褥上有兩只鍋子裝滿青豆。醫生進房的時候，病患正好身子往後仰，想讓因為長期哮喘而窒礙不順的氣息緩過來。他的妻子拿來了臉盆。

「醫生哪，」他在接受注射的時候說：「都跑出來了，你看到了嗎？」

「是啊，」妻子說道：「鄰居還抓到三隻。」

老人搓搓手。

「都跑出來了，每個垃圾桶都能看到，因為餓了！」

李厄隨後很快發現到整個社區都在談論老鼠。看完病人之後，他回到家裡。

「你有一封電報，送上去了。」米榭先生說。

醫師問他有沒有看到新出現的老鼠。

「喔，沒有。你也知道，我在監視著呢，那群無賴不敢亂來。」門房說。

電報告知李厄說他母親第二天到達。她是因為媳婦生病不在家，要來替兒子照顧家裡。醫師進門時，看護已經來了。李厄看見妻子穿著套裝站著，臉上化了點妝。他對她微微一笑。

「很好看，非常好看。」他說。

片刻過後，到了車站，他將她安頓在臥鋪。她看了看車廂。

「這對我們而言太貴了，不是嗎？」

「有這個必要。」李厄說。

「那些老鼠是怎麼回事？」

「不知道，事情很奇怪，但總會過去的。」

接著他很快地向她道歉，說他本該好好照顧她卻太大意了。她搖搖頭，彷彿示意他別再說了。但他還是又補上一句：

「等你回來一切都會好轉，我們重新來過。」

「好，」她眼中閃著淚光說道：「我們重新來過。」

過了一會兒，她背轉向他望著窗外。月台上，擁擠的群眾撞來撞去。火車頭的蒸汽已經開始嘶嘶作響。他喊了妻子一聲，當她轉過來，卻見她臉上滿是淚水。

「別哭。」他輕聲說道。

淚水底下，笑容再度出現，有些僵硬。她深深地吸了口氣：

「走吧，不會有事的。」

那時他將她攬入懷中，而此刻在月台上隔著車窗，他只看見她的笑容。

「求求你，好好照顧自己。」他說。

但她已經聽不見了。

在車站月台的出口附近，李厄碰見了預審法官歐東先生，他牽著他的小兒子。醫師問他是不是要出門旅行。歐東先生修長、黝黑，看起來一半像以前所謂的上流人士，一半像殯葬業者。他用愉快但短促的聲音回答道：

「我來接歐東太太，她去探視我的家人。」

火車頭鳴笛了。

「老鼠……」法官說。

李厄朝火車方向移動了一下，但隨後又轉向出口。

「是，那沒什麼。」他說。

他只記得當時有位工作人員經過，腋下挾著一個裝滿死老鼠的箱子。

同一天下午剛開始看診時，李厄接見了一名年輕人，據說是記者，而且早上就來了。他名叫雷蒙．藍柏，身材短小、肩膀寬厚、神情果決，淡色的眼珠子透著聰慧，穿著運動衫樣式的衣服，看起來生活寬裕。他開門見山說出來意。他正在為巴黎某間大報社調查阿拉伯人的生活情況，希望醫師能提供有關他們衛生現狀的訊息。李厄對他說狀況並不好。但在談得更深入之前，他先問記者能不能實話實說。

「當然。」記者回答。

「我的意思是：你能不能作徹底的批判？」

「不瞞你說，徹底的話，不行。不過我猜想這樣的批判應該是沒有根據的。」

李厄緩緩地說這種批判的確沒有根據，但提出這個問題只是想知道藍柏能不能毫不保留地報導實情。

「我只接受毫不保留的報導，所以我不會向你提供資料。」

「這是聖儒斯特②的論調。」記者微笑道。

李厄保持原有的聲調說這個他不知道，只知道這論調是出自一個已對所在世界感到厭倦，卻又愛著自己的同胞，因而決定要拒絕不公不義與妥協的人之口。藍柏縮起脖子看著醫師。

「我想我明白你的意思了。」最後他起身說道。

醫師送他到門口：

「謝謝你的理解。」

藍柏露出不耐的神情。

「當然，我明白，很抱歉打擾你了。」他說。

醫師和他握了手，對他說目前城裡發現大量死老鼠，應該可以作一篇奇聞報導。

「啊！」藍柏驚呼道：「這個我有興趣。」

下午五點，正要再次出診的醫師在樓梯上遇見一名還算年輕的男子，此人身形矮胖，臉很大、雙頰凹陷、橫著兩道濃眉。同一棟大樓的頂樓住了幾個西班牙舞者，他曾經在他們的住處見過這名男子幾次。尚．塔盧專心地抽著菸，一邊凝視腳邊階梯上一隻老鼠臨死前最後的抽搐。他抬起灰色眼睛，以平靜、略帶注視的目光向醫師打招呼，還說出現這些老鼠真是怪事。

「是啊，可是到後來真令人不快。」李厄說道。

「就某方面而言，醫師，只是就某方面而言。我們只不過是從來沒見過這種事罷了。但我覺得很有趣，真的很有趣。」

塔盧將頭髮往後撥，又再次盯著此時已經不動的老鼠看，然後對李厄露出微笑。

「但是醫生，不管怎麼說，這主要還是門房的事。」

②聖儒斯特（Saint-Just, 1767-1794），法國大革命的重要人物，以其激進不讓步、拒絕妥協的個性聞名，後來在恐怖時期被送上他也算搭建有功的斷頭台。

說到門房，醫師正巧就在屋前看見他背靠著門口旁的牆壁，平時紅光滿面的臉上流露出倦態。

「我知道，」老米榭聽完李厄指出又發現老鼠的事後說道：「現在每次都會發現兩三隻，不過其他住家也都一樣。」

他顯得喪氣且憂心忡忡，並不自覺地搓揉頸子。李厄問他身體還好嗎。門房當然不能說不好，只是覺得不太舒服，在他看來應該是受到精神的影響。這些老鼠給他的打擊不小，等牠們消失之後一切都會好得多。

但翌日四月十八日早上，從車站接回母親的醫師發現米榭先生的臉垮得更厲害了：從地窖到閣樓的樓梯上，滿布十來隻老鼠。醫師的母親得知消息後並不吃驚。

「這種事有可能發生。」

她個子小小的，髮絲銀白，黑色眼珠神情柔和。

「我很高興再見到你，貝納，老鼠有意見也沒用。」她說。

他贊同；的確對她來說，一切總是顯得輕鬆簡單。

不過，李厄還是打電話到市府的滅鼠隊去，他向認識的隊長詢問是否聽說了最近有大量老鼠死於戶外。梅西耶隊長聽說了，而且就在他位於碼頭不遠處的隊上辦公室也發現五十多隻。但他不知道事態算不算嚴重。李厄也說不準，只是認為滅鼠隊應該介入。

「好，這要有命令。如果你覺得真有必要，我可以試著請上頭下令。」梅西耶說。

「肯定是有必要的。」李厄說。

他剛剛聽女傭說她丈夫工作的大工廠裡，掃出了好幾百隻死老鼠。

總之約莫是在這個時期，我們市民同胞才開始擔心，因為從十八日起，工廠與倉庫確實清出了數百具鼠屍。有幾次，甚至因為老鼠奄奄一息拖得太久，廠方不得不出手結束牠們的生命。但是從郊區到市中心，凡是李厄醫師所經之處，凡是市民同胞聚集之處，都有老鼠成堆地倒在垃圾堆中，長排地躺在水溝裡。從那天起，晚報開始大肆報導此事，並質問市政府有沒有考慮採取行動，又打算採行哪些緊急措施來保障市民免於遭受這種令人厭惡的侵襲。市政府什麼也沒考慮，更是什麼打算都沒有，但已開始召開會議磋商。滅鼠隊接獲命令，要在每天早上清晨去收集死耗子。收集完畢後，兩輛清潔車必須載著這些老鼠前往垃圾焚化場，將屍體燒毀。

但接下來的幾天，情況惡化了。耗子聚積的數量愈來愈多，每天早上的回收工作也變得繁重。到了第四天，老鼠開始成群出外等死。牠們踩著蹣跚腳步，魚貫爬出壁凹、地下室、酒窖、下水道，來到亮處後搖搖晃晃、原地打轉，然後在人類身邊死去。夜間，在走廊或巷弄裡，可以清楚聽到牠們微細痛苦的叫聲。到了早上，在郊區會發現牠們直接倒在水溝裡，尖嘴上有個像小花般的血跡，有些已然腫脹發臭，有些則是全身僵硬，鼠鬚豎得筆直。在市區裡，則會在樓梯平台或院子裡碰見一小堆一小堆。有時候，老鼠還會離群跑到行政大廳、學校操場、咖啡館露天座死去。市民同胞也會在市區人潮最多的地方愕然發現牠們的蹤跡。閱兵廣場、各林蔭大道、海濱散步道……遭殃的範圍愈來愈廣。清晨清除了死老鼠後，一天下來，城裡又會重新慢慢地出現愈來愈多。還有不只一個夜間散步者，曾在人行道上踩到一團軟軟的東西，是剛死不久的老鼠屍體。這就好像我們房舍坐落的土地本身將過多的體液排泄出來，讓至今一直在內部折磨它的癤子和血膿湧出表面。想想看，我們這座直到今日都如此平靜的小城該有多震驚，在短短幾天內竟被攪得天翻地覆，好像一個健康的人的濃稠血液忽然間造反了！

情勢愈演愈烈，以至於資料新聞局（負責提供各項主題的所有相關資訊）在免費的訊息廣播節目中公布，光是二十五日一天便收集並焚化六千兩百三十一隻老鼠。這個數據賦予市民每日所見景象清楚的意義，也加深人們的慌亂。直到目前為止，大家只是對一起令人略感不快的意外有所抱怨，如今卻發現這個還無法確定規模也無法查知起源的現象具有某種威脅性。只有罹患哮喘的西班牙老人仍繼續搓手，不斷地說：「都跑出來了，都跑出來了。」流露出一種老年人的喜悅。

然而，四月二十八日，資料新聞局公布收集到八千隻左右的老鼠，市民們更是焦慮到了極點。民眾要求採取激烈措施，指責相關單位，有些在海邊有房子的人也已經提到要前往躲避。但是第二天，資料局宣布該現象突然終止，說滅鼠隊只收集到數量微不足道的死老鼠。整座城市才得以喘息。

但也就在同一天中午，李厄醫師將車子停在自家樓房門口時，發現門房在街道另一頭舉步維艱地走著，頭低低的，手腳往外張，活像個傀儡。老人抓著一名神職人員的手臂，醫師認識那個人，他是潘尼祿神父，是個博學且充滿熱忱的耶穌會教士，與醫師有幾面之緣，在我們城裡備受敬重，即使對宗教興趣缺缺的人也不例外。他等著他們走過來。老米榭兩眼閃著光，呼吸時發出噓噓聲。他身體不太舒服，想出來透透氣，但脖子、腋下與鼠蹊的劇痛迫使他回來請潘尼祿神父幫忙。

「長了些腫塊，我不得不費點力氣。」他說。

醫師把手伸出車門外，摸摸米榭伸過來的脖子下端，那裡長了類似樹瘤的東西。

「去躺下來，量個體溫，我下午再過來看你。」

門房離開後，李厄問潘尼祿神父對老鼠這件事有何看法。

「啊！這一定是流行病。」神父說，圓框眼鏡背後的兩隻眼睛微微笑著。

吃過午餐後，李厄正在重看療養院打來告知妻子已經到達的電報，電話鈴響了。來電的是昔日一名病患，也是市政府的職員。他長期受主動脈狹窄的病痛折磨，因為家裡窮，李厄便免費為他看病。

「對，原來你還記得我。不過這次不是我。請你趕快來，我的鄰居出了點事。」他說。

他的聲音上氣不接下氣。李厄想到門房，決定之後再去看他。幾分鐘後，他來到郊區的費德布街，跨進一棟低矮住宅的大門。爬上很新卻有臭味的樓梯時，中途遇見下樓來接他的職員約瑟・葛朗。這個男人五十來歲，髭鬚泛黃，身子瘦長駝背，兩肩狹窄，四肢乾瘦。

「情況好些了，」他來到李厄身邊說道：「但我還以為他會死掉。」

他擤了擤鼻子。來到三樓也是最頂樓，李厄看見左手邊的門上用紅色粉筆寫著：「進來吧，我上吊了。」

他們進入屋內。一條繩子從燈架垂掛下來，底下有張翻倒的椅子，桌子被推到角落裡。但繩子空懸著。

「是我及時救他下來。」雖然說著最簡單的語句，葛朗似乎還是一直字斟句酌：「我剛好要出門，聽到了聲音。當我看到那些字，該怎麼說呢，我以為是惡作劇。可是他發出奇怪的呻吟聲，甚至可以說是恐怖的聲音。」他搔搔頭又說：「依我看，過程想必很痛苦。當然我就進去了。」

他們推開一扇門，裡面是一個明亮但幾乎沒有家具的房間。有個矮矮胖胖的男人躺在一張銅床上，他呼吸得很用力，充滿血絲的眼睛看著他們。醫師停下腳步。在那呼吸的間隔中，他彷彿聽到老鼠的尖細叫聲，但各個角落裡毫無動靜。李厄走到床邊。那個男人不是從太高的地方跌落，也沒有跌得太重，脊椎仍然完好。當然，略有窒息的現象，得照個X光。醫師為他注射樟腦油之後，說過幾天就會沒事。

「謝謝你，醫生。」男人艱難地出聲說道。

李厄問葛朗有沒有通知警局，職員一臉窘迫。

「沒有，唉！沒有，我以為比較緊急的是……」

「那是當然。」李厄打斷他：「那麼我來通知吧。」

但這時候病人激動地從床上坐起來，反駁說他已經好了，不必多此一舉。

「冷靜一點。這不會有什麼麻煩，你相信我，我是一定得通報的。」李厄說。

「喔！」男人應了一聲。

他說完猛地往後倒下，小小聲哭起來。在一旁捻了片刻小鬍子的葛朗走上前來。

「好啦，柯塔先生，你就盡量體諒一下。醫生可能會被要求負責，比方說，如果你突然又來一次……」

但柯塔含著淚說不會再來一次了，說這只是一時驚慌，他只希望別再有人來煩他。李厄開了一劑處方。

「一言為定，先不管這個，我兩三天後再過來。你可千萬別做傻事。」他說。

到了樓梯平台上，他對葛朗說這事非通報不可，但他會請警方兩天後再進行調查。

「今天晚上得看著他點。他有家人嗎？」

「我不知道他有沒有，不過我可以照顧他。」

他搖了搖頭。

「其實他也一樣，我不能說我認識他。但總得互相幫助。」

在樓房走廊上，李厄下意識望向隱蔽角落，並問葛朗這一區的老鼠是否完全絕跡了。葛朗一無所知。他的確聽人提起過這回事，但他對社區裡的傳聞向來不甚在意。

「我有其他事情要操心。」他說。

這時李厄向他握別，因為他急著去看門房，然後還要寫信給妻子。

晚報販子高喊著老鼠的入侵已經獲得控制。但李厄發現門房半個身子探出床沿，一手按著肚子、一手扶著脖子，像要把胃腸全吐出來似的，往一只垃圾桶裡吐出暗粉紅色的膽汁。之後費盡千辛萬苦，病人才總算重新躺下，氣都快喘不過來。他的體溫三十九點五度，脖子的淋巴結與四肢都腫起來，身側兩處略黑的斑點也變大。他呻吟著說現在身體裡面很痛。

「好燙，這個無賴燙死人了。」他說。

那煤煙色的嘴讓他口齒不清，那雙突出的眼睛也因為頭痛而泛著淚，他將這雙眼轉向醫師。他的妻子則焦慮地看著不發一語的李厄。

「醫生，這是怎麼回事？」她問。

「什麼都有可能，但也都還不能確定。直到今天晚上都要禁食，吃淨化劑。多喝水。」

門房也正好口渴得難受。

回到家之後，李厄打電話給一名同業李察，他是城裡最知名的醫生之一。

「沒有，我沒發現什麼特殊的地方。」李察說。

「沒有局部發炎和發燒的情形嗎？」

「啊！這倒是有，有兩名病患淋巴結嚴重發炎。」

「不正常嗎？」

「呃，正常現象，你也知道……」李察說。

無論如何，當晚門房開始胡言亂語，燒到四十度時，還抱怨有老鼠。李厄嘗試誘引膿腫的療法。在松脂的灼燙感之下，門房尖叫道：「無賴啊！」

淋巴結繼續脹大，摸起來硬得像木頭一樣。門房的妻子心慌意亂。

「好好照顧他，必要的時候打電話給我。」醫師對她說。

第二天，四月三十日，帶有溼氣的蔚藍天空吹著已經轉暖的微風，傳來最遠處郊區的花香。上午街道的嘈雜聲似乎比平日更熱鬧、更歡愉。一星期以來隱晦的憂懼之情一掃而空後，在整座小城裡，這一天等於是重生的一天。李厄本人也因為收到妻子的信安心不少，而帶著輕鬆的心情到門房家去。事實上，早上他的體溫已降到三十八度。病人虛弱地坐在床上，面帶微笑。

「醫生，情況好轉了對吧？」他的妻子問道。

「還要再看。」

不料到了中午，體溫倏地升到四十度，病人不停囈語，而且又開始嘔吐。頸部的淋巴結一碰就痛，門房好像想把頭伸得離身體愈遠愈好。他妻子坐在床尾，兩隻手放在被褥上，輕輕握著病患的雙腳。她望著李厄。

「你聽著，」醫師說道：「我們得把他隔離，為他進行特別治療。我來打電話給醫院，叫救護車送他過去。」

兩個鐘頭後，醫師與門房妻子一起坐在救護車內，俯身看著病患。從他布滿蕈狀贅肉的嘴裡吐出一些零碎的字句。「老鼠！」他說。門房臉色青綠、唇色蠟黃、眼皮沉重、氣息斷續短促，淋巴結讓他忍受著磔刑般的痛楚，他蜷縮在小床最內側，好像想讓床翻覆在自己身上，也好像有個來自地底深處的東西不斷地在呼喚他，他被一股無形的壓力壓得喘不過氣。妻子掉淚了。

「難道真的沒希望了嗎？醫生。」

「他已經死了。」李厄說。

＊＊＊

門房的死可以說標示了這個充滿令人惶恐的跡象的時期結束，另一個時期也於焉展開，後者相對而言更為艱難，因為初期的驚訝慢慢地轉變成恐慌。從此已明白局勢的市民同胞們怎麼也想不到，我們這座小城竟然會變成老鼠在光天化日下死亡、門房因怪病喪命的特定地點。就這點而言，他們總之都想錯了，觀念有待導正。假如一切就此打住，大夥兒可能又會故態復萌。但想必有其他市民同胞，而且不一定是門房或窮人，也步上了米榭先生的後塵，於是從那一刻起，恐懼與伴隨著恐懼而來的省思便開始了。

然而，在進入這些新事件的細節之前，敘事者認為提供另一名證人對於上述時期的觀點，應該會有所助益。敘述一開始便提及的尚·塔盧是在幾個星期前來到奧蘭定居，並一直住在市中心一間大飯店。他的收入顯然足以讓他富裕度日。雖然市民與他逐漸熟稔，卻沒有人說得出他從哪兒來，又為何而來。在所有公共場所都能見得到他。一入春，就常常在海邊看見他，多半是帶著明顯的愉快心情去游泳。這個性情好、隨時面帶笑容的先生，似乎愛好所有的正當娛樂又不受其支配。事實上，他唯一的習慣就是和城裡為數不少的西班牙舞者與樂師往來頻繁。

無論如何，他的記事本裡面也對這段艱難時期作了某種紀錄，但這紀錄非常特別，似乎總是把事情看得微不足道，乍看之下會覺得塔盧好像倒拿著望遠鏡在看待人事物。總之，在全面的慌亂中，他努力地為沒有歷史意義的一切記錄歷史。這種偏見或許讓人覺得可悲，也讓人懷疑他鐵石心腸。然而這些記事本卻能為這段時期的紀錄提供大量的次要細節，這些細節仍有其重要性，而其古怪之處甚至讓人無法輕易對這個有趣的人物下定論。

尚．塔盧最早的筆記是在抵達奧蘭之後寫的。打從一開始，就顯露出他對於置身如此醜陋的城市，有種奇怪的滿足感。裡頭詳細描述了裝飾市政府門面的兩隻銅獅，並寬厚地評論城裡沒有樹木、房屋粗俗、市區規劃荒謬的事實。塔盧還在其中夾雜了地鐵與街道上聽到的對話，原本都只是照實轉述，直到稍後一段有關某個名叫康普斯的人的對話，才附加了評語。塔盧聽到兩名電車售票員在交談。

「你知道康普斯吧。」一人說道。

「康普斯？身材很高大、留著黑色小鬍子那個？」

「對，他是扳道岔的。」

「是啊。」

「他死了。」

「嗄！什麼時候的事？」

「出了老鼠的事以後。」

「真的！他有什麼症狀？」

「不知道，發燒吧。何況他身子也不壯。腋下長了一些膿腫。後來沒撐過去。」

「可是他看起來跟大家沒什麼兩樣。」

「不，他的肺很弱，還參加銅管樂隊。一直吹奏樂器很傷身體。」

「唉呀！生病了就不應該吹樂器。」第二人總結說道。

聽完這幾句話後，塔盧不禁納悶康普斯為什麼罔顧自身最主要的利益加入銅管樂隊，他寧可冒生命危險參加主日遊行，有何深層原因呢？

接下來，在他窗口對面陽台上經常上演的一幕，似乎讓塔盧留下深刻印象並甚感興趣。他的房間其實是面向一條橫切的小路，常有貓在路邊牆角的陰影中睡覺。但每天吃過中飯，全城的人都在熱氣中昏昏欲睡之際，對街陽台上總會出現一個小老頭子，一頭白髮梳得整整齊齊，穿著軍裝樣式的衣服顯得筆挺嚴肅。他會用一種既疏遠又溫柔的聲音「貓咪，貓咪」地喊著。貓兒會抬起惺忪睡眼，但尚未移動身子。這時老人從街道上方撕紙屑往下撒，貓受到這陣白色蝴蝶雨吸引，立刻衝到路中央，遲疑地伸出腳爪去碰觸最後幾片紙屑。小老頭兒見機便往貓身上吐口水，力道又大又精準。要是哪次正中目標，他就大笑。

最後，塔盧好像深深受到這座城市的商業特質所吸引，它無論是外觀、繁忙景象或甚至娛樂都彷彿受制於交易的需求。這份獨特性（這是他記事本裡的用詞）獲得塔盧的讚許，最後甚至還驚歎道：「難得呀！」這似乎是當時這份旅遊筆記中，極少數表達個人觀點的幾處之一。這些筆記的意義與嚴肅性，著實難以判斷。比方說，塔盧在筆記裡講述由於飯店出現一隻死老鼠而導致櫃台人員犯下一個錯誤後，又用比平時潦草的字跡補充道：「問題：怎麼樣才能不浪費時間？答案：盡量體驗時間的長度。方法：白天到牙科候診室，坐在不舒服的椅子上耗時間；週日下午在陽台上度過；去聽一場用你不懂的語言進行的座談會；選擇最長也最不方便的路線搭火車旅行，而且當然要站著；為了看表演排隊買票卻又不入座等等。」但在這些跳躍的書寫或思緒之後，記事本緊接著開始詳述我們城裡電車的機艙樣式、模糊難辨的顏色、經常骯髒的環境，並在一連串評論之後以一句「真是了不起」作結，完全沒有多加解釋。

總之，塔盧對老鼠事件的記載如下：

「今天對面的小老頭兒很狼狽。一隻貓都沒了。其實牠們是因為街道上發現大量死老鼠過於興奮，而消失不見。依我看，貓絕不可能吃死老鼠。我記得我養的貓就很討厭。不過牠們肯定跑進地窖裡，讓小老頭兒一副狼狽樣，頭髮沒梳得那麼整齊，也沒那麼精力旺盛。感覺上好像很憂慮。過了一會兒，他便進屋去，但仍往空中啐了一口。

「今天，城裡有一輛電車停駛，因為發現一隻死老鼠，不知怎麼跑進去的。有兩三名婦女因此下車。老鼠被丟棄後，電車便重新啟動。

「飯店櫃台的夜班人員是個值得信賴的人，他對我說這麼多老鼠恐怕不是什麼好預兆。『當船上的老鼠開始逃命……』我回答說船要沉了的確是如此，但城市的情形誰也沒有證實過。然而，他堅信不疑。我問他認為可能會有什麼災難發生。他也不知道，災難是無法預知的，但若是發生地震他也不覺得驚訝。我承認有此可能，他問我會不會擔心。

「『我唯一感興趣的事，』我對他說：『就是找到內心的平靜。』

「他完全能理解我。

「在飯店餐廳裡有一大家子人很有趣。父親瘦瘦高高的，穿得一身黑，還戴了硬領。他頂上已禿，只剩左右兩簇花白頭髮。臉上一對圓圓的小眼睛，眼神嚴厲，鼻梁尖細，嘴巴橫闊，模樣有如一隻修養良好的貓頭鷹。他總是第一個來到餐廳門口，然後閃到一邊讓妻子先行進入，她嬌小得像隻黑老鼠，身後緊跟著一個小男孩和一個小女孩，兩人的穿著打扮活像訓練有素的小狗。

到了桌邊，他會等妻子就座後才坐下，他們的兩隻捲毛狗也才能坐到高腳椅上。他會對妻子兒女使用敬語『您』，對妻子總是以禮貌性的口吻說出惡毒言詞，而對孩子們則會說一些決絕的話：

「『妮可，您的行為舉止實在太討人厭了！』

「小女孩聽了都要哭了。確實也該如此。

「今天早上，小男孩聽到老鼠的事興奮得不得了，便想在餐桌上說點什麼。

「『吃飯的時候不要談論老鼠，菲立普。以後不許您再提到這個字眼。』

「『父親說得有理。』黑老鼠說道。

「兩隻捲毛狗一頭埋進碗盤裡，貓頭鷹也非常簡潔地點了個頭表示謝意。

「儘管有他們作了好榜樣，城裡人還是大肆談論著老鼠事件。報紙也加入討論。通常千變萬化的地方專欄如今全部炮口一致對抗市政府：『我們的市府官員難道沒有察覺這些腐爛的鼠屍可能帶來什麼危險嗎？』飯店經理更是三句不離此事，但他也十分惱火。在一間聲譽卓著的飯店電梯內發現老鼠，在他看來簡直不可思議。為了安慰他，我便說道：

「『反正大家都一樣。』

「『就是啊，』他回答我說：『我們現在也跟大家一樣了。』

「他向我提到那驚人熱病的早期病例，大夥兒正對此開始感到憂心，剛好飯店裡一名清潔女工得病了。

「『不過這肯定不會傳染。』他急忙澄清。

「我對他說我不在意。

「『原來如此啊！先生也跟我一樣，是個宿命論者。』

「『我從來沒有說過這樣的話，何況我也不是宿命論者。』我這麼對他說了……」

從此處起，塔盧在記事本內開始較為詳細地談論這起原因不詳、卻已讓群眾惶惶不安的熱病。除了記錄說老鼠消失後，小老頭兒終於又重新找回那群貓，並且耐心地調整他的口水射擊，塔盧還補充說道當時已經有十來起這種熱病病例，其中多數都喪了命。

最後，我們可以將塔盧對李厄醫師的描述放進來作為補充資料。根據敘事者判斷，他的描述相當忠實：

「看起來像三十五歲，中等身材，肩膀厚實，臉形幾乎方方正正，深色的眼珠眼神率直，但下巴突出。鼻子大而勻稱，一頭黑髮剪得很短，嘴巴呈弧形，豐厚的雙唇幾乎隨時緊閉。深焙的膚色、黑色毛髮，以及色調總是暗沉卻和他很搭的衣服，讓他有點像西西里農民。

「他走路很快。沿著人行道往下走時從未改變過步伐，但是在對面人行道往上走時，三次裡總有兩次會輕微跳躍。他開車心不在焉，即使已經轉了彎，也常常忘記熄掉方向燈。從來不戴帽子。似乎頗有見識。」

＊＊＊

塔盧的描述是正確的。李厄醫師知道些許內情。將門房的屍體隔離後，他打電話給李察詢問有關這些鼠蹊部熱病③的訊息：

「我真是弄不明白，」李察說道：「兩人死亡，一個在四十八小時內，另一個在三天內。有一天早上，我離開第二人的時候，他看起來完全恢復了。」

「如果還有其他病例，請通知我。」李厄說。

他又打給其他醫師。這樣調查下來，幾天內便得知有二十多個類似病例，幾乎全部喪命。於是他請求奧蘭醫師公會會長李察隔離新病患。

「可是我無能為力。」李察說：「這得由省政府下令。再說了，你從哪裡看出這有傳染風險？」

「沒有，只是症狀很令人擔心。」

然而李察自己認為「沒有資格」，他唯一能做的就是找省長談談。

但就在談論之際，變天了。門房去世的第二天，大片的霧遮蓋了天空。幾場短暫的暴雨傾瀉而下，在這些突如其來的驟雨過後，一股蒸騰熱氣隨之而來。大海本身失去了原本的深藍，在霧濛濛的天空下，呈現出白銀或鐵灰光澤，看著叫人難過。從今年春天的溼熱不難預期夏天的酷熱。像蝸牛一樣趴在高原上、幾乎不面海的這座城市，籠罩著一種沉鬱麻木。在它粗塗灰泥的長長圍牆當中、在那玻璃櫥窗積滿灰塵的街道上、在那色澤晦暗的黃色電車裡，略有一種被天監禁的感覺。只有李厄的老病患因為戰勝了哮喘，而為這種天候感到欣喜。

「人都快烤熟了，這樣對支氣管有好處。」他說。

人的確都快烤熟了，但也不多不少正像是一種熱病。整座城市都在發熱，至少那天早上前往費德布街協助調查柯塔自殺意圖的李厄醫師，滿腦子都是這種印象。關於這點，他歸因於自己突然產生的神經緊張與莫名掛慮，也承認必須盡快將思緒稍加整理。

③鼠疫之所以又稱為淋巴腺鼠疫，是因為它會以膿腫的症狀呈現，最常發生在帶鼠疫菌的跳蚤會叮咬的鼠蹊或腋下部位。

他到達時，警所所長還沒來，葛朗等在樓梯平台上，之後他們決定先進他家，不要關門。這個市府職員住的是兩房公寓，家具裝潢非常簡單，只看到一個擺了兩三本字典的白色木架，和一面黑板，上面勉強還能看出「花徑」等模糊字樣。據葛朗說，柯塔昨晚情況很好，但早上起床後直喊頭痛，而且一點反應都沒有。葛朗顯得疲憊而煩躁，不停踱著方步，桌上有一份厚厚的資料夾塞滿手寫稿紙，他也反覆地翻開、闔上。

不過他跟醫師說他對柯塔認識不深，但猜想他應該有點積蓄。柯塔是個怪人。許久以來，他們的關係都僅限於在樓梯上打個招呼。

「我只和他說過兩次話。幾天前，我帶一盒粉筆回家，在走廊上打翻了。裡面有紅色和藍色粉筆。這時候柯塔走出家門，幫我撿粉筆，並問我這些不同顏色的粉筆是做什麼用的。」

葛朗向他解釋說自己想重新學一點拉丁文，自從高中畢業後，以前學的都忘得差不多了。

「對，」他對醫師說：「聽說這絕對有助於了解法文字的意義。」

他說著便在黑板上寫了幾個拉丁字。他用藍色粉筆寫下名詞與動詞變化的部分，再用紅色粉筆寫下不變的部分。

「我不知道柯塔有沒有聽懂，但他好像很有興趣，還跟我要了一根紅色粉筆。我有點驚訝，但畢竟……我當然沒想到這會對他的計畫有所幫助。」

李厄問他第二次談話的內容為何。可是，在祕書陪同下到達的所長想先聽聽葛朗的說詞。醫師發現每當葛朗提到柯塔，總會稱呼他為「絕望的人」，有一度甚至用了「必死的決心」一詞。他們討論到自殺動機，葛朗對於遺詞用字顯得謹小慎微。最後終於確定用「內心憂鬱」的字眼。所長問說從柯塔的態度，有無任何蛛絲馬跡能讓人預料到他所謂的「決心」。

「昨天他來敲我的門，問我有沒有香菸。我把我的菸盒給他。他邊道歉邊對我說鄰居之間嘛……接著他向我保證一定會還我菸盒，我說他可以留著。」葛朗說。

所長問葛朗是否覺得柯塔行為怪異。

「讓我覺得奇怪的是他好像想聊天。但我正在工作。」

葛朗轉向李厄，神情尷尬地補上一句：

「是私人工作。」

所長想看看病人，但李厄認為最好先讓柯塔有心理準備。當他進入房間，病人只穿著灰色法蘭絨睡衣坐在床上，滿臉焦慮地面向房門。

「是警察對吧？」

「對，你別激動。兩三句例行問話之後，就沒事了。」李厄說。

但柯塔回答說這沒什麼用，說他不喜歡警察。李厄流露出不耐。

「我也不喜歡他們。只要快速又正確地回答他們的問題，就能一勞永逸。」

柯塔不再作聲，醫師隨即轉向門口，但床上的矮小男子出聲叫喚，等他來到床邊立刻抓住他的雙手說：

「他們不能動病人，不能動一個上吊自殺的人對吧？醫生。」

李厄端詳他片刻，最後才安撫他說絕對不會有這樣的事，而且有他在，他會保護自己的病患。柯塔似乎安心了些，李厄這才請所長入內。

警方將葛朗的證詞念給柯塔聽，並請他說明此舉的動機。他看也不看所長，只回答說：「內心憂鬱，這麼說很好。」所長逼著他說出是否還想再來一遍。柯塔情緒激動起來，回答說不會，又說他只希望別有人來煩他。

「你要知道，現在是你在煩別人。」所長生氣地說。

但李厄打了個手勢，問話也到此為止。

「你想想，」所長出來之後嘆氣道：「自從這個熱病引起話題以後，我們還有更重要的事要做呢……」

他問醫師情況嚴不嚴重，李厄說他也不知道。

「是天氣的關係，就這麼簡單。」所長下此結論。

大概是天氣的關係吧。愈到下午愈覺得觸手所及都黏糊糊的，而李厄每去看一個病人，恐懼感便與時俱增。這一天晚上在郊區，老病患的一名鄰居在譫妄之際，一邊壓著自己的鼠蹊一邊嘔吐。他的淋巴結腫得比門房的還大，其中有一處開始化膿，不久就像腐臭的水果裂了開來。回到家後，李厄打電話給省府的藥品保管處。當時他的職業摘記中只提到：「答覆否定。」這時候已經有其他地方請他前去治療類似病例。很明顯地，他必須切開膿腫。手術刀交叉切割兩刀，淋巴結立刻湧出血膿。病人流著血，忍受著解體的痛苦。但有些斑出現在腹部和腿上，有個淋巴結不再化膿，卻又開始腫大。多數時候，病人都是在可怕的氣味中過世。

原本針對老鼠事件喋喋不休的媒體，忽然全都安靜下來，因為老鼠死在街上，人死在房中，而報紙只管街道上的事。但省市政府都開始提出疑問。倘若每個醫師都只知道兩三個病例，誰也不會想到採取行動。但總而言之，一旦有人想到作個統計也就夠了。統計的結果令人驚愕。才短短幾天，致死的案例便已倍增，負責治療這怪病的人也能明顯看出這確實是傳染病。與李厄同行、年紀卻大了不少的卡斯泰，正是選在這個時候來見他。

「當然了，」他對他說：「李厄，你知道這是什麼嗎？」

「我還在等分析結果。」

「這我知道，而且不需要分析。我在中國行醫過一段時間，二十多年前也在巴黎見過幾個病例。只不過，當時還不敢提起病名。輿論是神聖的，不能引發恐慌，絕不能引發恐慌。而且就如同另一位同業所說：『不可能，大家都知道這種病已經在西方絕跡了。』對，大家都知道，除了死去的人。好啦，李厄，你跟我一樣心知肚明這是怎麼回事。」

李厄沉思著。他透過辦公室窗戶，望向遠方環繞著海灣、石塊磊砢的峭壁山肩。天色雖藍，卻隨著時間愈近傍晚，光線也逐漸變得柔和暗淡。

「是的，卡斯泰。」他說道：「這實在令人難以相信。但很像是瘟疫。」

卡斯泰起身走向門口。

「你知道其他人會怎麼回答吧，」老醫師說：「『這病已經在溫帶國家消失好多年了。』」

「消失是什麼意思？」李厄聳聳肩回答道。

「是啊，還有別忘了：差不多二十年前，巴黎都還出現過。」

「好吧，但願現在的情況不會比以前嚴重。但真的很不可思議。」

＊＊＊

這是第一次有人說出了「瘟疫」一詞。敘述至此，當貝納．李厄站在窗戶後面，敘事者或許應該對醫師的不確定與驚訝稍作說明，因為他的反應和我們大多數市民基本上是大同小異。疫災其實是常見的事，只是一旦落到自己頭上往往令人難以置信。這世界上的瘟疫和戰爭一樣多。然而瘟疫與戰爭總會殺得人措手不及。李厄醫師就是措手不及，和我們市民同胞一樣，也因此應該要理解他的遲疑，還應該理解他在憂慮與信心間的左右為難。當戰爭爆發，人們會說：「不會持續太久的，這太愚蠢了。」也許戰爭的確太過愚蠢，但這阻止不了它持續下去。蠢事總是很持久，要不是大家只顧著自己就會發現了。就這點而言，我們市民同胞和所有人一樣，都顧著自己，換句話說他們都是人道主義者：他們不相信疫災。疫災與人類不相稱，因此我們說疫災是不真實的，是很快就會過去的噩夢。但它不一定會過去，從一個噩夢到下一個噩夢，過去的都是人，而且主要是那些人道主義者，因為他們沒有加以防範。我們的市民同胞並不比其他人值得怪罪，他們只是忘記要謙遜罷了，他們以為一切都還有可為，這也就意味著疫災是不可能的。他們繼續做生意、準備旅行、有自己的觀點。他們怎麼可能會去想到將未來、旅行與商談盡皆抹殺的瘟疫呢？他們自以為自由，但只要有疫災，誰都絕不可能自由。

即使李厄醫師當著友人的面承認，最近有少數零星的病患在未經通報下死於鼠疫，對他而言這個危險還是很不真實。其實，醫生只是自己想像病痛，想像力較為豐富一點而已。望著窗外毫無變化的城市，醫師幾乎沒有感覺到自己內心對未來生出了一種焦慮的輕微沮喪感。他試著在腦中整理自己對這種疾病的認識。一些數字在記憶中浮沉，他心想歷史上三十多次的大規模瘟疫造成了將近一億人死亡。但一億人死亡代表了什麼呢？打仗的時候，我們幾乎不知道什麼叫亡者。既然得親眼見到某人死亡，這個死去的人才有重量，那麼這些散布在歷史當中的一億具屍體，不過就是想像中的一縷煙罷了。醫師還記得據普羅科皮烏斯④的說法，君士坦丁堡的瘟疫在一天內造成萬人死亡。一萬名死者等於一間大戲院可容納觀眾數的五倍。現在應該要這麼做。把民眾聚集在五間戲院出口，帶往市區某廣場後讓他們成群死亡，這樣才能對這數據有點概念。至少，可以在這堆無名氏上頭放幾張熟識的面孔，但這當然不可能實現，何況有誰會認得一萬張臉？此外，像普羅科皮烏斯這種人不會算術是眾所周知的事。七十年前在廣州，災難波及居民之前已有四萬隻老鼠死於瘟疫。但在一八七一年，並沒有方法數算老鼠，只能估計算個大概，明顯可能出現誤差。然而，假如一隻老鼠長三十公分，四萬隻老鼠頭尾相接將會有……

但醫師開始不耐煩。他不應該如此灰心喪志。區區幾個病例不會形成流行病，只須做好防範措施即可。現在得好好掌握已知部分，僵直與虛脫、雙眼發紅、嘴巴發臭、頭痛、膿腫、口渴得厲害、譫妄、身上出現斑點、體內的撕裂痛楚，以及經過這一切之後……經過這一切之後，李厄醫師想起了一個階段，這個階段恰好是他手冊中所列舉的最後一項症狀：「脈搏變得極弱，小小一個動作就可能導致猝死。」沒錯，經過這一切之後，生命僅懸於一線，有四分之三的人（這是精準的數據）因為耐不住性子而做出這個加速死亡的微小動作。

醫師依然望向窗外。窗玻璃的一邊是春天清朗的天空，另一邊的室內則還回響著那個字眼：瘟疫。這個字眼包含的不只有科學所賦予的意義，還有一長串與這座又黃又灰的城市格格不入的奇特影像；此刻的城裡熱鬧程度適中，市聲嘈切卻不喧騰，總之氣氛愉快——如果有可能同時感到愉快又鬱悶的話。一種無比祥和、無比漠然的平靜，幾乎毫不費力地推翻了舊日的疫災景象：

④普羅科皮烏斯（Procopius, 500-565），六世紀時的拜占庭歷史學家，他描述了西元五四二年君士坦丁堡遭受瘟疫侵襲的情形。

瘟疫肆虐鳥類絕跡的雅典、充滿沉默垂死之人的中國城市、馬賽的苦役犯將全身流膿的屍體填入洞裡⑤、為了阻止瘟疫的猛烈攻勢而在普羅旺斯興建的高牆、雅法⑥與其面目可憎的乞丐、君士坦丁堡醫院中黏在夯實土地上那些潮溼腐朽的床、被鐵鉤拖行的病患、黑死病期間醫生戴著面具的滑稽裝扮⑦、在米蘭墓園裡交媾的生還者、在人心惶惶的倫敦那些裝載死者的馬車，還有夜以繼日、隨時隨地、源源不絕充斥著的人類哭喊聲。不，這一切都還不足以扼殺這一天的清靜。窗子另一邊忽然響起看不見的電車的鈴聲，轉瞬間也駁倒了殘酷與痛苦。只有在彷彿暗淡棋盤般的屋群盡頭的大海，證明了這世上有令人不安、永遠無法平靜的事物。看著海灣的李厄醫師想到魯克里修斯⑧曾提及的，以及受疾病侵襲的雅典人在大海前面豎起的焚屍柴堆。民眾會在夜裡將死者送到那兒去，由於地方不夠大，生者為了安置曾經對他們很重要的人便以火把互毆，寧可打得頭破血流也不願捨棄屍體。可以想像柴堆在平靜深暗的海水前發著紅光，眾人持火炬打鬥的夜裡火星劈啪作響，濃濃的毒煙升上凝神注目的天空。這恐怕是可能發生的……

但這暈眩感面對理智卻站不住腳。沒錯，「瘟疫」一詞被提出來了，沒錯，就在這個時候疫災撼動並擊倒了一兩名受害者。但是呢，可能就到此為止。現在該做的是清楚地確認該確認的事情，驅散無謂的陰影，採取適當措施。然後瘟疫就會打住，因為瘟疫是不可想像的，又或者是被想錯了。要是它就此打住，而這也是最可能發生的情形，那麼一切都會沒事。否則的話，我們會知道是怎麼回事，也會知道有沒有辦法先作處理然後戰勝它。

醫師打開窗戶，市囂聲頓時膨脹了。從鄰近某家工廠傳來電鋸短暫而反覆的尖鳴聲。李厄振作起精神。每天的工作才是確實可靠的，其餘都僅繫於細線與微小動作，我們無法多加留神。最重要的還是做好自己分內的事。

＊＊＊

李厄醫師正沉思到這裡，傭人便來通報約瑟．葛朗來了。他身為市府職員，雖然工作非常繁雜，卻會定期到戶政處的統計科辦事，因此他得加總死亡人數。生性熱心的他答應要親自送一份統計結果到李厄家來。

醫師看到葛朗和他的鄰人柯塔一塊兒進屋，前者揮舞著一張紙。

「數字增加了，醫師。四十八小時內十一人死亡。」他宣布道。

李厄和柯塔打了招呼，並問他覺得如何。葛朗解釋說柯塔堅持要來向醫師致謝，也為自己造成的困擾道歉。李厄看著統計的紙張說道：

「好啦，或許也該下定決心說出病名了。直到目前，我們一直原地踏步。不過跟我來吧，我得去一趟實驗室。」

「好，好，」葛朗說著跟在醫師後面下樓。「本來就該直言不諱。但病名叫什麼呢？」

「我不能告訴你，何況說了對你也沒好處。」

---

⑤影射一七二〇至一七二一年間鼠疫肆虐普羅旺斯的情景（十二萬人死亡）：被判罰苦役的人受徵調去清理並掩埋堆積在路上的病死屍。

⑥雅法（Jaffa），拿破崙於一七九九年埃及戰役中攻下的城市，當時城中爆發瘟疫，造成大量法國士兵死亡。

⑦有很長一段時間都認為瘟疫會藉由空氣傳染，因此醫生們便戴著鼻子部位塞滿消毒劑的面具。

⑧魯克里修斯（Titus Lucretius Carus, 99 BC-55 BC），羅馬詩人兼哲學家，最知名的著作為《物性論》（*De rerum natura*）。

「你瞧，」職員微笑著說：「沒那麼簡單的。」

他們朝閱兵廣場走去，柯塔始終沉默不語。路上開始湧現人潮。我們這兒的短暫黃昏面對黑夜已然退卻，依然清晰的地平線上出現了第一批星星。幾秒鐘後，街道上方的路燈亮起，使整片天空變暗，人們談話的聲音似乎也高了一度。

「抱歉，」來到閱兵廣場角落時，葛朗說道：「我得去搭電車了。我的夜晚時間很寶貴。就像我們家鄉的人說的：『今天的事絕不要留到明天……』」

李厄之前就已經注意到，出生於蒙特利馬⑨的葛朗很喜歡引用家鄉的俚語，後面再接一些俗套用語，如「夢一般的季節」或「魔幻般的光線」。

「啊，可不是嘛。吃過晚飯以後，就沒法把他拉出家門了。」柯塔說。

李厄問葛朗是不是在替市政府工作。葛朗回答說不是，他在做自己的事。

「喔！」李厄沒話找話說：「有進展嗎？」

「我都做好幾年了，當然有。但是就某方面來說，進步不大。」

「不過簡單地說，是什麼樣的工作？」醫師停下腳步問道。

葛朗支支吾吾地說不清楚，一面把圓帽往下壓，蓋住兩片大耳朵。李厄隱約聽出來似乎是有關某位名人的發展。但職員已經離開了，他踩著急促碎步從無花果樹底下沿著瑪恩大道往上走。到了實驗室門口，柯塔對醫師說想請他幫自己看診。李厄摸弄著口袋裡那張數據資料，一面請他到診所來看病，接著又改變心意，說自己隔天會到他住的那一區去，傍晚可以順便去看他。

與柯塔分手後，醫師想到了葛朗。他想像他置身於一場瘟疫中，不是眼下可能不太嚴重的這場，而是歷史上的某次大規模瘟疫。「他這種人總能在那樣的情況中逃過一劫。」他記得在書上讀到過，體質弱的人往往能在瘟疫中死裡逃生，而身強體壯的人則是最可能喪命。想著想著，醫師發覺這位職員的舉止略有點神祕。

其實乍看之下，約瑟．葛朗完全就像他所表現出來的樣子，只是個市府的小職員。他選穿的衣服總是太寬鬆，掛在瘦高的身軀飄飄揚揚，以為這樣能穿久一點。雖然他下方牙齦上的牙齒大部分都保留著，上排牙齒卻已掉光。因此當他微笑（主要是揚起上唇）便露出一張黑森森的嘴。這樣的面貌倘若再加上修道院修士那種緊貼牆面、無聲無息溜進門裡的走路姿態，加上一種地窖混合著煙的氣味與各種卑微的神情，我們不得不承認對他唯一能有的想像就是坐在辦公桌前，認真地修訂公共澡堂的收費標準，或是蒐集資料供某個年輕職員撰擬有關清運家庭垃圾新稅制的公文報告。即使是一個不知情的人，也會覺得他之所以來到人世，是為了執行市府那些不起眼卻又不可或缺的臨時職務，賺取六十二法郎的日薪。

據他說，在市政府每個月的雇員名單上，這正是他的薪資數目。二十二年前取得學士學位後，沒錢再升學的他便接下這份工作，他說他們讓他以為有希望很快升為正式職員。只要花一段時間，在我們市政所引發的敏感問題上證明自己的能力，接下來，他們向他保證，一定能獲得撰寫公文的職位，到時候就能過著寬裕的生活。當然，野心並不是驅策約瑟．葛朗的動力，關於這一點他帶著憂鬱的微笑信誓旦旦地說。但想到能以正當手段保障物質生活無虞，並能因此毫無愧疚地投入自己最喜愛的工作，他覺得非常滿意。他之所以接受這個工作機會，是為了一些值得敬

⑨蒙特利馬（Montélimar），法國東南部德羅姆省（Drôme）的第二大城。

佩的理由，也是為了（如果可以這麼說的話）忠於一份理想。

這種暫時的狀況持續了許多年，生活水準以莫大的幅度提升了，而葛朗的薪水雖然調升過幾次，卻仍然少得可憐。他曾向李厄抱怨過，但似乎並無其他人察覺。這也正是葛朗古怪之處，或者至少是他的特點之一。其實，就算不確定自己擁有什麼權利，至少可以請求工作單位兌現當初的承諾。但首先，起初雇用他的辦公室主管已經過世很久，偏偏葛朗也不記得當時主管承諾他的確切條件。總之，也是最重要的一點，約瑟．葛朗不知從何啟齒。

誠如李厄所觀察到的，這個特點最能貼切地描述我們這位市民同胞。其實正因為這個原因，他醞釀要寫的申訴信總是寫不出來，也無法因應情勢採取必要手段。照他的說法，使用「權利」或「承諾」等字眼讓他特別尷尬，前者他自己也沒把握，而後者則帶有討債意味，可能會讓他顯得大膽不客氣，這不太符合他職務上所要求的謙卑態度。另一方面，他又不肯使用「承蒙照顧」、「懇請」、「感激」等字眼，唯恐因而失去自尊。就這樣，因為找不到適當用詞，我們這位市民同胞便繼續執行他卑微的職務直到年歲已大。儘管如此，他發覺（這也是他跟李厄醫師說的）實際上他的物質生活還是受到保障的，因為無論如何只要量入為出就可以了。他因此體認到市長，我們城裡的大企業家，最常說的一句話果真沒錯，這句話強力斷言：總而言之（他特別強調這四個字，因為這是論證最主要的重點所在），總而言之呢，從來也沒看見過有人餓死。不管怎麼說，約瑟．葛朗過著的半禁慾生活終究也讓他免除了所有類似的煩惱。他繼續尋找著適當的字眼。

就某種層面而言，他可以說是過著模範的生活。他是那種無論在我們城裡或其他地方都很少見的人，總是勇於表達自己純真的感情。從他甚少吐露的私事其實便顯示出他具備著善意與一種現代人不敢坦承的依戀。他從不羞於坦承自己對外甥與妹妹的愛，而且他每兩年就要到法國去探視這個僅存的親人。他也老實說，一想起早在他還年輕時便過世的父母，總是讓他很悲傷。在他的社區裡，每到傍晚五點就會響起一陣輕柔鐘聲，他不諱言自己愛此鐘聲勝過一切。然而，為了表達如此簡單的情緒，哪怕只是隻字片語都讓他痛苦萬分。說到底，這方面的障礙是他最大的煩惱。「醫師啊，我想學會表達自我。」他每回碰到李厄都會提起。

這天晚上當醫師看著葛朗離去，登時明白這個職員的意思了：他可能在寫書或是類似的東西。直到最後進入實驗室後，這個想法才讓李厄安心。他知道這樣的感受很愚蠢，但他實在無法相信瘟疫會真的進駐一個還能找到自行培養可敬嗜好的謙遜公務員的城市。說得確切一點，他無法將這些嗜好和瘟疫聯想在一起，因此他判斷實際上，瘟疫在我們市民同胞當中是沒有未來的。

＊＊＊

翌日，在眾人頗不以為然的堅持之下，李厄終於接獲通知前往省政府參加衛生委員會會議。

「人民確實很擔心。」李察坦言道：「而且謠言總是誇大其詞。省長跟我說：『要做的話就動作快，但不要聲張。』不過他堅信這是虛驚一場。」

貝納・李厄載著卡斯泰一同前往省政府。

「你知道嗎？」卡斯泰對他說：「省裡頭沒有血清。」

「我知道，我打電話到保管處問過了。處主任大吃一驚。得從巴黎調過來。」

「但願不會太久。」

「我已經打了電報。」李厄回答。

省長很親切，但有點緊張。

「我們開始吧，各位先生。」他說：「需要我概述一下情況嗎？」

李察認為不必要，醫師們都已了解狀況，問題只在於不知道應該採取什麼樣的措施。

「問題是，」老卡斯泰突然開口道：「要先知道這是不是瘟疫。」

兩三名醫師驚呼出聲，其他人則顯得猶豫不定，省長更是驚跳起來，下意識地轉向門口，彷彿想確認這番謬論被門給阻擋下來，沒有傳到走廊上去。李察說依他之見，不應該過度驚慌；目前只能說這是一種會引發鼠蹊併發症的熱病，假設的說法無論在科學或生活上都很危險。老卡斯泰靜靜地咬著發黃的小鬍子，一面抬起淺色的眼珠子看看李厄。接著他以親切和藹的眼神轉而望向與會者，宣稱他很清楚知道這是瘟疫，但若要正式公布當然得採取一些殘忍的手段。他知道這其實正是讓同儕們退縮的原因，因此為了讓大夥兒放心，他很願意承認這不是瘟疫。省長很激動地說，這無論如何都不是好的論證方式。

「重點不在於這種論證方式好不好，」卡斯泰說：「而是它能發人深省。」

由於李厄保持沉默，大家便問他的意見。

「這是一種具有傷寒特徵的熱病，卻又連帶引發膿腫和嘔吐。我切開過發炎的淋巴結，也因此得以進行分析檢驗，實驗室認為看到了鼠疫的粗短桿菌。但為了讓資訊更完整，我必須說這細菌有某些特定的改變，與典型病菌的描述並不吻合。」

李察強調單憑這點就有理由遲疑，又說幾天前已展開一連串的分析，至少應該等到統計結果出來。

「說到細菌，」李厄靜默片刻後說道：「它能在三天的時間內讓脾臟增大為四倍，並且讓腸繫膜淋巴結變得像橘子那麼大、像粥那麼濃稠，這恰恰是讓人沒有理由遲疑。感染的區域正不斷擴大。假如疾病沒有被止住，以它擴散的速度可能不到兩個月就會殺死半數市民。所以，不管是叫它瘟疫或擴張型熱病都不重要，唯一重要的是要阻止它殺死一半的市民。」

李察認為他不應該太悲觀，何況傳染性尚未被證實，因為他患者的家屬都還沒有染病。

「可是有其他人死了。」李厄提醒他：「當然了，傳染病從來就不是絕對的，否則數字會無止境地增加，人口也會迅速銳減。這絕不是悲觀，而是要採取預防措施。」

然而李察想要概述目前的情況，同時提醒大家假如這個病不自行停止，要加以阻擋就得施行法律所規定的重大預防措施；他說要這麼做就必須公開承認這是瘟疫，還說關於這點並非百分之百確定，所以需要三思。

「問題呢，」李厄堅持道：「不在於法律規定的措施是否重大，而是為了避免半數市民死亡，這些措施是否必要。其他的都屬於行政事宜，而剛好我們的制度已預先準備了一位省長來解決這些問題。」

「大概吧，但我需要你們正式公布這是瘟疫傳染。」省長說。

「就算我們不承認，它還是可能殺死半數市民。」李厄說。

李察略顯煩躁地打斷。

「事實上這位同僚已認定是瘟疫，他所描述的症狀就足以證明。」

李厄回答說他描述的並非症狀，而是他看到的東西。他看到的有膿腫、斑點、譫妄性發熱、四十八小時內致命。李察先生能夠負責任地證明無須採取嚴厲的預防措施，流行病也會止住嗎？

李察猶豫了一下，看著李厄說：

「說真的，告訴我你是怎麼想的，你確定是瘟疫嗎？」

「你問錯問題了。重要的不是詞彙，而是時間。」

「你的想法應該是，」省長說：「就算不是瘟疫，也應該實施為瘟疫期所制定的預防措施。」

「如果我非得有個想法不可，的確是這樣沒錯。」

醫師們商議之後，李察終於說道：

「那麼我們必須負起責任，把它當成瘟疫來處理。」

這樣的說法受到熱烈贊同。

「你也同意嗎？我親愛的同僚。」李察問道。

「說法我不在乎。只是我們不應該當作半數市民沒有生命之虞，因為他們確實有。」

李厄說完，在眾人不快的氣氛中走出去。過了片刻，在散發著油炸味與尿味的郊區，有個女人面轉向他拚命尖叫，鼠蹊處血跡斑斑。

＊＊＊

開完會第二天，熱病的情勢又往上竄高了些。消息甚至登上報紙版面，但卻是以寬容的形式，因為各報都只作了一點暗示。無論如何，第三天，李厄已經看到省府迅速派人張貼在市區最隱密角落裡的白色小布告。從這張布告很難得到有關單位已正視情況的證明。採行的措施並不嚴厲，而且為了不想造成輿論不安似乎作了很大的讓步。事實上，這篇決議文的開頭宣稱奧蘭市出現了幾例惡性熱病，目前尚無法判定是否有傳染性。這些病例的症狀還不是很明顯，無須過度擔憂，民眾務必保持冷靜。然而，省長秉持著所有人想必都能理解的謹慎態度，採取了幾項預防措施。這些措施受到充分理解並依規定施行後，將能夠斷然終止流行病的所有威脅。因此，省長絲毫不懷疑市民們定然會竭盡全力配合他個人的努力。

布告緊接著公布了整體措施，其中包括將毒氣注入陰溝內的科學滅鼠法與密切留意飲水，並建議居民要絕對維護整潔，最後還請身上有跳蚤的人前往市立衛生所。此外，家家戶戶必須強制通報醫師診斷出來的病情，並同意將家中病患送往醫院的特殊病房進行隔離。這些病房的設備可以在最短時間內，讓病患獲得最大的療癒機會。還有幾項附加條文規定病患房間與交通工具必須消毒。其餘的部分則只是建議病患家屬多加留意自己的健康狀況。

看著布告的李厄醫師猛然轉身離開，繼續上路前往診所。約瑟．葛朗在那兒等候，一見到他便再次舉起雙臂。

「對，我知道，數字又升高了。」李厄說。

前一天，城裡有十來個病患死亡。醫師對葛朗說也許晚上再見他，因為他得去為柯塔看診。

「說得沒錯，你對他會有幫助，因為我覺得他變了。」葛朗說。

「怎麼說？」

「他變得有禮貌。」

「以前沒有禮貌嗎？」

葛朗遲疑不語。他不能說柯塔不禮貌，這麼說並不正確。他這個人封閉又安靜，有點像個粗野之人。臥室、一間簡單的餐廳和幾趟頗為神祕的外出，這就是柯塔全部的生活。他正式的身分是酒類代理商，每隔很長一段時間，都會有兩三個男人來找他，應該是客戶。有時晚上他會到住家對面的戲院看電影。葛朗甚至注意到柯塔似乎最喜歡看警匪片。這個代理商時時刻刻都是孤單一人、保持警戒。

據葛朗所說，這一切都不一樣了。

「我不知道該怎麼說，但你知道嗎？我覺得他試圖贏得大家的心，他想籠絡所有的人。他常常跟我說話，也會主動邀我一起出去，我有時候不知該如何拒絕。不過，他讓我很感興趣，畢竟我救了他一命。」

自從企圖自殺後，再也沒有人去找過柯塔。不管是在街上或是到店裡，他總是試圖博取所有人的同情。從來沒有人會這麼溫柔地和雜貨店老闆談天，又這麼興致盎然地聽香菸販說話。

葛朗說：「那個賣香菸的女販子，真的是個陰險的人，我跟柯塔說了，他卻回說我弄錯了，說她有一些優點，我們要懂得去發掘。」

但是，柯塔曾帶葛朗光顧城裡最豪華的餐廳和咖啡館兩三次。事實上，他也是最近才常去那些場所。

他說：「在那種地方很舒服，而且還有好的伙伴。」

葛朗發現服務生總是對這位酒商特別殷勤，後來看到他留下的小費才明白箇中原因。柯塔對於他們回報的親切態度，似乎非常敏感。有一天，餐廳領班送他到門口，還幫他穿上大衣，柯塔便對葛朗說：

「他是個好侍者，他可以作見證。」

「作什麼見證？」

柯塔猶豫了一下。

「就是見證我不是個壞人。」

但是他的脾氣陰晴不定。有一天，雜貨店老闆比較沒那麼熱絡，他回家時簡直怒不可遏。

「他站到別人那邊去了，這個忘恩負義的傢伙。」他不停地說。

「別的什麼人？」

「別的所有人。」

葛朗甚至在菸販那兒目睹了奇怪的一幕。大夥兒談得興高采烈之際，女菸販提到最近在阿爾及爾鬧得沸沸揚揚的一起逮捕行動，有位店員在海灘上殺死一名阿拉伯人而被捕。

女販子說：「要是把這些敗類全關進牢裡，善良百姓就能喘口氣了。」

但說到這裡她不得不打住，因為柯塔忽然激動地衝出店外，一句道歉的話都沒說。葛朗和女販子愣在當下，呆呆地看著他逃離。

接下來，葛朗還打算對李厄指出柯塔性格上的其他改變。柯塔向來抱持著非常自由派的觀念，他最常掛在嘴邊的話便足以證明：「弱肉強食是必然的。」但近些日子來，他卻只買奧蘭市思想正統的報紙，而且讓人忍不住覺得他有點故意在公共場所看報紙。不止如此，在能下床走動的幾天後，他請求葛朗去郵局時順便幫他寄一張百元法郎的匯票，他每個月都會寄這筆錢給遠方的一位姊妹。但就在葛朗臨出門時，柯塔要求道：

「還是寄兩百法郎給她吧，也好給她一個驚喜。她以為我從來不會想到她，其實我很愛她。」

後來柯塔和葛朗展開一段怪異的對話。柯塔對於葛朗每天晚上做的小工作感到好奇，便逼著他回答一些問題。

「知道了，」柯塔說：「你在寫書。」

「你要這麼想也行，不過要更複雜一點！」

「啊！」柯塔大喊著說：「我也想和你一樣。」

葛朗顯出驚訝的神色，柯塔則是結結巴巴地說當文人做起事來應該會比較方便。

「為什麼？」葛朗不解地問。

「因為大家都知道，文人享有較多權利，大家對他們比較容忍。」

「其實啊，」貼出公告那天早上，李厄對葛朗說：「他只不過是跟其他許多人一樣，被老鼠的事弄得暈頭轉向罷了，又或者他害怕發燒。」

葛朗回答道：

「醫師，我可不這麼認為，如果你想知道我的想法……」

這時滅鼠車從窗子底下經過，發出巨大的排氣聲。李厄暫時閉上嘴，等到自己的聲音能被聽見了才隨口問葛朗有何想法。職員嚴肅地看著他說：

「他這個人心裡有鬼。」

醫師聳聳肩，不置可否。誠如警所所長說的，還有更重要的事要做呢。

下午，李厄與卡斯泰商談了一下。血清還沒到。

「再說了，」李厄問道：「血清會有用嗎？這個桿菌很奇怪。」

「啊！」卡斯泰說：「我和你的看法不同。這些小生物總是看起來很奇特，其實骨子裡都一樣。」

「至少這是你的假設，事實上，我們對這一切毫無所知。」

「當然了，這是我的假設。但每個人都同樣在假設。」

一整天下來，醫師覺得每當想起瘟疫便會發生的輕微暈眩感似乎愈來愈嚴重。最後，他終於承認自己害怕。他兩度走進客滿的咖啡館，就跟柯塔一樣，他也覺得需要感受人的溫情。李厄自覺愚蠢，但也因此想起自己答應過酒商要去看他。

當晚，醫師發現柯塔坐在飯廳的餐桌旁。他進屋時，桌上擺著一本翻開的偵探小說，但已經入夜，在漸增的昏暗中肯定沒法看書。前一刻裡，柯塔想必是坐在黑暗中想事情。李厄問他覺得如何。柯塔坐著嘟囔說他很好，還說要是都沒有人關心，他還會更好。李厄提醒他說沒有人能一直離群索居。

「喔！不是這樣的。我說的是那些只管給人找麻煩的人。」

李厄沒有出聲。

「你要知道，我的情況不是這樣。只是我在看這本小說，裡頭有個可憐蟲在某天早上忽然被逮了。他受到很多關心，卻什麼都不知道。大家在辦公室裡談論他，他的名字也被登記在案。你說這樣對嗎？你說我們有權利這樣對一個人嗎？」

「看情形。」李厄說道：「就某方面來說，我們的確完全沒有權利。但這一切都是次要的。你不能自我封閉太久，你得出門。」

柯塔似乎變得激動，說他不只做這些事，還說必要的話，整個社區都能為他作見證。甚至社區以外，他也有不少關係。

「你認識建築師黎戈先生嗎？他也是我的朋友。」

夜色更加深沉。路燈亮起的那一刻，郊區的街道隨著熱鬧起來，外頭也傳來一聲模糊不明、輕鬆招呼的叫喊聲。李厄走到陽台上，柯塔隨後跟去。四周所有社區就像在我們城裡的每一晚，一陣微風吹送著低低的窸窣聲、烤肉的香氣，以及愉快而芬芳的嗡鳴，那是洋溢著喧鬧青春的街道上逐漸瀰漫開來的一種自由。夜裡，有看不見的船隻的尖銳鳴笛聲，有從海上與川流不息的人潮中升起的嘈雜聲，這原是李厄所熟悉也喜愛的時刻，今天卻因為他知悉的這一切而顯得有壓迫感。

「能開燈嗎？」他問柯塔。

一恢復明亮後，這個矮小的男人便眼神閃爍地看著他說：

「醫生，你告訴我，萬一我生病的話，你醫院的病房會不會收我？」

「怎麼不會呢？」

柯塔於是又問警察可不可能到診所或醫院去抓人。李厄回答說這種情形曾經發生過，但還是得視病患的狀況而定。

「我呢，」柯塔說：「我相信你。」

接著他問醫師能不能載他進城。

市中心的街道上已經不那麼擁擠，燈光也較為稀少。有些孩童還在門口玩耍。醫師應柯塔要求，把車開到一群孩子前面停下，他們正一邊玩跳格子一邊尖叫。但其中一人用清澈羞怯的眼光盯著李厄看，那孩子留著服貼的黑髮，髮線分得筆直，臉上髒兮兮的。醫師將視線轉移開來。柯塔站在人行道上，和他握了握手，並用粗啞彆扭的聲音說話，還轉頭往身後瞧了兩三次。

「大家都在談論流行病，這是真的嗎？醫生。」

「大家總是有話題說，這很自然。」李厄說。

「你說得對，而且今天要是死了十幾個人，大家就以為是世界末日了。這不是我們需要的。」

引擎已經隆隆作響，李厄的手也按在排檔桿上，但他又看了看那個始終以嚴肅而冷靜的表情盯著他的小孩。忽然間，那孩子咧開大嘴對他笑起來。

「不然我們需要什麼？」醫生也對孩子報以微笑，一邊問道。

柯塔猛地抓住車門，然後在逃離前用哽咽並充滿憤怒的聲音大吼：

「地震！真正的地震！」

沒有發生地震，而第二天對李厄而言也只是長時間在城裡四處跑來跑去，或是與病患家屬磋商或是與病人本身討論。李厄從未曾感覺到自己的職業竟是如此沉重。直到目前為止，病人總是對他毫無保留，讓他看診起來很輕鬆。這是他第一次覺得他們遲疑不決，帶著一種不信任的驚愕躲在疾病最深處。這種對抗，他還不習慣。到了晚上十點左右，李厄將車停在哮喘老人也是今天最後一個病患的住家前面，卻幾乎下不了車。他看看幽暗的街道又看看漆黑天空上明滅的星星，盡量拖延時間。

哮喘老人起身坐在床上，呼吸似乎順暢了些，此時正在把一只鍋子裡的青豆一顆顆挑到另一只鍋子。他春風滿面地同醫師打招呼。

「怎麼樣？醫師，是霍亂嗎？」

「你從哪兒聽說的？」

「報紙上寫的，收音機也這麼說。」

「不，不是霍亂。」

「不管怎麼樣，」老人情緒異常興奮地說：「這些大頭太誇張了，對吧！」

「那些話都別相信。」醫生說。

他替老人作完檢查，此刻坐在簡陋的飯廳中央。對，他很害怕。他知道第二天早上，就在同一處郊區，將有十來個因為淋巴結發炎而彎著身子等待他的病人。其中只有兩三例會因為切開手術而情況好轉，但大多數都得送醫院，而他很清楚醫院對窮人意味著什麼。「我不要他去當實驗品。」有一名病患的妻子這麼對他說。他不是去當實驗品，而是會死，就這麼簡單。最後選定的措施是不夠的，這點很清楚。至於「特殊設備」病房，他見識過：就是從其他病人那兒倉促挪用的兩個獨立房間，窗戶塞得密不透風，四周還圍起防疫線。假如疫病不自行終止，光靠行政機關所想像的這些措施是戰勝不了它的。

然而，晚上的官方公報依然樂觀。次日，資料新聞局宣稱民眾客觀冷靜地接納了省府的措施，還說已經有三十多名病患作了通報。卡斯泰打電話給李厄：

「獨立病房提供多少床位？」

「八十個。」

「城裡的病患肯定不只三十個吧？」

「有一些人是害怕，還有另外更多數的人是來不及。」

「下葬過程沒有受到監督嗎？」

「沒有。我打電話跟李察說一定要有完整的措施，不能只是空口說白話，而且一定要建立真正的壁壘來對抗流行病，否則等於什麼都沒做。」

「結果呢？」

「他回答說他沒有權限。依我看，情勢還會升高。」

的確，三天內，兩間獨立病房就爆滿了。照李察所說，很快將為某間學校進行消毒，準備成立輔助醫院。李厄一邊等著疫苗，一邊為膿腫開刀。卡斯泰回到舊書堆裡，長時間待在圖書館。

他下結論道：「老鼠是死於瘟疫或類似的東西，牠們已經散播出數以萬計有感染性的跳蚤，若不及時阻止，將會以等比級數增加。」

李厄默不作聲。

在此時節，時間彷彿凝滯不動。太陽將最後幾場暴雨積成的水窪都蒸乾了。晴朗蔚藍的天空充滿澄黃的光線，飛機在初臨的熱氣中轟鳴，這季節所展現的一切在在令人感到寧謐祥和。然而短短四天內，熱病便作出驚人的四級跳：十六人喪命、二十四人、二十八人、三十二人。第四天，位於某小學的輔助醫院宣布啟用。在此之前一直以玩笑方式掩飾焦慮的市民同胞們，如今走在路上似乎顯得較沮喪也較沉默了。

李厄決定打電話給省長。

「那些措施是不夠的。」

「我得到數據了，確實很令人憂心。」省長說。

「不只是令人憂心而已，也很清楚。」

「我會請示中央政府下令。」

李厄當著卡斯泰的面掛斷電話：

「下令！那可能需要一點想像力。」

「血清呢？」

「這個禮拜內會到。」

省長透過李察向李厄要一份報告，打算送往殖民地首都請求下令。李厄在報告中寫了臨床診斷與統計數字。同一天，死亡人數四十多人。省長也如其所言，自次日起便竭盡全力更加嚴格地執行既定措施。強制通報與隔離仍維持不變。病患的住家必須封鎖消毒，家屬須進行檢疫隔離，下葬事宜由市府安排，相關規定稍後會公布。過了一天，血清由飛機運達，應付目前治療中的病患應該足夠，但萬一病情持續擴大就不敷使用了。李厄打了電報獲得的回應是安全存量已經用完，目前正開始製作新劑。

這段期間在所有鄰近郊區的市場上，春天已然來臨。千萬朵玫瑰在人行道上的商販花籃裡枯萎，那甜甜的香味瀰漫整座城市。表面上看起來，什麼都沒改變。尖峰時段電車依然滿載乘客，其餘時間也依然又空又髒。塔盧還在觀察那個小老頭兒，而小老頭兒也還是朝著貓吐口水。葛朗每天晚上還是回家從事他的神祕工作。柯塔繼續到處轉悠，預審法官歐東先生也繼續載著那一家子跑來跑去。哮喘老人仍然在移豆子，偶爾也還是會遇見態度從容、一臉興致盎然的記者藍柏。到了晚上，總有同一群人擠在街道上，電影院門口也總是大排長龍。而且，流行病似乎退燒了，幾天當中只死了十來個人。但接下來，疫情突然又急速竄升。死亡人數再次衝破三十的那一天，省長遞給貝納・李厄一紙公文說道：「他們害怕了。」公文寫著：「宣布瘟疫爆發。封鎖全市。」

Deuxième partie

第二部

我不相信英雄主義，唯一令我感興趣的是為自己所愛而生、而死。

從這一刻起，瘟疫可以說是我們所有人的事了。直到目前為止，儘管這些特殊事件讓每位市民同胞感到驚詫與憂慮，大家還是盡可能在原來的崗位上做自己的事。這情形本來應該會持續下去的。但城門一旦關上，市民才發現所有人，也包括敘事者在內，都在同一條船上，得想辦法解決。於是舉例來說，與心愛者分離的那種私人感情，從最初幾個星期開始，忽然變成全民的感情，其中還帶著長期被放逐的害怕與巨大痛苦。

關閉城門最顯著的後果之一，其實就是突如其來的意外分離。母子、夫妻、戀人，幾天前以為只是短暫離別，在火車月台上擁抱道別並隨口叮嚀一些瑣事，確信幾天或幾星期後便能再見，心思完全沉溺在人類愚蠢的信任之中，幾乎沒有因為這次分離而分散了對日常事務的注意力，不料竟就此相隔兩地，既無法碰面也無法聯絡。由於省府令公布後幾個小時便立刻封城，自然不可能考慮到特例。這次疾病猛烈入侵的第一個效應，可以說是迫使市民們在行動時彷彿不具個人情感一般。當天一早法令生效後，省府便受到申請群眾的猛攻，他們或是打電話或是到辦公處，提出了同樣值得關注但也同樣無法驗證的出城理由。實際上，須得幾天的時間我們才理解到自己的處境毫無商量餘地，「讓步」、「優待」、「例外」等字眼一點意義也沒有。

我們就連寫信這等微末的樂趣也無法獲得滿足。一方面，這座城市其實已不再藉由慣用的溝通方式與全國各地聯繫，而另一方面，政府發布一紙新令禁止通信，以免信紙成為傳染管道。一開始，有幾位特權人士買通了城門口站崗的警衛，答應替他們傳遞信息給外界。這還是疫病流行初期的事，那陣子警衛還覺得出於同情的行為是理所當然。但過了一段時間，同一批警衛已經體認到情況嚴重，便不肯再承擔範圍難以預料的責任。剛開始長途電話通訊並未遭禁，卻造成電話亭與電話線大堵塞，以至於完全斷線了幾天，後來嚴格限定只有所謂的緊急情況才能打電話，諸如死亡、出生與結婚。於是只剩電報一途。靠著理智、情感與肉體相聯繫的人們，最後只能從短短十個字的電報中尋找往日情意的蛛絲馬跡。其實，能套用在電報上的詞彙很快便用盡，長時間的共同生活或痛苦的激情也立刻簡化成定期的公式化交流，如：「我很好。想你。愛你。」

然而我們當中有些人仍堅持寫信，並不斷想方設法要和外界聯絡上，到頭來也只是落得一場空。即便想出的方法中有幾個成功了，我們也全然不知情，因為收不到回音。於是幾個星期間，我們只是一再反覆地寫同一封信，重謄同樣的訴求，以至於一段時間過後，原本灌注了所有心血的字句也變得空洞而無意義。於是我們機械化地抄寫，試圖藉由這些死的語句透露些許生活困境。到最後，相較於貧乏而執拗的獨白，相較於與牆壁的枯燥對話，電報的形式化訴求似乎還是比較受歡迎。

過了幾天之後，誰也無法離開這座城市的態勢已經十分明顯，有人想到詢問政府能不能准許流行病爆發前出城的人回來。考慮數天後，省府給了肯定的答覆，但也明確指出回城以後絕不可能再出去，雖然可以自由進城，卻不能自由出城。即使如此，還是有寥寥幾家人輕率地看待眼下的情況，由於急切渴望再見面而將審慎的考量完全拋諸腦後，就叫家人趕緊把握機會回來。但受瘟疫所困的人很快便了解到自己讓親人冒著什麼樣的危險，也因此甘願忍受分離之苦。在疫情最嚴重時，我們只看到一個例子，是人類情感戰勝了對死亡（而且是備受折磨的死亡）的恐懼。但當事者並非如一般人所預期，是為了愛能不顧痛苦奔向彼此的一對戀人，而只是老醫師卡斯泰與他結褵多年的妻子。在疫情開始的前幾天，卡斯泰夫人到鄰近的城鎮去。這對夫妻其實稱不上幸福典範，甚至可以說這兩人在此之前仍十有八九不太滿意與對方的結合。但這次突如其來的長時間分離，卻讓他們立刻確信無法與對方分開生活，而發覺這項事實之後，瘟疫也就算不了什麼了。

這是一個例外。就大多數人而言，分離顯然必須持續到疫病結束為止。對我們每個人來說，構成生活的主要情感，我們自以為了解得清清楚楚（前面已經說過，奧蘭市民具有單純的熱情），如今卻換上嶄新的面貌。原本對另一半充滿信心的丈夫與情人，忽然起了嫉妒心。原本自認為風流的男人恢復了對感情的忠貞。原本與母親同住時幾乎看也不看她一眼的兒子，如今腦海中卻縈繞著她的容貌，而且每看到那容貌上出現一條皺紋，便感到憂慮懊悔不已。這次的分離無情而決絕，未來如何又不可預期，令人狼狽萬分，根本無法反應。原本靠得那麼近的人忽然竟已離得那麼遠，讓我們如今成日裡繫念。事實上，我們的痛苦是雙重的，首先是我們自己受的苦，其次則是我們想像不在身邊的兒子、配偶或戀人所受的苦。

若在其他情況下，市民同胞們應該會藉由更外放而活躍的生活來尋找出口。但在此同時，瘟疫卻讓他們無所事事，最後落得在死氣沉沉的城裡兜圈閒晃，日復一日沉湎於令人失望的回憶遊戲當中。因為當他們漫無目的地散步，往往總會經過同樣的路徑，而在這麼小的城裡，這些路徑也多半正是昔日曾與此時不在身邊的人一同走過的路。

因此，瘟疫為奧蘭市民第一個帶來的就是放逐。敘事者深信可以在此寫下他親身的經歷來代表所有人，因為這是他和多數市民同胞共同的經歷。沒錯，這確實是放逐的感覺——那種內心裡時常有的空虛、那種明確的激動情緒、那種既渴望回到往日又恨不得讓時間加速前進的不理性、那些如火箭般熾燙的記憶。偶爾我們會盡情發揮想像力，以等候回家的門鈴或樓梯間響起的熟悉腳步聲為樂；在這些時刻，我們會樂於忘記火車已經停駛；通常會有人搭乘傍晚快車來訪的時刻，我們也會刻意留在家中。但這些把戲當然無法持久，我們遲早總會清楚發現到火車不會來了，也於是知道這次的分離註定要持續下去，我們只得試著與時間妥協。總之，我們自此又回到牢籠之中，只能身處於過去，就算有人企圖活在未來，也很快就會放棄，尤其當他們體驗到自己所信任的想像力最終所造成的傷害，更是避之唯恐不及。

特別值得一提的是，所有的市民同胞很快便排斥原本可能養成的、推測與親人分離的時間有多長的習慣，即使在公開場合也不例外。為什麼呢？因為當那些最悲觀的人把時間定為——譬如說——六個月，當他們預先嘗盡這幾個月的苦澀，吃力地鼓起勇氣來對抗這番考驗，並竭盡最後的力量讓自己撐過如此漫長的痛苦折磨，卻偶爾會有某個巧遇的朋友、某篇報上的文章、某種閃現的疑慮或意外的洞察，讓他們覺得這場疫病有什麼理由不會持續超過六個月，或是一年，又或是更久？

這時候，勇氣、意志與耐心瞬間瓦解，讓他們感覺到似乎永遠也爬不出這個洞。於是他們強迫自己再也不去想解脫的期限，再也不面對未來，而且可以說總是低垂著雙眼。但是想當然耳，這份謹慎，這種與痛苦玩弄詭計，結束防衛、拒絕戰鬥的方法，並未獲得好結果。他們無論如何都不想要這樣的崩潰，但在避免的同時卻也喪失那些可以藉由未來重逢的想像畫面遺忘瘟疫的時刻，而且是出現得相當頻繁的時刻。就這樣擱淺在深淵與高峰中途的他們，與其說是在生活，倒不如說是飄蕩，成了失落在沒有目標、記憶貧乏的日子裡的遊魂，除非同意扎根於痛苦的土地上，否則就得不到力量。

因此他們體驗到所有囚犯與所有流放者最深沉的痛楚，那就是與毫無作用的回憶共同度日。他們不停回想的這段過往本身，只是充滿懊悔的滋味，因為當初有很多事還能夠和此時等待的人一起做卻沒有去做，他們多希望能彌補這缺憾——就像在這牢籠生活的所有情況下，甚至於堪稱歡樂的情況下，他們也會讓不在的人加入其中，如此一來總覺得有些遺憾。對當下感到不耐、對過去帶著仇視又沒有未來的我們，簡直有如被司法正義或人類仇恨打入監牢。總而言之，要想逃避這段令人難以忍受的休假期，唯一的方法就是想像火車恢復通行，並讓實際上固執地保持沉默的門鈴一再地叮噹作響。

但倘若這是放逐，對多數人而言也是在自己家裡放逐。雖然敘事者只經歷過普遍民眾的放逐，卻也不該忘記像記者藍柏這些人，分離對他們來說更是加倍痛苦，因為從外地進城後被瘟疫所困的他們，遠離的不只是無法團圓的人還有自己的家鄉。在整體的放逐當中，他們的感受最深刻，因為他們雖然也像所有人一樣忍受著時間引發的焦慮，卻另外也被空間所困，致使他們不斷去撞擊那隔在疫病避難所與回不去的家鄉之間的一道道牆。白天裡，塵土瀰漫的城區隨時都能看到一群人在閒晃，同時在心裡默默呼喚只有他們自己才知道的夜晚時光與故鄉的早晨，無疑就是前面說的那些人吧。他們還會拿稍縱即逝的徵象與令人困惑的訊息來增添自己的煩憂，例如燕子的飛翔、日落時的露水，或是偶爾被太陽遺棄在空曠街道上的怪異光線。至於那個必定能讓人逃脫一切的身外世界，他們卻視而不見，只是執著地懷抱著過於真實的幻想，並使勁地追尋一方土地的畫面，在那土地上有某種特殊的光線、兩三座山丘、最喜愛的一棵樹和幾張女子的容貌，構成了他們眼中無可替代的氛圍。

最後要特別談一談戀人，這是最令人覺得有趣，也或許是敘事者最有資格談論的。這群人還深受其他焦慮所苦，其中又以內疚感為最。其實目前的處境讓他們能夠以一種焦躁的客觀態度正視自己的情感，而在這樣的情況下，極少有人無法清楚看到自己的缺失。他們首先察覺到的缺失，就是難以確切地回想起此時不在身邊的人做過些什麼事。於是他們埋怨自己不該如此輕忽身邊人的作息，也責備自己當初根本無心詢問，還佯裝相信歡樂的泉源並不在於了解自己所愛的人的作息。從此刻起，他們很輕易便能回溯愛情的過程，檢視其中不完善之處。在普通的日子裡，所有人都知道（不管有意識與否）沒有什麼愛情是不能精進的，但我們卻甘於讓自己的愛情保持平凡，而且多少覺得心安理得。只不過回憶的要求比較嚴格。而且這個來自外界、打擊了全市民眾的不幸，不只以非常徹底的方式帶來一種無理到令人憤憤不平的痛苦，還誘使我們自尋痛苦，並因而甘心接受這樣的苦楚。這分明是疫病在轉移注意力與攪局的伎倆之一。

如此一來，每個人都必須認命地過一天算一天，獨自面對天意。這種遭到遺棄的感覺長久下來可以磨練心性，但一開始卻會讓人顯得毫無價值。例如有些市民同胞便屈服於另一種奴役狀態，聽憑太陽和雨水支配，看到的人會以為他們是第一次直接感受到天氣狀況。只要出現一線金光，他們就喜形於色，而雨天卻會使他們的臉龐與思緒罩上沉重陰影。幾個星期前，他們並非這般脆弱也不會如此不理智地受天氣左右，因為當時並非獨自面對這個世界，而且就某種程度而言，他們的宇宙前面有和他們一起生活的人守著。然而從此刻開始，他們顯然只能聽天由命，也就是毫無理由地痛苦與期待。

總之，在如此極端的孤獨中，誰也不敢期望鄰人的幫助，只能各人自掃門前雪。萬一不期然地有某個人試圖吐露心聲或表達某種感覺，不管得到什麼樣的回應多半都會讓他覺得受傷，這時他才會發現自己與對方是各說各話。其實他是經過漫長數日的深思熟慮與痛苦掙扎之後說出心裡話，而他想傳達的意象也在等待與熱情的火焰中燒煉許久。但是聽話者想像的卻是一種慣常的情緒、那種在市場上販賣的哀痛、一種系列式的憂鬱。不管對方的態度友善或帶有敵意，回應總是風馬牛不相及，最後只得放棄溝通。要不然對那些無法忍受沉默的人來說，既然他人無法體會真心的言語，至少也可以順應著說市場語言，採用一般交情淺薄、閒聊八卦的說話方式。於是，最真實的苦楚還是得用陳腔濫調的對話來表達。只有付出這樣的代價，這些瘟疫的囚犯才能博得門房的同情或引起聽話者的興趣。

然而最重要的一點，不管這些焦慮的心情有多痛苦，也不管這顆心雖然空虛卻沉重到如何難以負荷，這些流放者在瘟疫初期都可以說是享有特權。因為就在恐慌開始的那一刻，市民們的心思完全都繫在他們等待的人身上。在普遍的憂傷情緒中，那愛的私心保護著他們，即便想到瘟疫，從來也只是想到它可能讓自己與親人永遠分離。因此即使身處於疫病核心，他們也表現出一種有益健康的心不在焉，很容易讓人以為他們很鎮定。絕望使他們免於驚慌，他們的不幸是有好處的。比方說，假如有人罹病走了，幾乎都是猝不及防。長時間與幽靈作心靈交談的他，會在突然間被拉走，然後直接丟進人世間最深沉的靜默之中，什麼都來不及做。

＊＊＊

當我們的市民努力地與這突如其來的放逐狀態妥協之際，瘟疫就守在城門口，讓駛向奧蘭的船隻改道。自從封城之後，再也沒有任何交通工具進過城。從那天起，車輛好像就開始兜圈子。要是從林蔭大道的頂端看下去，港口的景象也很奇特。平日裡熱鬧繁忙，還因此成為沿岸的主要港口之一，如今卻忽然沉寂下來，只看見幾艘被隔離開來的船。至於碼頭上，遭拆解的大型起重機、側翻倒下的翻斗車、寥寥幾堆圓木桶或布袋，都證明了商業也已死於瘟疫。

儘管看到不尋常的景象，我們的市民似乎仍難以明白究竟發生了什麼事。有一些共同的感覺，像是分離或害怕，但大家還是繼續將私事視為第一要務，誰都尚未真正接受疾病的事實。多數人只是感覺到自己的日常作息受到干擾，或是興趣受到影響。他們因此而厭煩或生氣，但這種感覺卻不足以拿來對抗瘟疫。例如，他們第一個反應就是指責政府。省長面對新聞報導的批評聲浪時（「既定的措施，難道就不能稍微通融嗎？」），回應讓人始料未及。在此之前，報紙和資料新聞局都沒有拿到關於疫病的官方統計數據，如今省長卻每天為資料局提供數據，並請他們每星期公布一次。

然而，民眾仍舊沒有馬上反應過來，瘟疫爆發第三星期宣布有三百零二人死亡後，竟未激起任何想像。一方面，也許不是所有人都死於瘟疫，另一方面，誰也不知道平常城裡每星期死多少人。城裡的居民有二十萬，大家不知道這種死亡比例是否正常。儘管這類細節很明顯關係重大，卻是大家從未關心過的。民眾可以說是缺乏比較的標準。直到最後發現死亡人數攀升，輿論才意識到事實，因為第五星期死了三百二十一人，第六星期三百四十五人。數據的上升至少有點說服力，但仍不足以讓市民改變初衷，擔憂之餘他們還是覺得這起意外事故雖然麻煩，畢竟只是暫時的。

因此他們繼續在街上溜達，繼續光顧咖啡館的露天座。整體說來，他們並未失去勇氣，交談中玩笑多於嘆息，裝出一副很樂意接受這些顯然屬於過渡時期的不方便。外表虛飾得不錯。但是到了月底，約莫在祈禱週期間（關於這個稍後會再提到），我們城裡的面貌因為一些重大變化而有所改變。一開始，省長採取了管制車輛與食物流通的措施，食物供應有了限制，汽油也定量配給，甚至規定要節約用電。只有必需品才經由陸路與空運送到奧蘭，於是車輛慢慢減少，到最後幾乎一輛也看不到，有些精品店在一夕之間關門大吉，還有些店在櫥窗上掛著售畢的告示牌，門外卻有顧客大排長龍地等候。

奧蘭因此呈現出一種奇特的面貌。路上的行人變多了，甚至在閒暇時間，很多人因為商店與某些公司行號的關閉而無所事事，便全擠到街道上和咖啡館。他們暫時還沒有失業，只是休假。如此一來，就拿下午三點左右為例，在晴朗天空下的奧蘭有一種舉行慶祝活動的假象，管制車輛與關閉店家彷彿是為了提供群眾活動空間，而湧上街頭的居民也彷彿是為了加入歡慶行列。

電影院自然而然便趁此全面休假的機會大賺一筆，只是省境內的影片流通中斷了，兩個星期後，戲院之間不得不交換片子，再過一段時間，也就變成所有的戲院都播放同一部電影了。儘管如此，票房收入並未減少。

至於咖啡館，由於奧蘭向來以酒類買賣為主，有大量貨品囤積，因此同樣能滿足顧客需求。老實說，大家喝酒喝得很兇。民眾原本就有「酒精能預防傳染病」的觀念，加上有間咖啡館貼出「好酒能殺菌」的標語，這樣的信念就更強了。每天凌晨兩點左右，總有為數不少的醉漢被趕出咖啡館之後充斥街頭，到處散布樂觀言詞。

但就某方面來看，這些改變實在太特殊又太快速，很難令人視之為正常且能持久。結果我們還是繼續將個人情感當成第一要務。

封城兩天後，從醫院出來的李厄醫師遇見一臉滿意神情的柯塔。李厄向他道喜說他氣色不錯。

「是啊，我狀況好極了。」個子矮小的柯塔說道：「老實說，醫生，這場該死的瘟疫啊，好像開始變得嚴重了。」

醫師承認了。柯塔又用一種欣喜的表情盯著他說：

「現在它也沒理由打住了。一切都會被搞得亂七八糟。」

他們並肩走了一會兒。柯塔說他們那一區有個大雜貨店老闆囤積了食品，打算高價出售，有人去他家要帶他上醫院時，發現他的床底下藏著罐頭。「他死在醫院裡了。發瘟疫的時候，錢再多也沒用。」柯塔有一大堆這類關於疫病的故事，不管是真是假。例如，聽說某天早上在市區，有個已出現鼠疫病徵與譫妄狀態的男人衝到街上，碰上第一個女人就撲過去緊緊抱住，一面大喊他染上了瘟疫。

「這下好了！」柯塔的和善口吻與他的斷言很不搭調：「我們全都會發瘋，肯定錯不了。」

當天下午，約瑟．葛朗也同樣向李厄醫師吐露一些私人祕密。他看見辦公桌上擺著李厄妻子的照片，便望著醫師。李厄回說妻子出城養病去了。葛朗說：「就某方面來說，這是種好運。」醫師回答這或許是好運，但他只希望妻子早點康復。

「喔！我明白。」葛朗說。

接著他開始說個不停，打從李厄認識他以來第一次聽他說這麼多話。雖然他還是得思索用詞，但幾乎總能找到適當字眼，而且好像已經推敲了很久。

他很年輕就娶了他家附近的一個窮女孩，甚至還為了結婚而中斷學業去找工作。珍妮和他都從來沒離開過他們住的社區。他會到她家去找她，珍妮的父母常拿這個沉默又呆頭呆腦的追求者開點小玩笑。她父親是鐵路員工。休息的時候，總會看見他坐在窗邊一個角落裡，兩隻大手平貼在腿上，若有所思地看著馬路上的動靜。母親隨時都在忙家事，珍妮也會幫忙。她實在太瘦小，葛朗每次見她過馬路就不免擔心。對照之下，車輛顯得巨大無比。有一天，在一間聖誕商品店前，驚異地看著櫥窗擺飾的珍妮忽然仰頭對他說：「好美啊！」他一手握住她的手腕，婚事也就這樣定下來了。

據葛朗說，故事剩下的部分非常簡單。所有人都一樣：結婚、又相愛一段時間、工作。工作得太辛苦以至於忘了去愛。珍妮也要工作，因為部門主管給他的承諾沒有兌現。到這裡要明白葛朗的意思，需要一點想像力。由於疲勞的緣故，他變得垂頭喪氣，愈來愈不多話，沒能讓年輕妻子相信他還愛她。一個要工作的男人、貧窮、逐漸封閉的未來、晚餐桌上的靜默，在這樣的宇宙中已容不下熱情。珍妮可能很痛苦，但她還是留下來，有時候我們會痛苦很久卻不自知。經過多年之後，她離開了，當然，不是一個人離開。「我很愛你，但現在我累了……我這樣離開並不快樂，可是不一定要快樂才能重新開始。」她給他的信上大致是這麼說的。

這下輪到約瑟．葛朗痛苦了。他大可以重新來過，就像李厄提醒他的，只不過他沒有信心。

他就是老還想著她。可能的話，他倒真想給她寫封信為自己辯駁。「可是很困難，」他說：「這事我想了很久。只要兩人還相愛，不需要言語就能互相了解。但是人不會始終相愛。曾經有一度我本該想一些話留住她，卻沒能想得出來。」葛朗用方格巾抹抹嘴，然後擦擦小鬍子。李厄直盯著他看。

「抱歉，醫師，」老葛朗說：「可是該怎麼說呢？……我信任你。和你在一起，我才說得出口。結果，這讓我有點激動。」

很明顯地，葛朗早已將瘟疫完全拋到腦後。

當天傍晚，李厄打了封電報給妻子說封城了，說自己沒事，說要她繼續好好照顧身子，還說想念她。

城門封閉三星期後，李厄在醫院門口看見有個年輕人在等他。

「我猜你應該認得我。」年輕人說。

李厄相信自己見過他，但不確定在哪兒。

「發生這些事之前我來找過你，」對方說：「想請你提供有關阿拉伯人生活狀況的資訊。我叫雷蒙・藍柏。」

「啊！對了，」李厄說道：「怎麼樣？你現在有個很棒的報導題材了。」

對方顯得神情緊張。他說不是這樣的，他來是想請李厄醫師幫個忙。

「我很抱歉，」他接著說：「只是我在這城裡一個人也不認識，而我的報社的特派員偏偏又是個笨蛋。」

李厄提議兩人一起走到市區的一間衛生所，他要開一些藥方。他們走在黑人區的巷弄間。黑夜即將到來，但這個時間原本喧鬧不已的市區，卻似乎僻靜得離奇。仍然映著金光的天空響起幾聲號角，只不過證明士兵們裝出盡忠職守的樣子。這段時間裡，走在陡峭的街道上，在摩爾人住家那藍色、赭紅與紫色的牆壁之間，藍柏非常激動地說著話。他把妻子留在巴黎。認真說起來，她不是他的妻子，但意思是一樣的。一封城他就打電報給她，當時以為是暫時性的，所以只是想給她報個信。他在奧蘭的同事都說愛莫能助，他被郵局人員打發走，還被省長辦公室的一位祕書當面嘲笑。最後好不容易排隊等了兩個小時，才獲准發出一封電報，上頭寫著：「一切都好，回見。」

但是到了早上起床時，他忽然想到自己根本不知道這個情況可能持續多久，於是他決定要離開。他（藉由職務之便）找了個門道，見著了省長辦公室主任，表示他與奧蘭毫無關係，沒有必要留下，說他只是碰巧來到這裡，他們應該讓他離開，就算出城之後對他進行檢疫隔離都無所謂。主任說他非常了解，但不能有特例，又說他會看看情況，但總之疫情相當嚴重，他們也無法作任何決定。

「拜託，我又不是這城裡的人。」藍柏說。

「當然，但不管怎麼說，只希望疫病不會持續太久。」

最後，他試著安慰藍柏，提醒他可以在奧蘭找到有趣的報導題材，仔細想想，所有的事情都會有好的一面。藍柏聳聳肩不置可否。他們來到了市區。

「這太荒唐了，醫師，你能了解吧？我生在這世上又不是為了來報導新聞的。說不定我生下來是為了和一個女人過日子，難道這樣不正常嗎？」

李厄說這聽起來倒是很合理。

市區的大道上見不到平時的人潮，只有幾名行人匆匆走向遠處的住家，每個人臉上都沒有笑容。李厄心想那是因為資料新聞局當天發布公告的緣故。二十四小時之後，市民同胞們便又會開始懷抱希望。但是就在同一天，數字仍鮮明地印在腦海。

藍柏冷不防地說：「其實，她和我剛認識不久，我們很合得來。」

李厄一聲不吭。

藍柏又說：「我讓你厭煩了。我只是想問問你能不能幫我開張診斷書，證明我沒得那該死的病。我想這應該會有用。」

李厄點點頭，這時有個小男孩撞上他的腿，他輕輕將他扶正站好。他們繼續往前走，來到閱兵廣場。無花果樹與棕櫚樹的枝葉動也不動地垂懸著，蒙著塵，灰撲撲的，中央立著一尊積滿灰塵、髒兮兮的共和女神像。他們來到雕像底下站定。李厄跺了跺腳，把覆蓋其上的一層白灰抖落。他看著藍柏。這名記者頭上的氈帽略往後戴，雖然繫著領帶，領口的扣子卻是解開的，臉上有鬍碴，一臉執拗賭氣的神情。

李厄終於開口道：「我真的明白你的心情，但你的推理並不正確。我不能替你開診斷證明，因為事實上我並不知道你有沒有罹病，就算知道，我也不能證明從你離開診間到你進入省府辦公室那段時間有沒有被感染。而且就算……」

「而且就算什麼？」藍柏問道。

「而且，就算我給你開了證明，也派不上用場。」

「為什麼？」

「因為這城裡有好幾千人的情況和你一樣，我們是不可能讓他們離開的。」

「但要是他們本身沒有染上疫病呢？」

「光是這個理由還不夠。我知道，這整件事很荒謬，但它關係到我們每一個人。我們只能照單全收。」

「可是我不是本地人啊！」

「只可惜從現在起，你就是本地人了，和所有人一樣。」

記者動氣了：「我可以向你保證，這是人道問題。也許你不明白對於兩個情投意合的人，這樣的分離意味著什麼。」

李厄沒有立刻答腔，停頓了一下才說他認為他是明白的。他全心全意地希望藍柏能與妻子重聚，希望所有相愛的人都能團圓，但政府已發布了決議與法令，瘟疫已經爆發，他身為醫師就得盡醫師的職責。

藍柏悲苦地說：「不，你沒法了解。你的說法太理性，根本是活在抽象的世界。」

醫師抬起眼睛望向共和女神，說他不知道自己的說法是否理性，但卻是明顯的事實，這兩者不一定一樣。記者調整一下領帶。

「所以說，這表示我得另謀他法了？不過，」他以挑戰的口氣接著說：「我一定會離開這座城市。」

醫師說他還是可以理解，但這不關他的事。

「不，這和你有關。」藍柏忽然提高聲量說：「我來找你是因為聽說你在決策過程中扮演很重要的角色，所以我想你至少可以把你幫忙建立的東西解除掉一部分。可是你根本不在乎，你根本不替任何人著想，你根本沒考慮到那些被迫分離的人。」

李厄承認就某方面而言確實如此，他並不想去考慮那些。

藍柏說：「啊，我知道了！你會說是公務什麼的。但公眾的利益是由個人幸福構成的。」

「其實啊，」醫師似乎如夢初醒。「這是因素之一，但也還有其他，所以不該妄下斷語。不過你沒有道理生氣。如果你能找到辦法脫身，我會由衷為你高興。只是有些事礙於職責，我沒法去做。」

記者不耐地搖頭。

「對，我沒道理生氣，而且我已經浪費你很多時間了。」

李厄請他隨時告知事情的進展，不要對他記恨在心。一定有什麼方法是他們可以達成共識的。藍柏忽然露出困惑的表情。

「這我相信，」他沉默片刻後說道：「對，儘管我心裡不情願，也儘管你剛剛說了那些話，我還是相信。」

他頓了一下。

「不過我還是無法認同你。」

他將氈帽拉低蓋住額頭，隨即快步離去。李厄看見他進入尚・塔盧下榻的飯店。

過了一會兒，醫師搖搖頭。記者迫不及待想奔向幸福並沒有錯，但怪罪於他有道理嗎？「你活在抽象的世界裡。」在醫院度過的那些日子，眼看著疫情加劇，每星期平均死亡人數高達五百人，那真的是抽象的世界嗎？的確，在這不幸當中攙雜了部分的抽象與不真實。但是當抽象開始要你的命，就得加以處理了。李厄只知道這不是最簡單的方式。譬如說，管理他所負責的輔助醫院就不簡單——這類醫院現在已經有三間。他將緊臨看診間的一個房間改裝成接收室，地上挖了個洞，裡頭注滿消毒水，水池中央有個磚砌的小島。病患被帶到小島上，快速地脫下衣服丟進水裡，將身子洗淨擦乾後，重新穿上醫院的粗布袍，再由李厄醫師進行診察，然後送進病房。他們只能利用學校裡加了蓋的操場擺放病床，現在總共有五百張，而且幾乎已沒有空床。上午親自接收病患，為他們注射疫苗、作淋巴結切開術後，李厄會再確認一次數據，然後再回去看下午的診。最後到了晚上，他還會到病患家出診，夜深才回家。前一天夜裡，母親將媳婦拍的電報交給他時，注意到他的手在發抖。

他說：「是啊，但只要堅持下去，就比較不會緊張了。」

他精力旺盛，身子骨又結實，事實上還不覺得疲累。但像是出診卻愈來愈讓他難以忍受。診斷出羅患流行熱病就等於是宣布要盡快送走病人，這時抽象與困難真正開始了，因為家屬知道病患這一走，就得等到痊癒或死亡才能再見。「可憐可憐我們吧，醫生！」羅雷太太這麼對他說，她女兒在塔盧下榻的飯店當清潔女工。這是什麼意思呢？他當然覺得同情，但這對任何人都沒有好處。他必須打電話，不久便響起救護車的鈴聲。起初，鄰居們會開窗觀望，不一會兒便趕緊關上窗。這時開始了抗爭、淚水、說服，總之就是抽象。在這些被熱病與焦慮燒得熱騰騰的公寓裡，開始上演瘋狂的場景。但病患還是被帶走，李厄也可以離開了。

剛開始幾次，他只是打了電話便跑到其他病患家，並沒有等救護車來。但家屬卻會把門鎖上，寧可面對瘟疫也不肯與家人分開，因為他們現在已經知道分開的結果。大聲叫喊、喝令、警力介入，接著軍方介入，最後病人被強行押走。最初幾個星期，李厄不得不等到救護車抵達，後來每個醫師巡迴出診時都會有一名義警陪同，李厄方得以奔走於病人之間。不過一開始的時候，每天晚上都和這個晚上一樣：他進入羅雷太太的住處，小公寓裡裝飾著扇子和人造花，這位母親一見到他便帶著一抹幾乎難以察覺的微笑說：

「但願不是大家都在說的熱病。」

而他，則是掀起被單和衣服，默默地注視病人腹部與大腿上的紅斑，腫大的淋巴結。母親看著女兒的兩腿之間，驚聲尖叫無法自制。每天晚上都有母親面對著呈現所有死亡徵兆的肚子，一臉茫然地如此驚叫，每天晚上李厄的手臂都會被緊緊抓住，聽著一堆無用的話語，還有衝口而出的承諾與撲簌簌的淚水，每天晚上救護車的鈴聲總會引發和所有痛苦一樣徒勞無益的恐慌。度過這一長串總是大同小異的夜晚之後，除了一長串的類似場景一再反覆出現之外，李厄也不敢有其他的期待了。是的，瘟疫就跟抽象的概念一樣很單調。可能改變的只有一樣，那就是李厄本身。這天晚上在共和女神像底下，他感受到了，當他始終望著飯店大門、看見藍柏走進去，只意識到那種拒人於外的冷漠開始充滿他的內心。

經過令人筋疲力竭的這幾個星期，度過這些暮色初臨的傍晚，見到市民們湧上街頭胡亂打轉，李厄明白了自己再也無須抗拒憐憫。當憐憫起不了作用，便會令人厭倦。醫師感覺到自己的心漸漸封閉起來，這也是這段壓力沉重的期間他第一次鬆了口氣。他知道這樣會讓工作更順利，因此十分高興。當天凌晨兩點鐘，等門的母親見他眼神空洞地看著她而悲從中來，殊不知讓她難過的事卻正是李厄此後唯一所能得到的慰藉。要想對抗抽象，就得和它有點類似。但藍柏如何能感受到這點呢？對藍柏而言，抽象就是一切阻擋他幸福的東西。老實說，李厄知道就某種意義上，那個記者說得沒錯。但他也知道有時候抽象比幸福更強勢，到了那個時候你就必須也只能予以重視。這應該就是藍柏遭遇的情況，醫師也是後來聽到藍柏吐露詳情才知道。因此他才能夠在新的層面上，去領會每個人的幸福與瘟疫的抽象概念之間那種沉鬱的衝突；有很長一段時間，我們城裡的生活完全是由這種衝突構成的。

＊＊＊

但是在某些人看起來是抽象，在另一些人看起來卻是事實。瘟疫爆發滿一個月後，情況更加令人憂慮，因為不僅疫情益發猖獗，還有潘尼祿神父（就是對剛發病不久的老米榭伸出援手的耶穌會教士）言詞激烈的證道也影響頗深。潘尼祿神父是古碑文方面的權威，經常為奧蘭市地理協會公報撰寫相關文章，因此已經十分出名。但除了這項專業，他還發表了一系列有關現代個人主義的演說，吸引了更廣大的聽眾。他在演說中自詡為嚴謹的基督教的熱情捍衛者，既不接受現代的放蕩不羈，也同樣排斥過去數百年的蒙昧主義。他更趁此機會，毫不猶豫地將殘酷的事實傳達給聽眾，因此聲名響亮。

但是，將近這個月底，城裡教會的高層策劃了為期一週的集體禱告，決定以自己的方式來對抗瘟疫。這些展現民眾悲天憫人胸懷的活動即將在星期天告一段落，當天將舉行一場莊嚴的彌撒，祈求罹患瘟疫的聖人聖洛克保佑。潘尼祿神父被指派出來主持這場彌撒。這兩個星期以來，他放下了讓他在教會中贏得崇高地位的有關聖奧古斯丁與非洲教會的研究工作，熱情激昂、毅然決然地接下教會指派的任務。這場證道尚未舉行，便早已成為市民談論的話題，它以其獨特的方式，為這段時期的歷史留下重要的一頁。

這一週，許多民眾都參與了。平日裡，奧蘭市民並不特別虔誠。例如星期天早上，海水浴往往是彌撒的一個強力競爭對手。他們也不是因為心靈受到啟發而突然皈依宗教。只不過一方面，城門封閉、港口禁止通行，海水浴已是不可能，而另一方面，他們目前的精神狀態十分特殊，雖然內心深處並未接受這些衝擊全市的驚人事件，卻顯然感受到有些東西改變了。然而還是有很多人指望著疫病不久便會終止，他們與家人也將能逃過一劫，因此還不覺得有任何責任義務。對他們來說，瘟疫只不過是個不速之客，既然來了，總有一天會離開。他們驚慌，但不絕望，瘟疫在他們眼中還沒有變成生活的型態，他們也還沒有忘記在此之前原本能過著什麼樣的生活。總而言之，他們在等待。至於宗教方面，瘟疫就和其他許多問題一樣，賦予他們一種奇特的性格，既非冷漠也非熱情，應該可以用「客觀」一詞來定義。有位信徒當著李厄醫師的面說過一句話：「反正也不可能有什麼壞處。」這句話理應反映出了大多數祈禱週參與者的心聲。塔盧自己在記事本裡寫了中國人在同樣情況下也會向瘟神搖鈴鼓，之後又指出實際上根本無法得知鈴鼓是否比預防措施更有效。他最後只是加了一句說要確定這個問題的答案，就得先知道究竟有沒有瘟神的存在，既然我們對此一無所知，也就完全無從置喙了。

無論如何，這一整個星期當中，信徒幾乎把城裡的大教堂擠爆了。開頭幾天，許多居民還待在門廊前方種著棕櫚與石榴的大片庭園，聆聽那一波波滿溢到街道上來的祝聖與禱告。漸漸地，一旦有人帶頭之後，這些聽眾便也決定進入教堂，怯怯地加入在場民眾的應答輪唱。星期日當天，為數可觀的群眾湧入中殿，把人都擠到教堂外的空地和最後的台階上。從前一天開始便烏雲密布，此時大雨傾盆而下，站在外頭的人撐起傘來。潘尼祿神父在浮動著焚香與溼衣物氣味的大教堂裡，步上講道壇。

他身材中等，卻很粗壯。當他靠在講道壇邊緣，兩隻大手緊抓住木頭欄杆，底下的人只看到一團黑黑的厚實身軀，兩片紅通通的臉頰上面架著一副鋼絲邊眼鏡。他的聲音鏗鏘有力、充滿熱情，可以傳得很遠，當他以清清楚楚、激烈強硬的語調，劈頭說出那句：「各位兄弟，災難已經降臨了，兄弟們，你們是罪有應得。」做彌撒的群眾包括空地上的人群立刻出現騷動。

照邏輯看來，他接下來說的話似乎與這個悲愴的開場白扯不上關係。證道繼續下去之後，市民同胞們才明白神父運用了高明的演說技巧，一舉點出整個講道內容的主題，有如一記當頭棒喝。就在說完這句話後，潘尼祿立刻引述《出埃及記》中有關埃及爆發瘟疫的段落，並說：「這條鞭子第一次出現在歷史上，是為了打擊天主的敵人。法老硬著心不肯接受天主意旨，結果疫病讓他下跪屈服了。自從有史以來，上帝之鞭總能讓傲慢與盲目的人伏倒在祂腳下。大家好好想一想，下跪屈服吧。」

外頭的雨下得更大了，這最後一句話說出來的時候四下鴉雀無聲，大雨打在窗玻璃上的劈啪響聲讓它顯得更為深沉，那聲調不斷地激盪人心，以至於幾名聽眾略一遲疑後，隨即讓身子從座位滑落到跪凳上。其他人認為應該要跟著做，於是動作漸漸傳開，不久所有在場的人全都跪了下來，過程中除了幾張椅子格格作響之外，再無聲息。這時潘尼祿重新挺起胸膛，深吸一口氣，用愈來愈加重的語氣再次開口：「如果今天瘟疫涉及到你們，就表示自我反省的時候到了。義人無須懼怕，惡人才應該發抖。在宇宙的巨大穀倉中，無情的巨鞭將會把人類當成穀物擊打，直到麥粒與麥稈分開為止。麥稈會多於麥粒，受召喚者會多於被選中者，而這場災難並非天主所願意。這個世界已經和邪惡同流合汙太久了，已經仰賴天主的仁慈太久了。只要懺悔，就什麼事都能做。關於懺悔，每個人都覺得自己很強，只要時機到了，一定能感受到懺悔的心。而在此之前，最簡單的做法就是放縱自己，其餘自有仁慈的天主安排。可惜好景不長。這麼長時間裡以憐憫的目光俯視這城中子民的天主，已厭倦了等待，永恆的希望已落空，因此祂掉過頭去了。少了天主的光輝，如今我們將長久陷入瘟疫的黑暗中！」

教堂內有個人噴著鼻息，像隻不耐的馬。暫停一下之後，神父重新用更低沉的聲音說道：「《黃金傳奇》⑩裡面寫了，在安伯托國王統治倫巴底時期，義大利遭到極其猛烈的瘟疫肆虐，存活下來的人幾乎不足以埋葬死者，那場瘟疫主要蹂躪的地區是羅馬和帕維亞。有一位善良的天使現身人世，向拿著長獵矛的邪惡天使發號施令，命他去擊打房舍；一間房舍被打了幾下，就會從裡面抬出多少死者。」

說到這裡，潘尼祿將兩隻短短的手臂伸向教堂外的廣場，好像在展示飄動的雨幕背後的某樣東西。他用充滿力道的聲音說：「各位兄弟，今天在我們街道上展開的，也是同樣致命的狩獵。你們看，那個像路西法一樣俊美、像邪惡本身一樣閃耀的瘟疫天使，正聳立在你們的屋頂上方，右手高舉著紅色獵矛，左手指向你們的其中一間屋舍。這一刻，也許他的手指正指向你家大門，獵矛擊在木材上嗡嗡鳴響；也可能這一刻，瘟疫已進入你家，坐在你的房內等你回去。他就在那裡，耐心而專注，像人間秩序一般無可避免。他即將朝你伸過來的那隻手，人世間沒有任何力量能讓你避得開來，你要知道，就算是自視甚高的人類科學也一樣。你們將會在充滿痛苦、血跡斑斑的打麥穀場上遭到痛擊，然後隨著麥稈一起被丟棄。」

這時候，神父重提上帝之鞭的悲愴意象，而且描述得更加豐富生動。他讓人想像那巨大的木鞭在城市上空盤旋，胡亂擊打，再一舉起便是鮮血淋漓，最後將鮮血與人類的痛苦灑落下來，「就像播下種子等著準備收割真理」。

說完這一長串之後，潘尼祿神父停了下來，他的頭髮掉落額前，雙手的抖動傳達到講道壇，連帶著身子也晃動起來。他繼續接著說，這回聲音壓低了，卻帶著譴責的口氣：「對，反省的時候到了。你們以為只要每個星期天來見見天主，其他日子就能自由自在地過。你們以為屈膝下跪幾次，就足以彌補你們無憂無慮的罪惡。可是天主不是沒有脾氣。這種間隔開來的關係無法滿足祂那飢渴的愛。祂想要有更長的時間可以看到你們，這是祂愛你們的方式，而且老實說，這也是愛人的唯一方式。所以由於厭倦了等候你們的到來，祂讓災禍降臨在你們頭上，就像人類有史以來災禍都降臨在所有罪惡的城市一樣。如今就像該隱與他的兒子們、像大洪水之前的人、像所多瑪與蛾摩拉的城民、像埃及法老與約伯以及所有受詛咒的人一樣，你們知道了什麼是罪惡。自從城門將你們和這災禍一同關起來之後，你們也和這些人一樣，對人類與萬物有了新的看法。你們現在終於知道應該要談論重點了。」

此時一陣帶著溼氣的風掃過中殿，將大蠟燭的火焰吹彎了腰還畢剝作響。一股濃濃的燭煙味

---

⑩《黃金傳奇》（*Legenda aurea*），由道明會教士佛哈金的雅各伯（Jacobus de Voragine, 1230-1298）撰寫於一二六一至一二六六年間的拉丁文書籍，講述基督教一百多名聖徒與殉道者的故事。

飄向潘尼祿神父，他咳了幾聲、打個噴嚏後，以一種巧妙得令人讚賞的方式重新回到他的證道主題，聲音平穩地說道：「我知道，你們當中有很多人心裡在想我到底想要什麼。我想讓你們看清事實真理，讓你們學會歡喜，不管我剛剛說了些什麼。現在已不是光靠幾句忠告、一隻友善的手就能把你們推向幸福的時代。今天，事實真理是一種命令，而救贖之道則是用一根紅色獵矛向你指出這條道路並逼迫你走上前去。事到如今，各位兄弟，天主終於展現仁慈，祂讓一切事物都有善有惡、有憤怒有憐憫、有瘟疫有救贖。這場傷害你們的災禍其實也正教育了你們，為你們指出了明路。

「很久很久以前，阿比西尼亞⑪的基督徒從瘟疫中看到一種神授的、獲得永生的有效方法。那些沒有染病的人用瘟疫病患的床單把自己裹起來，以便讓自己能確實死亡。這種激烈的救贖行動或許並不值得稱道，它顯得太過倉促而令人遺憾，甚至於近乎傲慢。你不能比天主心急，祂一勞永逸地建立了恆久不變的秩序，凡是企圖加速這個秩序的人最終都會變成異端。但這個例子至少有其寓含的深意。對於我們當中較具洞見的人而言，這個例子所強調的只不過是在所有痛苦深處，微微閃耀而美好的永恆光輝。這抹微光照亮了通往解脫的昏暗道路，也展現了化惡為善、永不能錯的神意。直到今天，這微光依然藉由死亡、恐慌與喧嚷的路徑，引領我們走向必要的沉默與一切生命的起源。各位兄弟，這正是我想帶給你們的莫大慰藉，那麼你們從這裡帶走的就不只有責罰的話語，也還有撫慰的言詞。」

潘尼祿的講道似乎到此結束。外頭的雨停了，一道較清新的光線從混雜著水氣與陽光的天空朝廣場瀉下。路上傳來嘈雜的人聲、車輛滑動聲、一座城市甦醒時的所有語言。聽眾們小心謹慎地收拾個人物品，發出細微的窸窣聲。但神父又開口說道，他已經告訴眾人有關瘟疫的神聖起源與這場災禍的懲罰性質，這也就夠了，他不想再雄辯滔滔地作結論，因為涉及如此悲劇性的主題，這樣做恐怕並不得體。他認為大家應該都非常清楚了才對。他只想再提一件事，當年馬賽爆發大瘟疫時，編年史家馬提佑．馬雷[12]抱怨有如被拋下地獄，無助又無望地活著。唉呀！是馬提佑．馬雷眼盲了。潘尼祿神父反而覺得神從未像今天這般給予所有人救助與基督教的希望。他在絕望中仍然希望：不管這些日子如何令人恐懼，也不管垂死之人如何哀嚎，市民們仍應該對上天說出基督徒的唯一話語，也就是愛的話語。其餘自有天主安排。

＊＊＊

這番證道對於市民們有多大影響卻是難說。預審法官歐東先生對李厄說，他覺得潘尼祿神父的說法「完全無法駁斥」。但不是每個人的想法都這般明確。只不過這場證道會讓原本想法模模糊糊的某些人，更清楚地感受到自己因為一樁不明罪行被打入難以想像的牢獄之中。於是有些人仍繼續過著卑微的生活、適應被幽禁的狀態，但也有些人從此刻起一心只想逃離這座監獄。

起初，民眾還能接受與外界隔絕，就像他們也會接受任何暫時的不便影響到自己兩三個生活習慣。但是在夏天已開始燒得吱吱作響的天穹底下，他們猛然意識到自己彷彿被關起來，並隱隱約約感覺到這樣的隔絕威脅了他們的整個生活，於是當傍晚來臨，涼爽的空氣使他們恢復精力之後，有時也會讓他們突然作出一些極端之舉。

---

⑪ 阿比西尼亞（Abyssinia），衣索比亞的舊稱。

⑫ 馬提佑．馬雷（Mathieu Marais, 1665-1737），十八世紀的傳記作家。

一開始，無論是否純屬巧合，總之打從這個星期天起，我們城裡便出現一種相當普遍也相當深刻的恐懼，不免令人懷疑市民同胞們確實開始覺悟到自己的處境。就這點看來，我們在城裡的生活氛圍是有些改變了。但事實上的問題在於：改變的是氛圍還是人心？

證道會過後沒幾天，李厄在前往郊區的途中正和葛朗討論此事，黑暗裡忽然撞上前面一個身子左搖右擺卻不肯前進的男人。就在這一刻，現在愈來愈晚亮起的路燈瞬間發出光來。位於他們身後高處的燈光驟然照亮那個人，只見他雙眼緊閉，無聲地笑著，泛白的臉上咧開大大的、沉默的笑容，豆大的汗水一滴滴淌下。他們走了過去。

「瘋子。」葛朗說。

李厄剛剛伸手抓住葛朗的手臂要拉他走，卻感覺到這個職員緊張得顫抖。

「要不了多久，我們城牆裡面就全都只剩瘋子了。」李厄說。

由於疲憊之故，他覺得喉嚨乾渴。

「我們去喝點東西吧。」

他們進到一間小咖啡館，裡頭只在吧台上方點亮一盞燈，濃濁的空氣略帶紅色調，也不知為何大家都壓低了聲音說話。出乎醫師意料地，葛朗在吧台邊點了一杯烈酒一口飲下，還說酒好嗆。接著他便想離開。到了外頭，李厄覺得黑夜中充滿窸窸窣窣的聲音。路燈上方，黑暗天空的某處傳來模糊的咻咻聲，讓他想起那條孜孜不倦地攪動著熱空氣的隱形鞭子。

「幸好，幸好。」葛朗說。

李厄不明白他的意思。

「幸好我有我的工作。」葛朗說。

「是啊，這是個好處。」李厄應道。

他決定不去聽那咻咻聲，便問葛朗對工作滿不滿意。

「這個嘛，我想進展得很順利。」

「還要做很久嗎？」

葛朗似乎激動起來，聲音中透著酒精的熱度。

「不知道。不過醫師，問題不在這裡，真的，這不是問題所在。」

在昏暗中，李厄猜想他是邊說邊揮動手臂。他好像在準備一段突如其來、源源湧出的話：

「你知道嗎？醫師，我希望在稿子送到總編輯手上的時候，他看完會起身對其他同事說：『各位同仁，脫帽致敬！』」

這出人意表的宣言讓李厄大吃一驚。他彷彿看見同伴一手伸到頭上，隨即又將手臂拉平，做出脫帽的動作。上空好像又再次響起那怪異的咻咻聲，而且更加響亮。

「對，一定要做到完美。」葛朗說。

雖然對於文學界的作風不甚熟悉，李厄還是覺得事情恐怕沒這麼簡單，而且比方說，待在辦公室裡的編輯應該不會戴帽子。但其實事情總是很難說，李厄寧可保持緘默。儘管心裡不情願，他還是傾聽著瘟疫那神祕的雜鳴。他們就快走到葛朗住的社區，由於那裡地勢稍高，微風吹來不僅令人神清氣爽，也同時將城裡的所有噪音一掃而空。但葛朗還在繼續說話，李厄沒有完全聽懂，只知道他口中所說的作品已經寫了許多，但由於作者費盡心力想讓它臻於完美，而讓自己痛苦不堪。「光是想一個字眼……有時候還只是個連接詞，就得花費好幾個晚上、好幾個星期。」葛朗說到這裡忽然打住，抓起醫師外套上的一顆扣子。字句從那張牙齒缺漏不齊的嘴裡，跌跌撞撞地吐出來。

「你要明白，醫師，嚴格說起來，要選擇用『但是』或『而且』還算簡單。選擇『而且』或『接著』就比較困難，至於『接著』或『然後』的難度還要更高。不過最最困難的還是到底要不要用這個字眼。」

「對，我了解。」李厄說。

他說完便又起步往前走。葛朗有點尷尬，隨即追了上來。

他嘟嘟囔囔地說：「對不起，我不知道自己今天晚上是怎麼了！」

李厄輕輕拍了拍他的肩膀，說很希望能幫忙他，還說對他的故事很感興趣。葛朗這才顯得安心了些，來到住家樓房前面時，他猶豫了一下，還是請醫師上樓去稍坐片刻。李厄同意了。

葛朗請他進飯廳，坐在堆滿紙張的餐桌旁，那些紙上面寫滿蠅頭小字也畫滿橫槓。

葛朗見醫師以目光詢問便說：「對，就是這個。不過你想喝點什麼嗎？我有一點葡萄酒。」

李厄婉拒了。他看著那些紙張。

葛朗說：「不要看。那是我起頭的句子，讓我很傷腦筋，傷透腦筋了。」

他也凝視著這疊紙，然後似乎情不自禁地將手伸向其中一張，再將紙舉到沒有燈罩的電燈泡前面讓光透過來。李厄發覺葛朗的額頭都已經汗溼了。

他說：「坐下吧，念給我聽聽看。」

葛朗望著他微微一笑，笑容裡帶著一種感激。

他說：「好，我覺得我也想念給你聽聽看。」

他停頓一會兒，視線始終停留在紙上，然後坐下。在此同時，李厄聆聽著城裡一種模糊的嗡嗚聲，彷彿在回應那咻咻鞭聲。就在這一刻，他對於延展在腳底下的這座城市，對於它所形成的封閉世界，以及對於它在暗夜中悶壓的可怕尖叫聲，感受特別敏銳。葛朗的聲音低低地響起：「在五月裡的一個美好早晨，有位優雅的女騎士騎著一匹漂亮的栗色母馬，穿梭於布隆涅森林的花徑間。」再次陷入沉默後，受苦的城市那模糊難辨的嘈雜聲隨之揚起。葛朗將紙張放下，繼續盯著它看。過了片刻，才抬起眼睛問道：

「你覺得如何？」

李厄回答說這個開頭讓他對後續的發展很感好奇。不料葛朗卻激動地一掌拍在紙堆上，說這不是他真正想寫的。

「這只是類似而已。等我終於能夠確確實實把腦中想像的畫面呈現出來，等我的句子能和騎馬散心時馬兒的步伐一致，一二三、一二三，到時候其餘的部分就會簡單一些，而最重要的是那幻象也會完美到讓人一開始就可能說出：『脫帽致敬！』」

不過在這點上，他還得下一番苦工。他絕不容許把這個句子一字不改地送到出版社去。因為儘管有時候對它感到滿意，他卻也明白它不完全貼近事實，而且就某種程度而言，這句子帶有某種流暢的口吻，讓它有一點點類似（但畢竟還是類似）陳腔濫調。至少這是他們聽到窗戶下方傳來幾個男人奔跑的聲音時，葛朗想表達的意思。李厄站起身來。

「你等著看看我會怎麼寫吧。」葛朗說著轉身面向窗戶，接著又說：「等這一切全部結束之後。」

但匆促的腳步聲再度響起。這時李厄已經下樓，走到路上時有兩個男人從他面前經過，看樣子好像是往城門的方向去。事實上，有些市民已經在燠熱與瘟疫夾擊下失去理智，毫不克制地使用暴力，並試圖躲過阻止通行的警衛逃出城去。

＊＊＊

還有另外一些人（像是藍柏）也試圖要逃離這個恐慌日增的環境，即使未必更為成功，卻是更固執也更機靈。藍柏首先繼續在政府部門間奔走。據他所說，他始終認為堅持到底必能戰勝一切，並且就某個觀點而言，找門路本來就是他的專業。因此他找了許許多多官員和一些平時頗具影響力的人。但在這種情況下，他們的影響力根本無用武之地。這些人對於一切有關銀行、出口、柑橘類或甚至葡萄酒貿易，多半都有精準且評價極高的想法，對於訴訟或保險問題也具有無庸置疑的專業知識，至於高深的學歷與十足的誠意就更不用說了。而且在這一切特點當中，最令人驚訝的就是誠意了。但是在瘟疫方面，他們的知識幾乎毫無價值。

然而，每回一逮到機會，藍柏總會當著他們每個人的面提出請求。他的論據內容總脫不了強調自己是外來人士，因此理應特別考慮他的情況。一般說來，與他交談的對象都會欣然同意這一點。不過他們通常會提醒他有不少人也是同樣情況，所以他的問題並不像他所想的那麼特別。藍柏可能會回答說這根本不影響他論據的本質，對方便會回答說這卻會增加些許行政難處，原本拒絕偏袒任何人的政府很可能因此開啟所謂的「先例」，大夥兒一提到這字眼無不一臉嫌惡。根據藍柏向李厄醫師提出的分類法，說出這種理論的人屬於不知變通型，除此之外也可能碰上口才便給型，他們會保證這一切情況不可能持續太久，而且這些面對求教者總會有一堆好建議的人，也會安撫藍柏說這肯定只是一時的煩惱罷了。此外還有顯要型，他們會請登門造訪者留下紙條簡述自己的情況，並告訴他說他們會針對這個個案作出決定；毫無助益型，他們會提供給他住宿券或是便宜的食宿地點；條理分明型，他們會讓他填寫表格，然後整理歸檔；無能為力型的會舉雙手投降，心煩意亂型的會轉移目光；最後還有數量多上許多的因循守舊型，他們會讓藍柏到另一個辦公室去或是請他採取新做法。

於是記者藍柏就這樣疲於奔命，而他也因此對市政府或省政府有了正確的概念，因為當他坐在仿皮漆布面的長椅上等候，面前總有大大的宣傳海報鼓吹民眾認購國庫券（可享免稅待遇），或是報名加入殖民軍團；也因為當他進入各辦公室後，辦事員的一張張面孔就如抽屜式文件櫃和資料檔案架一樣一目了然。這有個好處，藍柏帶著些許苦澀的口吻對李厄說，就是能為他掩飾真實情況，瘟疫的進展他幾乎一無所知。更何況這樣感覺上日子過得比較快，而且面對全城目前的局勢，應該可以說每過一天就離試煉的尾聲更近了——只要不死的話。李厄不得不承認這個論點沒有錯，但其真實性稍嫌籠統了些。

有一度，藍柏看見了希望。他收到省府辦公室寄來的一份空白申請表單，他們請他確實填寫。表單上詢問他的身分、家庭狀況、過去與目前的財務狀況，還有所謂的履歷。他覺得這份調查應該是為了統計能被遣返常居所的個案，另外在某個辦公室聽到的一些模糊訊息，也讓他更深信自己的感覺。但經過幾番確實的奔走之後，他終於找到當初寄發表格的單位，他們卻跟他說這些資料是為了「以防萬一」。

「以防什麼萬一？」藍柏問道。

他們於是向他詳細解說，萬一他得了疫病去世，用這些資料一方面能通知他的家人，另一方面也能知道是否得將醫療費用列入市府預算，或者可以等家屬前來繳納。當然，這證明他尚未與等待他的女人完全切斷關係，社會還顧慮著他們。但這撫慰不了他。這當中最引人注意，而藍柏也因而注意到的是值此災難當頭之際，辦公室的職員竟然還能繼續辦公，採行一些不合時宜的措施，而且上級長官多半不知情，就只因為這是他們的天職。

接下來那段時間對藍柏而言，可以說較輕鬆也可以說更艱難。那是一段停滯期。他已經見過所有辦事人員、作了所有的嘗試，這方面的出路暫時都被堵住了。於是他從這間咖啡館晃到另一間。早上坐在某個露天座，面前擺著一杯溫啤酒，或是看報，希望從中發現疫情即將告一段落的蛛絲馬跡，或是望著街上行人的面孔，卻又會在看到他們的憂傷神情後厭惡地掉轉過頭。等到把對面商店的招牌、把現在已經不賣的大杯開胃酒的廣告看過上百遍之後，他才起身，漫無目的地在城內黃色調的街道上閒晃。獨自晃蕩後進咖啡館，從咖啡館再到餐廳，夜晚也就來臨了。某天傍晚，李厄看見他在一間咖啡館門口猶豫著要不要進去，後來似乎下定了決心，便走進店裡坐到最裡面的座位。這個時期，咖啡館老闆總會吩咐店裡盡量晚一點開燈。暮色猶如灰濁的水漫入室內，粉紅色的夕陽餘暉映照在玻璃窗上，大理石桌面在開始轉暗的天色裡微微發亮。在空盪盪的店內，藍柏彷彿遊魂一般，李厄心想這是他被遺棄的時刻。不過這也是城裡所有囚犯感覺到自己被遺棄的時刻，所以非得做些什麼好讓自己快點解脫。李厄隨即掉頭離去。

藍柏也會在車站待上不少時間。月台不准進入，但和外面相通的候車室始終開放著，因為裡頭十分陰涼，大熱天裡有時會有乞丐跑進來。藍柏來這裡看那些舊時刻表、禁止隨地吐痰的告示牌和乘客須知，看完之後便坐到角落裡。候車室很陰暗。有個老舊的生鐵爐子已經冷卻好幾個月，周圍布滿了往日灑水形成的8字型圖案。牆上貼了幾張海報，讚頌著班多爾或坎城自由快樂的生活。藍柏此時體驗到了匱乏至極點時那種可恨的自由。這時他最無法忍受的景象就是巴黎，至少他對李厄是這麼說的。古老石牆與流水的景致、皇宮廣場的鴿子、巴黎北站、先賢殿一帶冷清的街道，還有藍柏從不知道自己如此深愛的這座城市的其他幾個地點，此時不斷縈繞在他腦海，讓他什麼正事都做不了。李厄認為他只是把這些影像和他心愛的人的影像畫上了等號。有一天藍柏對醫師說他很喜歡在清晨四點醒來，想念家鄉城市，醫師根據自己的經驗，立刻把這句話詮釋為他喜歡懷想被他拋下的女人。因為在這個時刻他才能占有她。清晨四點，一般人都是什麼事也不做在睡覺，即使前一夜做了不忠的事，此時也是睡著。對，這是睡覺的時間，這一點令人安心，因為一顆焦慮的心最大的渴望就是永不止息地擁有心愛的人，否則也希望自己不在的時候，能把對方丟入無夢的睡眠中，直到兩人重聚的那一天為止。

＊＊＊

證道會過後不久，天開始熱了。眼看六月底就要到來。證道會那個星期天下了場遲來的雨，次日，夏天的氣燄便忽地在天空與屋舍上方爆發開來。首先是一陣焚熱強風吹拂一整天，把牆壁都吹乾了。接著太陽定住不動，城裡鎮日洶湧著一波接一波的熱浪光影。除了拱廊街與公寓樓房之外，城裡好像沒有一處見不到刺眼欲盲的反光。陽光大街小巷地追著市民跑，一等他們停下來便立刻出擊。由於暑熱乍到，死亡人數也剛好急遽上升，每星期約有七百人，奧蘭城於是籠罩在一種沮喪的氣氛中。郊區裡，平坦街道與平頂房舍之間不再生氣勃勃，而且這一區的居民平常總是坐在門口，如今卻是所有的門戶窗扉緊閉，也不知道是想躲瘟疫還是太陽。不過有幾戶人家家裡傳出呻吟聲。以前要是發生這種事，經常可以看見好奇民眾站在路上留神傾聽。但經過這長久下來的警戒之後，好像每個人的心腸都變硬了，無論是走路時或生活中聽到痛苦呻吟聲都能置若罔聞，彷彿那是人類的自然語言。

在各城門的打鬥迫使警察不得不使用武器，也同時引發一種暗地裡的騷動。打鬥中當然會有人受傷，但在城裡由於受到燠熱與恐懼的影響，所有事情都被誇大了，因此便有傳聞說死了人。總之，民眾不滿的情緒確實不斷擴大，政府也確實擔心發生最壞的情況，而認真考慮了萬一這群被困在疫病當中的民眾發生暴動，應該採取哪些措施。報上公布了一些法令，再次重申出城的禁令，違者可能得坐牢。城裡派出巡邏隊巡視。在那些空蕩蕩又熱得發燙的街頭上，經常會先聽到馬蹄聲達達，接著便會看見騎馬的衛兵從兩排緊閉的窗戶之間經過。巡邏隊的身影消失後，受威脅的城區便再次陷入一片沉重且充滿猜疑的寂靜之中。每隔一段時間都會有槍聲響起，那是幾支武裝的特殊小隊最近奉命撲殺貓狗，因為牠們也可能傳播跳蚤。這些冷硬的槍聲更增添城裡的肅殺氣氛。

在熱氣與沉靜中，對於內心充滿恐懼的市民而言，一切都特別具有某種更重大的意義。所有人第一次留意到象徵季節變換的天空顏色與土地氣味。每個人驚恐地了解到熱氣有助於疫病傳布，同時也發現夏天已然到來。傍晚時分，雨燕在城區上空的啼聲變得更尖細。由於六月的黃昏將我們的地平線往後推移，天空更為遼闊，和雨燕的細弱啼聲也更顯得不相稱。花卉送到市場時已不再是含苞待放，而是已經盛開，經過上午的買賣後，滿是灰塵的人行道上撒滿掉落的花瓣。顯而易見的是春天已經筋疲力竭，之前隨著百花輪流盛放而恣意揮灑，如今已是體力不支，慢慢地被瘟疫與暑熱的雙重負荷給壓垮了。對我們所有的市民來說，這片夏日天空，這些被灰塵與煩惱給染白的街道，也和每天讓這座城變得更加沉重的上百名死者具有相同的威脅性。連續不停照射的陽光，還有這些適合酣睡和度假的時刻，再也不像從前那樣誘使人到海邊戲水與尋歡作樂。在這個封閉而寂靜的城裡，這些時刻反而空洞洞的，早已失去幸福時節的古銅光彩。瘟疫的陽光抹去了所有色彩，也使得所有歡笑逃逸無蹤。

這正是這場疫病的重大革命之一。通常，我們的市民同胞總是歡天喜地地迎接夏日。這時候整座城開向大海，將青春氣息注入到海灘上。反觀這一年夏天，近處的海水禁止涉足，人體也無權再享樂。如此一來該做什麼呢？還是塔盧最忠實地反映了我們當時的生活。當然，他一直仔細留意瘟疫的整體進展，還記錄下疫情的一大轉折，那就是當收音機廣播的死亡人數不再是每星期數百人，而是每天公布數字：九十二人、一百零七人、一百二十人。「報紙與政府在跟瘟疫鬥智。他們自以為略勝一籌，因為一百三十之數畢竟小於九百一十。」他也提到了疫病令人難過或不可思議的一面，例如當他走過某個空無一人、窗扉緊閉的社區，有個女人忽然打開他頭上的一扇窗，朝外尖叫兩聲之後又關上窗板，讓臥室重新回到漆黑一片。但他還記錄了藥房的薄荷糖缺貨，因為很多人都會把糖錠含在嘴裡以防不小心感染。

他還是繼續觀察他最喜愛的人物。我們得知那個戲弄貓的小老頭兒也過著悲慘的生活。據塔盧記載，有一天早上響起了幾記槍聲，從槍口吐出的鉛彈殺死了大部分的貓，其他的也在驚慌之餘離開了那條街。當天，小老頭兒又和平常同一時間出來到陽台上，臉上略顯吃驚，他俯身下望，細細察看街道兩頭，然後也只能耐心等待。他一隻手輕輕拍打陽台欄杆。又等了一會兒，撕了一點紙屑，走進屋裡又再出來，過了一段時間之後，他人忽然消失不見，還怒沖沖地關上落地窗。接下來幾天，同一幕不斷上演，但可以看出小老頭兒臉上憂傷與惶惶不安的神情日益明顯。過了一星期後，塔盧怎麼也等不到每天會出現的場景，斷然密閉的窗戶鎖住了一股不難理解的哀愁。「瘟疫期間，禁止向貓吐口水。」他在筆記裡下此結論。

另一方面，當塔盧每晚回來，總會在大廳遇見夜班警衛神色黯然地踱著方步，並不斷提醒所有人說這一切他早就料到了。塔盧承認確實聽他預言過會有災難發生，但也提醒說他當時提到的是地震。老警衛聽了回答道：「要真是地震就好了！一陣天搖地動以後也不必再說什麼……數一數死亡人數、生還人數，大勢底定。可是你看看這混帳疫病！就算身體沒染病的人心裡也染上了。」

飯店經理並沒有比較輕鬆。最初，因為封城而無法離開奧蘭的旅客都留在飯店裡，但隨著疫情延續，許多人也逐漸選擇借住朋友家。於是原本讓飯店客滿的原因，如今卻也讓它們空在那裡，因為再也沒有新遊客進城來了。塔盧是少數留下的房客之一，經理一找到機會就會跟他說，要不是為了最後這幾位客人著想，他老早就關門停業了。他經常請塔盧評估這場疫病可能會拖多久。「聽說寒冷的天氣會壓制這類疾病。」塔盧回答道。經理可慌了：「可是這裡從來不會很冷啊，先生。不管怎麼說，也還得等好幾個月。」不過他很確定，接下來也還要很長時間才會有遊客上這兒來。旅遊業都讓這場瘟疫給毀了。

有一陣子沒上飯店餐廳的貓頭鷹先生歐東又再次現身，不過身旁只跟著兩隻訓練有素的小狗。打聽之下，原來歐東太太之前照顧自己生病的母親，如今母親病逝下葬了，她正在進行檢疫隔離。

經理對塔盧說：「我不喜歡他們來，不管有沒有隔離，歐東太太都有染病的嫌疑，所以他們家人也一樣。」

塔盧向他指出要是這麼看，所有人都有嫌疑。但經理的態度非常明確，對於這個問題的看法也很絕對：「不，先生，你和我都沒有嫌疑，但他們有。」

不過歐東先生不會如此輕易就改變，這回瘟疫對他算是白費力氣了。他以同樣的方式走進餐廳，與孩子們對面而坐，也照常用禮貌卻不親切的言詞和他們說話。只有小男孩的外貌變了。他和姊姊一樣穿著黑衣，有點彎腰駝背，看起來就像父親的小縮影。夜班警衛不喜歡歐東先生，他曾對塔盧說：

「那個人啊，死的時候也會衣冠整齊，這樣一來還省得替他梳理裝扮。他直接就可以走了。」

記事本裡還記載了潘尼祿的講道，但加了以下的評論：「我可以理解這種能引發共鳴的熱忱。在災禍剛開始和結束的時候，大家總會有點誇誇其談。剛開始是因為習慣還沒有喪失，結束時則是因為習慣又回來了。只有在災難當頭的時候，人們才會適應事實真理，也就是沉默。讓我們等待吧。」

塔盧最後寫道曾與李厄醫師有過一次長談，但只記得談話結果很不錯，同時指出李厄醫師的母親有一雙淺栗色的眼睛，還寫下一句奇怪的話說那雙眼睛顯得如此善良，一定能克制住瘟疫。最後則用相當長的段落描寫接受李厄治療的哮喘老人。

塔盧與醫師談過之後，便一起去看他。老人迎接塔盧時，一邊吃吃地笑一邊搓手。他坐在床上，背靠著枕頭，眼下擺著兩鍋青豆。「啊！又來一個。」他看到塔盧便說：「這世界都顛倒了，醫生比病人還多，因為死得很快對吧？神父說得沒錯，我們罪有應得。」第二天，塔盧沒有預先告知又回去看他。

如果他的記事本可信，這名哮喘老人是個縫紉用品商，五十歲那年認為自己工作夠了，便從此躺在床上不再下床。但其實哮喘並不妨礙他起身站立。他靠著一筆小小的定期收入生活至今，已經七十五歲的他依然爽朗快活。他一看到手表就難受，而事實上他的整間屋裡連一只表也沒有。「表不但很貴也很荒唐。」他說。他會用那兩隻鍋子來估算時間，尤其是他唯一注重的用餐時間。每當他醒來，其中一隻鍋子已裝滿青豆，他就用專注而規律的動作，把豆子一粒一粒移到另一隻鍋子。這麼做也讓他找到方法測量一整天裡的時間段落。他說：「每滿十五鍋，就到了吃飯的時間，再簡單不過了。」

照他妻子的說法，他從很年輕便已表現出這方面的嗜好，因為他對一切都不感興趣，不管是工作、朋友、上咖啡館、聽音樂、女人或是散步溜達。他從來沒有離開過這個城市，只有一次得上阿爾及爾處理家裡的事，結果到了奧蘭的下一站便無法再繼續往前冒險，只得下車搭下一班車回來。

塔盧對於他這種隱居的生活顯得十分吃驚，他便以宗教的觀點略加解釋，說人的前半生是往上爬，後半生則是走下坡，而走下坡的日子已經不再屬於你，很可能隨時被奪走，所以什麼事都不能做，而你最好也就什麼都別做。但他也不怕自我矛盾，不一會兒便對塔盧說上帝肯定是不存在的，否則神父就沒有用了。不過塔盧稍微想了一下之後，發現老人這番哲理與他那個堂區經常募款而惹惱了他有密切關係。但記事本裡對老人最後的描述是，他似乎深切地希望也多次對塔盧提及：但願能長命百歲。

「他是聖人嗎？」塔盧自問，然後自答：「是吧，如果聖人的特質就是習慣的總和的話。」

但與此同時，塔盧也開始對城裡一整天的生活作相當詳細的敘述，讓人確切明白那個夏天期間市民同胞們都在忙些什麼，又過著什麼樣的生活。「除了醉漢之外沒有人笑，而醉漢又笑得過度了。」塔盧說。接下來便是他的敘述：

「一大清早，微風吹過依然空蕩蕩的城區。這個時刻介於黑夜的死亡與白晝的苦悶之間，瘟疫似乎暫時偃旗息鼓，緩一緩氣。所有商店都沒開，但其中幾家掛著『因疫病歇業』的告示牌，表示等一會兒不會和其他店家一同開門做生意。還無精打采的報童沒有大聲叫賣，而是背靠著街角，將報紙伸向街燈，活像夢遊似的。再過片刻被早班電車驚醒之後，他們便會分散到全城各處，伸得筆直的手拿著印有醒目的『瘟疫』二字的報紙。『瘟疫會持續到秋天嗎？』B教授回答：『不會。』『瘟疫第九十四天死亡人數統計：一百二十四人。』

「儘管紙張匱乏的情形愈來愈嚴重，使得某幾家刊物不得不減少頁數，但還是又發行了一份報紙叫《疫病郵報》，目的是『以最公正客觀的態度告知市民有關疫情的消長；針對疫病未來的發展，為市民提供最具權威性的見解；向所有準備起身對抗疫病災難的人（不管認不認識）提供版面的支持；為民眾打氣加油、為政府傳達指令，總之就是為了集結所有善意，以便有效對抗我們所遭遇的困境。』事實上，這份報紙很快就變成專門刊登那些預防疫病絕對有效的新藥廣告。

「清晨六點左右已開始有人買這些報紙，先是早在開店一小時前便在門口排隊的人，接著是從郊區擠上電車來到城裡的人。現在電車成了唯一的交通工具，行進非常困難，因為上下車的踏板上與扶手旁都快擠爆了。然而奇怪的是所有乘客都盡可能地背向彼此，以免互相傳染。每到一站，便有許多男男女女從電車廂湧出，急匆匆地遠離人群尋求獨處。經常只因為乘客情緒惡劣而出現火爆場面，而這種情緒已成為長期現象。

「最早幾班電車駛過後，城市逐漸甦醒了，最早營業的幾家餐館，開門後櫃台上擺了幾塊牌子，寫著『已無咖啡』、『糖自備』等等。接著商店開門，街上隨著熱鬧起來。這個時候，太陽光增強了，熱氣也使得七月的天空慢慢變成鉛灰色。這也是那些無所事事的人到林蔭大道上晃悠的時刻。大部分的人似乎一心想以炫耀自己的奢侈享受來驅除瘟疫。每天十一點左右，都會有一群年輕男女在主要交通幹道上作各種表演，讓人感受到一種生命熱忱在巨大苦難中不斷增長。如果瘟疫繼續擴散，人的道德標準也會跟著放寬，人們在墳墓旁縱情狂歡的景象將會重現。

「到了中午，餐廳一轉眼就客滿。很快地，那些找不到位子的人便在門口聚集成群。因為熱過了頭，天空開始失去亮度。在大遮陽棚底下，排隊等候用餐的人就站在被太陽曬得像要裂開的道路旁邊。餐館之所以擠得水泄不通，那是因為對許多人而言，它簡化了糧食的問題，不過民眾對傳染的疑慮依然存在，因此顧客會花很長時間耐心地擦拭餐具。不久之前，有幾家餐廳還貼出告示：『本餐廳餐具均經沸水殺菌。』但漸漸地他們不再打任何廣告，因為客人一定會上門，而且花起錢來大方得很。先點最昂貴的高級（或據稱高級的）葡萄酒，接下來是毫無節制的消費。不過有間餐廳似乎爆發了驚慌場面，因為有個客人身體不舒服臉色發白，起身後搖搖晃晃快步走向門口。

「大約到了兩點，城裡人潮開始漸漸散去，這是寂靜、灰塵、陽光與瘟疫在街上碰頭的時刻。熱氣不斷沿著灰色高樓流動。這些讓人動彈不得的漫長時刻持續到傍晚，直到有如烈焰燃燒的天空壓在人滿為患、聒噪喧鬧的城區上方。天氣剛轉變時久久才熱上一天，當時也不知為什麼，傍晚的街道上經常空無一人。但現在只要稍有涼意，就算不能給人帶來希望，也能讓人感到放鬆。於是所有人都跑到街上來，若非談天排遣時間就是爭吵、調情，而充斥著戀人與吵鬧者的奧蘭城，就像一艘失控的船，在七月火紅的天空下漂向喘息不止的黑夜。每天傍晚在大道上，都有一個受神靈啟示的老人頭戴氈帽、打著大花領結，穿梭在人群中，嘴裡不停地重複：『神是偉大的，到祂那裡去吧。』但誰也沒去留意他，大家都急著奔赴某個他們自己也說不清或者是他們覺得比神更緊急的事物。一開始，人們以為這疾病和其他疾病沒兩樣，宗教仍繼續扮演原來的角色。但當他們發現情況嚴重，也就想起要享樂了。這時，白天裡寫在臉上的所有憂慮，都在灰塵瀰漫的熾熱黃昏時分，化成一種恐慌的興奮、笨拙的自由，讓全城人民陷入狂熱之中。

「我呢，我也跟他們一樣。那又怎麼樣呢？對於像我這種人來說，死亡根本沒什麼，只是向人們證明他們是對的罷了。」

＊＊＊

塔盧在記事本中曾提到與李厄醫師會面，那是他向醫師提出的要求。當天晚上在等他的時候，李厄定定地看著中規中矩坐在飯廳角落一張椅子上的母親。每當白天裡無須再忙家事，她就會坐在那裡，兩手疊放在膝蓋上，等待著。李厄甚至不能確定母親等的人是他。不過只要他一出現，母親臉上的表情就會略有變化，那辛勞的一生在她臉上留下的一切死寂印記彷彿瞬間有了生氣，但隨後便又沉默不語。那天晚上，她從窗口望向已然冷清的街頭。夜間照明已減少三分之二，每隔很長一段距離才有一盞燈在漆黑的城裡射出些許幽微的光線。

「整個瘟疫期間都會減少照明嗎？」李厄太太問道。

「很可能。」

「但願不會持續到冬天，不然會覺得很淒涼。」

「是啊。」李厄說。

他發現母親的目光落在他的額頭上。他知道連日來的勞心勞力已讓自己臉頰瘦削不少。

「今天情況還是不好嗎？」李厄太太問道。

「嗯！跟平常一樣。」

跟平常一樣！也就是說巴黎新送來的血清似乎比原先的效果更差，死亡人數繼續上升。現在還是只能為已經有人染病的家庭注射防疫血清，若想普遍施打就需要很大的量。大部分發炎的淋巴結都切不開，就好像硬化的季節來臨了似的，讓病患備受折磨。打從前一天開始，城裡便出現兩例新型疫病。瘟疫已變成由肺部感染。當天在一場會議上，筋疲力竭的醫師們對六神無主的省長提出要求，而省長也答應頒布新措施以避免肺鼠疫經由口對口的方式傳染。一如往常，大家還是一無所知。

他看著母親，那雙美麗的栗色眼睛讓他回想起昔日充滿母愛的歲月。

「你害怕嗎，母親？」

「到了我這把年紀，害怕的事情已經不多了。」

「白天很長，我又老是不在。」

「只要知道你會回來，我不在乎等門。你不在的時候，我就想著你在做什麼。有消息嗎？」

「有，照上一封電報看來，情況很好。不過我知道她這麼說是為了讓我放心。」

門鈴響了，醫師對母親微微一笑，然後去開門。站在門外暗處的塔盧，好像一頭大灰熊。李厄請客人坐到書桌前，他自己則站在椅子後面，隔在兩人中間的桌燈是房間裡唯一點亮的燈。

「我知道跟你可以實話實說。」塔盧開門見山地說。

李厄默默地點點頭。

「再過兩星期或一個月，你在這裡就完全無用武之地了，因為情況已不是你所能控制。」

「的確。」李厄說。

「衛生單位的編制不當，缺少人手和時間。」

李厄再次承認這是實情。

「聽說省府打算成立民眾服務隊，徵調資格符合的男性加入全面救助的行列。」

「你的消息正確。不過如今已是民怨沸騰，省長還在考慮。」

「為什麼不徵求志願者呢？」

「已經試過，但報名人數少得可憐。」

「當初是透過官方管道，而且有點心意不堅。他們缺乏的是想像力。他們從未遭遇過大災難，因此想像出來的處方幾乎只能治療一般的傷風感冒。要是再讓他們繼續這樣下去，不但他們會死，我們也活不了。」

李厄說：「也許吧。不過我得告訴你，他們也想過要讓囚犯去做那些我認為的艱巨任務。」

「我覺得找行動自由的人比較好。」

「我也是。但你為什麼會這麼想呢？」

「我討厭給人宣判死刑。」

李厄看著塔盧問道：「所以呢？」

「所以，我打算成立衛生志願小組。請授權讓我負責，暫且先把政府放到一邊，何況它也已經無能為力。我交遊還算廣闊，這些朋友會組成最核心部分，當然我也會參與。」

李厄說：「這就不用說了，我非常樂意接受。我們非常需要幫助，尤其是醫護工作方面。我會負責說服省府，但其實他們也別無選擇。不過……」

李厄沉吟著。「不過這份工作可能有生命危險，這點你很清楚。無論如何我都得提醒你，你真的考慮清楚了嗎？」

塔盧灰色的眼珠注視著他。

「醫師，你對潘尼祿的講道內容有何想法？」

這問題問得很自然，李厄也回答得很自然。

「我在醫院待太久了，沒法接受集體懲罰的說法。但你也知道，基督徒有時候嘴裡這麼說，卻從未真正這麼想過。他們比表面上看起來更好一些。」

「莫非你也和潘尼祿一樣認為瘟疫有它的好處，它能讓人睜亮眼睛，強迫人去思考！」

醫師不耐地搖搖頭。

「瘟疫就和世上所有的疾病一樣，但這世間病痛所具有的特點，瘟疫也都有，有些人或許會因此獲得提升與成長。然而當你看到疫病帶來的慘狀與苦痛，也只有發瘋、盲目或懦弱的人才會降服於它。」

李厄幾乎沒有提高聲量，但塔盧卻伸手作勢要他冷靜。他微微一笑。

李厄聳聳肩說：「好，但你還沒回答我，你仔細考慮過了嗎？」

塔盧在扶手椅上稍微換了個舒服的姿勢，接著把頭探到燈光底下。

「醫師，你相信上帝嗎？」

這問題依舊問得很自然，但這回李厄猶豫了一下。

「不相信，但這又怎麼樣呢？我眼前一片漆黑，我試著想看清楚。其實早在很久以前我就不覺得這有什麼特別的了。」

「這是不是你和潘尼祿的分歧之處？」

「我不這麼認為。潘尼祿是個博學之士。他目睹的死亡還不夠多，所以能憑藉真理發言。但就算是鄉下的神父，只要他治療過堂區民眾、聽見過死者臨終前的呼吸聲，就會和我有同樣想法。他會先解決苦難之後，才去展現它的優點。」

李厄站起身來，臉上罩下了陰影。

他說：「算了，既然你不肯回答，就不要再提了。」

塔盧坐在椅子上沒有動，只是面露微笑。

「我可以用一個問題來回答嗎？」

這回輪到醫生微笑說道：「你還真喜歡故弄玄虛，說吧。」

塔盧說：「聽好囉。既然你不信上帝，為什麼又如此犧牲奉獻？你的回答也許能幫助我回答你問的問題。」

醫師沒有把臉移出陰影，直接便說他已經回答過了，如果他相信有個全能的上帝，就不會再為人治療，而會把這項工作留給上帝去做。但這世上沒有一個人相信這樣的上帝，沒有，就連自以為相信的潘尼祿也不例外，因為誰也不會完完全全把自己交給神。至少在這方面，李厄相信自己是走在真理之路上，對抗真實的自然萬物。

塔盧說：「啊！這就是你對自己職業的看法嗎？」

「差不多。」醫師邊回答邊又回到燈光下。

塔盧輕輕吹了聲口哨，醫師看著他說道：「是的，你會覺得這需要傲氣，但相信我，我的傲氣只是剛好夠用而已。我不知道前方有什麼在等著我，也不知道這一切以後會有什麼結果。眼下有人病了，必須把他們治好，之後他們會去思考，而我也會。但當務之急是為他們治療。我只是盡力在保護他們罷了。」

「對抗誰？」

李厄轉身面向窗戶。遠方天際有一片較深的黑影，看得出是大海。他只覺得疲倦，同時內心又很掙扎，因為忽然間很不理性地想對面前的人多傾吐一點心事，此人雖然個性古怪，卻讓他覺得親如手足。

「我不知道，塔盧，我真的不知道。當初進這一行的時候，我可以說沒有一點概念，只因為我需要它，因為它也和其他工作一樣，是年輕人會想做的工作之一。也可能還因為像我這種出身工人家庭的小孩，又更難當上醫生。可是醫生還得目睹死亡。你知道有人會拒絕死亡嗎？你有沒有聽過女人臨死前大喊：『不要』？我有。那時候我發覺自己無法適應。當時我還年輕，那股厭惡之情應該是針對世界秩序本身。後來我變得比較謙遜，只不過還是不習慣看人死去。我知道的也就這麼多了。但無論如何……」

李厄話說到一半打住，重新坐下來，卻感到口乾舌燥。

「無論如何怎麼樣？」塔盧輕聲問道。

「無論如何……」醫師重複了一次之後仍猶豫著，一面凝神注視塔盧。「像你這樣的人應該可以理解，對吧？既然世界秩序由死亡控制，那麼我們不相信上帝，而是盡自己全力對抗死亡，也不抬起頭遙望在天上沉默不語的祂，這對上帝而言或許比較好吧。」

塔盧附和道：「是啊，我可以理解。但你的勝利永遠都只會是暫時的，就這麼簡單。」

李厄似乎沉下了臉。

「是永遠沒錯，我知道。但不能因為這樣就不再奮鬥。」

「對，這不是理由。但我現在可以想像這場瘟疫對你應該具有特別的意義。」

李厄說：「是的，這是一場永無止境的失敗。」

塔盧盯著醫師看了片刻之後起身，踩著沉重的腳步走向門口。李厄跟隨在後。當他已走到塔盧身旁，塔盧好像看著自己的腳對他說：「這些都是誰教你的，醫師？」

回答幾乎是不加思索：「苦難。」

李厄打開診療室的門，出來到走廊上對塔盧說他也要下樓，去郊區看一名病患。塔盧提議要一同前去，醫師答應了。他們在走廊盡頭遇見李厄太太，醫師便向母親介紹塔盧。

「這是我一個朋友。」他說。

李厄太太說：「喔！很高興能認識你。」

她離開後，塔盧還轉身看著她。到了樓梯口，醫師試著打開定時開關，燈卻不亮，樓梯依然黑漆漆的。醫師心想這會不會是新的節能措施，但誰也不知道。已經有一段時間，不論是屋內或城裡，所有的東西都故障了。也許只是門房還有普遍的市民大眾對一切再也漠不關心。但醫師還來不及再多想，身後便響起塔盧的聲音：「最後再說一句話，醫生，就算你覺得荒謬也無所謂：你說得一點都沒錯。」

李厄在黑暗中自己聳了聳肩。

「老實說，我什麼都不懂。但你呢，你又知道些什麼？」

「啊！」塔盧說得雲淡風輕：「我幾乎沒有什麼不明白的。」

醫師突然停下腳步，走在後面的塔盧一腳沒有踩實，連忙按住李厄的肩膀重新站穩。

「你自認為對人生瞭如指掌嗎？」醫師問道。

黑暗中傳來回答，聲音還是一樣平靜：「是的。」

到了街上，他們才發現時間已經相當晚，大概十一點了。城裡一片靜悄，只充斥著窸窸窣窣的聲音。很遠的地方響著救護車的鈴聲。他們上車後，李厄發動引擎。

他說：「明天，你得到醫院來注射預防疫苗。不過在你加入這件麻煩事之前最後再跟你說一聲，你會有三分之一的活命機會。」

「這種估算是沒有意義的，醫師，這點你和我一樣清楚。一百年前，一場瘟疫殺死了波斯某個城的所有居民，唯一倖存的人正好就是始終堅守工作崗位為死者洗屍體的人。」

「他只是保住了那三分之一的機會罷了。」李厄的聲音突然變得低沉模糊：「不過說真的，關於這件事我們要學的還多著呢。」

這時候他們進入了郊區，車燈照亮空蕩的街道。他們停下車。李厄在車前問塔盧要不要一起進去，塔盧說好。天空射下一道反光照在他們臉上。李厄忽然發出友善的笑聲問道：「你老實說，塔盧，你到底為什麼要插手管這件事？」

「不知道，也許是道德感吧。」

「哪種道德感？」

「理解。」

塔盧說著轉身走向屋子，直到進入哮喘老人家中之前，李厄一直看不到他臉上的表情。

＊＊＊

打從第二天起，塔盧就開始投入工作，組成第一支隊伍，接下來應該還會有更多隊伍成立。然而敘事者並無意為這些衛生小組賦予過多的重要性。若是換成一般市民同胞，到了今天確實會有許多人忍不住誇大這些小組扮演的角色。但敘事者卻認為倘若過度重視善行，到頭來無異於間接且強力地向人性的惡致敬。因為這樣一來會讓人覺得善行只是因為罕見所以無價，而惡意與冷漠其實是更常見的人類行為動力。這種觀念，敘事者不敢苟同。世上的惡幾乎都來自於無知，而善意假如未加以闡明，也可能和惡行一樣造成重大傷害。人性其實是善多於惡，但問題不在於此，而是人們有或多或少的無知，這才是我們所謂的善與惡，至於最無可救藥的惡則是無知到自以為無所不知並自認為有權力殺人。殺人者的靈魂是盲目的，假如未能盡可能地洞澈，就沒有真正的善也沒有美好的愛。

因此，多虧塔盧才得以成立的衛生小組必須要以客觀的滿意心態給予評價。也因此，敘事者不會滔滔不絕地讚揚他們的意志力，那一種英勇行為在他看來只是合情合理恰到好處。不過他還是會繼續記述所有市民同胞在疫病肆虐下那痛苦欲裂又苛求的心。

其實那些志願加入衛生小組的人也沒那麼了不起，因為他們知道這是唯一能做的事，反倒是不這麼做才顯得不可思議。這些小組成員幫助市民們更深入地了解疫病，並說服一部分人既然這病已經存在，要想對抗它，就應該把該做的事都做了。由於瘟疫變成了某些人的職責，也才顯露出它真正的本質：這是眾人之事。

這樣很好。但一個小學老師教導學生二加二等於四，我們不會為此稱讚他，卻可能因為他選擇這份崇高職業而稱讚他。塔盧等人選擇去證明二加二確實等於四，可以說精神可嘉，但也可以說他們這份善意不僅小學老師有，凡是和小學老師具有同樣心腸的人也都有，為了替人類爭面子，這種人比我們想像得還要多，至少敘事者如此深信。不過敘事者也很清楚別人可能會反駁他，說這些人是冒著生命危險。但在歷史上總會有那麼一刻，讓敢於說出二加二等於四的人被處以死刑。小學教師心知肚明。所以問題不在於你知不知道論證的結果是獎賞或處罰，而是在於你知不知道二加二到底等不等於四。對那些當時冒著生命危險的市民同胞而言，他們必須要確定自己到底是不是身陷於疫病之中，又到底需不需要起身對抗它。

當時城裡有許多新出現的道德家到處宣傳說做什麼都沒用，只能認命投降。而塔盧、李厄和友人們雖然能作出某些回答，結論卻總是不脫他們已知的答案：一定要想盡辦法抗爭下去，絕不能認命投降。最重要的是盡可能把人救活，不讓他們經歷死別，而要做到這一點就只能與瘟疫對抗。這個事實並不特別值得讚賞，那只是必然的結果罷了。

因此很自然地，老卡斯泰以堅定不移的信心、傾注全副心力，就地利用應急的設備製造血清。李厄和他都希望由散布於城內的細菌所培養製作的血清，功效能比外來的血清更直接，因為這次的鼠疫桿菌與傳統的定義略有不同。卡斯泰希望能很快取得第一劑血清。

還有全然稱不上英雄的葛朗，如今也自然而然地負起了衛生小組中類似祕書的工作。由塔盧聚集的組員當中，有一部分專門在人口過多的地區協助預防工作，試著建立必要的衛生觀念，並且清點消毒單位所遺漏的閣樓和地窖。另一部分的人則陪同醫師作居家訪診、負責安排染病者的搬運，甚至於要是沒有專業人員，他們還要替病患與死者開車。這一切都需要有人記錄與統計，葛朗說他願意做。

就這點看來，敘事者認為葛朗比李厄或塔盧都更能代表那種鼓舞著衛生小組士氣的平靜美德。他毫不猶豫便答應了，那份善意完全出自於內心。他只要求幫忙做一些零碎的工作，至於其他，他太老做不動了。他可以挪出晚上六點到八點的時間。當李厄熱切地向他道謝，他驚愕地說：「這也沒什麼困難的。現在有瘟疫，我們就得保護自己，這是很清楚的事。唉！要是一切事情都這麼簡單明瞭就好了！」這句話他又重說了一遍。有時到了傍晚，當文書工作結束後，李厄會和葛朗聊天。最後塔盧也加入他們，葛朗很明顯地愈來愈樂於向這兩位同伴傾吐心事。在疫病肆虐期間，葛朗竟還能耐著性子繼續寫作，李厄二人便也興味盎然地聽他講述進展，聽到後來他們也從中獲得了某種紓解。

「女騎士怎麼樣了？」塔盧經常這麼問。葛朗的回答也千篇一律：「在騎馬，在騎馬。」同時面帶尷尬的笑容。有一天晚上，葛朗說他決定不再用「優雅」來形容他的女騎士，今後要改用「苗條」。「這樣比較具體。」他補充解釋道。還有一回，他把修改過的第一句念給兩名聽眾聽：「在五月一個美好早晨，有位苗條的女騎士騎著一匹漂亮的栗色母馬，穿梭於布隆涅森林的花徑間。」

葛朗說：「這樣寫，她的形象是不是更清楚了？而且我覺得『在五月一個美好早晨』比較好，因為『在五月裡的』有點拖拖拉拉的感覺。」

接下來他開始在意起「漂亮」這個形容詞。據他說，這不夠寫實，他要找一個字眼能馬上把他想像中的華麗母馬反映出來。「肥美」也不行，雖然夠具體卻帶有貶意。「毛色光澤閃亮」讓他躍躍欲試了好一會兒，只可惜音律節奏不適當。有天晚上，他洋洋得意地說找到了：「一匹黑色的栗色母馬。」黑色可以暗指優雅，這也是他說的。

「這樣行不通。」李厄說。

「為什麼？」

「栗色指的就是顏色了，不是品種。」

「哪種顏色？」

「這個嘛，總之就是不是黑色的顏色！」

葛朗的情緒似乎大受影響。

他說：「謝謝，幸好有你在。但你也看到這有多困難了吧。」

「你覺得『耀眼』如何？」塔盧說。

葛朗看著他，思忖了一會兒。

「好！好！」他說。

接著一抹微笑慢慢浮現。

過了一陣子，他坦承說「花徑」一詞令他困擾。由於他這輩子只到過奧蘭和蒙特利馬，有時候他會問友人關於布隆涅森林小徑的開花情形。嚴格說起來，無論李厄或塔盧都毫無印象那些小徑開了花，但葛朗言之鑿鑿倒讓他們動搖了。他們的不確定讓葛朗十分驚訝。「只有藝術家才懂得觀看。」但有一次醫師發現他興奮不已，原來是將「花徑」改成了「花開朵朵的小徑」。他搓著手說：「我們終於可以看得到、聞得到了。脫帽致敬吧，先生們！」他得意洋洋地念出句子：「在五月一個美好早晨，有位苗條的女騎士騎著一匹耀眼的栗色母馬，穿梭於布隆涅森林花開朵朵的小徑間。」但是大聲念出來之後，最後一句連續三個「ㄉ」開頭的音聽起來覺得刺耳，葛朗不禁結巴了一下。他坐下來，顯得垂頭喪氣。接著便請醫師允許他先離開，他需要好好想一想。

事後才知道那段期間他在辦公室裡常常心不在焉，這樣的表現很令人氣惱，因為那正好是市府內人員減少，卻又必須承擔起重責大任的時候。他的部門受到影響，辦公室主管嚴厲地譴責並提醒他，說他領了薪水卻沒有做好分內的事。辦公室主管說：「聽說你除了正職之外，還在衛生小組裡頭擔任志工。這不關我的事，但你的工作卻與我有關。你想在這可怕的情況下貢獻一己之力，首先就是要做好自己的工作，否則其他做什麼都沒用。」

「他說得沒錯。」葛朗對李厄說。

「是啊，他說得沒錯。」醫師也認同。

「可是我沒法集中精神，那段話我不知道該怎麼收尾。」

他想過把「花開朵朵」改為「花開遍地」，但這樣一來「遍地」指的是森林還是小徑似乎有點混淆不清。他也想過可以寫成：「花開朵朵的布隆涅森林小徑間」，又老覺得布隆涅森林小徑這麼一長串的名詞怎麼看都不順眼。有幾個晚上，他確實看起來比李厄還要疲倦。

是的，這番全心全力的研究探索讓他疲憊不堪，但他也仍然繼續為衛生小組作必要的加總與統計。每天晚上，他都會耐心地將資料寫得一清二楚，還會加上曲線表，盡其所能以最精確的方式將狀況呈現出來。他還常常到某家醫院去找李厄，請他幫忙在某個辦公室或醫務室裡找張桌子，好讓他坐下來整理資料，完全就像在市府辦公一樣。寫完之後他會拿起紙張，在充滿消毒水味與病菌的濃濁空氣中揮動，讓墨水快點乾。他真的很努力不再去想他的女騎士，只做自己該做的事。

是的，假如人們果真一心想要找出一些可以稱為英雄的榜樣與典範，假如在這個事件中也非得有個英雄不可，那麼敘事者要提名的正是這個微不足道又不受注目的英雄，他有的只是一點善心和一個看似荒謬的理想。這將能使真理獲得歸屬於它的一切，使二加二獲得它該有的總和四，也使英雄主義獲得它應屬的次要地位，就排在幸福的大量需求後面，永遠不會在前。這也讓這篇記事有了自己的特色，這特色應該是與好的感覺維持既定關係，也就是不以戲劇性的卑劣手法露骨呈現不當或激動的感覺。

至少當李厄醫師在報上看到或是在收音機裡聽到外界對疫病流行的奧蘭城所作的呼籲與鼓

勵，他心裡是這麼想的。這段時間除了從空中與陸路送來的救濟品之外，每天晚上還有許多憐憫或讚賞的言詞，透過無線電廣播或報紙襲向這座從此孤立無援的城市。每回聽到這些有如誦讀史詩或頒獎演說般的語調，總是讓醫師感到不耐煩。當然，他知道這份關懷並不虛偽，但它只能以慣用的語言來表達，也就是人們試著用來表達自己與人類之間的關聯的語言。而這種語言卻無法適用於——舉例來說——葛朗每天所作的小小努力，也無法明白葛朗在疫情當中所象徵的意義。

有時到了午夜，當已然遭棄的城裡一片萬籟俱寂，回到床上打算補個短眠的醫師會扭開收音機開關。從世界各個角落，越過數千公里的距離，傳來一些陌生但友善的聲音，雖不純熟卻努力地想道出他們支持的心意，事實上也的確說出來了，但同時也證明了要想真正分擔自己無法親眼目睹的痛苦，只會有深切的無力感。「奧蘭啊！奧蘭！」呼喊聲徒勞地越過大海，李厄徒勞地凝神細聽，不一會兒開始口若懸河滔滔不絕，卻更凸顯了疫情的隔離造成葛朗與說話者之間多大的鴻溝。「奧蘭！加油奧蘭！但是，」醫師心中暗想：「不能愛或死在一起，別無他法，他們離得太遠了。」

＊＊＊

在疫情尚未進入顛峰期，災難尚未凝聚所有力量襲擊並完全占據奧蘭城之前，唯一剩下要記載的部分就是像藍柏這幾個堅持到最後的人，為了重新找回幸福，為了努力捍衛內心某一部分不容瘟疫損傷，長期下來不顧一切所作的一成不變的努力。他們正是用這種方法抗拒可能被制服的危險，雖然這樣的抗拒顯然不如另一種方式來得有效，但依敘事者之見它自有其意義，而且也以其自負甚至於矛盾見證了當時我們每個人心中足以自豪的感覺。

藍柏努力奮戰不讓疫病上身。一旦證實了不能透過合法管道出城，他便決定利用其他方法，他這麼對李厄說。這個記者從咖啡館服務生開始下手。這些侍者向來消息靈通，但他最初接觸的幾個人卻特別對於做這種事可能遭受的嚴厲懲罰知之甚詳。有一次，他甚至被當成了教唆犯罪，最後直到在李厄家遇見柯塔，才總算有了點進展。那天，記者和李厄又聊起他在政府機關裡白費的努力。幾天後，柯塔在路上遇見藍柏，十分直爽地同他打招呼，現在他與任何人往來都是這樣的態度。

「還是沒有結果？」他問道。

「沒有，什麼都沒有。」

「公務員不可靠，他們沒有理解能力。」

「說得是。不過我已在找其他門路。可真不簡單。」

「喔，原來如此。」柯塔說。

他說他知道一條管道，見藍柏滿臉詫異，便解釋說自己從很久以前就開始到處光顧奧蘭的咖啡館，認識了一些朋友，也聽說有一個組織專門在運作這種事。事實上，後來變得入不敷出的柯塔開始加入配給物品的走私行列，他轉手賣出的香菸與劣酒價格不斷攀升，也因此發了一筆小財。

「你確定嗎？」藍柏問道。

「確定，因為有人問過我。」

「而你竟沒有把握機會？」

「你不必懷疑，」柯塔一副善良的模樣說：「我沒有把握機會是因為我並不想離開。我有我的理由。」

他安靜片刻後又說：「你不問我是什麼理由嗎？」

「我想這不關我的事。」藍柏說。

「就某方面來說，這的確不關你的事。但換個角度想……總之，唯一可以肯定的是自從這裡有了瘟疫以後，我覺得舒服多了。」

藍柏沒表示什麼意見，只問：「要怎麼才能聯絡上那個組織？」

柯塔說：「啊！這可不容易，跟我來吧。」

這時是下午四點。整座城在沉甸甸的天空下，慢慢地悶煮著。所有店家都把簾子放下，馬路上空空蕩蕩。柯塔與藍柏挑了有拱廊的街道走，許久都沒有吭聲。這是瘟疫隱形的時刻之一。這樣的寂靜、這種色彩與行動上的死沉，有可能是因為疫病，也有可能是因為夏天。空氣的沉悶究竟是起因於災難的威脅或是塵土與熾熱，這點不得而知。要想重新找出瘟疫，就得仔細觀察與思考，因為它只會經由一些負面跡象顯示出來。與瘟疫十分契合的柯塔便向藍柏指出一點，平日總會側躺在走廊入口處喘著氣、尋求一絲涼意的狗，如今都不見蹤影。

他們沿著棕櫚大道，穿過閱兵廣場，朝海濱區走去。左手邊有一間漆成綠色的咖啡館，躲藏在一面斜斜的黃色粗布遮陽篷底下。柯塔與藍柏一面走進去一面擦拭額頭。他們坐在庭園用的摺疊椅上，面前擺的是綠色鐵皮桌。室內空無一人，幾隻蒼蠅在空中嗡嗡嗚叫。傾斜的吧台上放著一只黃色鳥籠，裡頭有隻鸚鵡無精打采地抓著棲架，全身羽毛往下垂落。牆上掛著幾幅描繪戰爭場景的畫，上面布滿汙垢和厚厚的蜘蛛網。在每張鐵皮桌上，包括藍柏面前這一張，都有一些乾了的雞屎，他正納悶著這是從何而來，便看見一隻五彩大公雞在一陣小騷動後從一處陰暗角落蹦出來。

此時，天氣似乎又更熱了。柯塔脫下外套，啪一聲甩在桌上。這時有個矮小男人圍著一條幾乎蓋住全身的藍色長圍裙，從裡面走出來，遠遠地一看到柯塔便向他打招呼，往前走的同時還用力把公雞一腳踢開，然後在公雞的咯咯叫聲中問他們兩位想要喝什麼。柯塔點了白酒，並說要找一個名叫賈西亞的人。矮個兒說已經有好幾天沒在咖啡館看到他了。

「你想他今晚會來嗎？」

「呃！」那人說道：「他的事我不清楚。不過你知道他的時間嗎？」

「知道，但不是什麼要緊事。只是想介紹一個朋友跟他認識一下。」

侍者把兩隻溼溼的手往圍裙前襟抹了抹。

「啊！這位先生也在做生意嗎？」

「對。」柯塔說。

矮個兒哼了一聲說：

「那麼晚上再來吧，我叫小傢伙去通知他。」

從店裡出來的時候，藍柏問說是什麼生意。

「走私啊，還會是什麼？他們想辦法讓一些貨通過城門，再用高價出售。」

「喔，有同謀是嗎？」

「一點都沒錯。」

到了傍晚，遮陽篷拉開了，鸚鵡在籠子裡嘎嘎叫，鐵皮桌旁也坐滿了只穿著襯衫沒穿外套的男人。其中一人頭上的草帽往後斜戴，白襯衫的前襟敞開，露出焦土色的胸膛，他一看到柯塔進來便站起身。他有張方正黝黑的臉，一雙黑色的小眼睛，牙齒很白，手上戴著兩三枚戒指，看起來約莫三十歲。

他說：「嗨，我們到吧台喝一杯。」

他們喝了三巡，一語未發。

「出去好嗎？」賈西亞說道。

他們往港口方向走去，賈西亞問他們找他做什麼。柯塔說向他介紹藍柏並不全然是為了買賣，而只是為了他所謂的「出路」。賈西亞抽著菸一路往前走。他提了幾個問題，提到藍柏的時候就說「他」，似乎並未意識到他的存在。

「為什麼？」他問道。

「他老婆在法國。」

「喔！」

過了一會兒又問：

「他是幹哪行的？」

「記者。」

「做記者的都很多話。」

藍柏默不作聲。

「他是我朋友。」柯塔說。

他們默默地往前走，來到碼頭邊只見入口被大大的柵欄圍起不得進入，但他們走向一間小酒吧，酒吧裡也賣炸沙丁魚，老遠就能聞到味道。

「不管怎麼說，」賈西亞最後說道：「可以作主的人不是我，是拉烏爾。我得先找到他，但只怕不容易。」

「啊！」柯塔頗有興味地說：「他躲起來了？」

賈西亞沒有回答。快到小酒吧的時候他停下來，頭一次轉身面向藍柏。

「後天十一點，在上城區海關宿舍的轉角。」

他像是要離開了，卻又轉身對兩人說：

「得花點錢喔。」

他這是在確認。

「當然。」藍柏附和道。

過了一會兒，藍柏向柯塔道謝。

「唉呀，謝什麼呢。」柯塔愉快地說：「我很高興能幫上一點忙。何況你是記者，遲早有一天你也會對我有所回報。」

第三天，藍柏和柯塔沿著沒有綠蔭的大路往上走向上城區。海關宿舍有一部分已改作醫務室，大門前站了一群人，有的希望能進去探望病人，但這是不可能獲准的，也有的是來打聽消息，只不過這些消息隨時都可能過時。總之，門口聚集了人便會有許多人來人往，賈西亞應該是考慮到這一點，才會和藍柏約在這裡見面。

柯塔說：「真奇怪，你竟然這麼想離開。畢竟這裡發生的事還挺有趣的。」

「我可不這麼認為。」藍柏說。

「當然了，是會有點風險。但不管怎麼說，在瘟疫沒有爆發以前，就算穿越交通繁忙的十字路口也是一樣危險。」

這時候，李厄的車來到他們身邊停下。開車的是塔盧，李厄似乎半打著瞌睡。他清醒過來，為他們作介紹。

塔盧說：「我們認識，我們住同一間飯店。」

他問藍柏要不要搭便車進市區。

「不了，我們約了人在這裡見面。」

李厄看著藍柏。

「對，沒錯。」藍柏說。

「啊！」柯塔大吃一驚。「醫師知道這件事？」

「預審法官來了。」塔盧看著柯塔說。

柯塔變了臉色。歐東先生果然正沿著街道朝他們走過來，踩著活力充沛、有條不紊的腳步。經過他們幾人面前時，他還脫帽致意。

「你好，法官先生！」塔盧說。

法官向車上兩人回禮後，轉而望向一直待在車子另一邊的柯塔與藍柏，嚴肅地點了個頭。塔盧便向他介紹了柯塔與藍柏。法官抬頭看著天空片刻，嘆了口氣說這段時間真讓人鬱悶。

「塔盧先生，聽說你在協助防疫措施工作，真是太令人敬佩了。醫師，你覺得疫情還會擴大嗎？」

李厄說但願不會，法官附和他的話說一定要抱著希望，天意難以預料。塔盧問他是否因為這些事而工作量增加。

「恰恰相反，我們所謂普通法的案件反而減少了。我現在要預審的只有嚴重違反新法規的案子。民眾從來沒有像現在這麼遵守過舊有法規。」

「那肯定是因為相形之下，舊法規似乎好一點。」塔盧說。

視線彷彿一直懸在空中的法官終於擺脫那迷惘的神情，冷冷地端詳塔盧。

他說：「這又如何呢？重要的不在法律，而在懲罰。我們除了接受別無他法。」

「那個人哪，」法官離開後，柯塔說道：「是頭號敵人。」

車子啟動離去。

不一會兒，藍柏和柯塔看到賈西亞來了。他朝他們走來，沒有做任何打招呼的手勢，只是佯裝隨口問候般地說了一句：「要等一下。」

他們身旁有一大群人靜默無聲地等候著，其中絕大多數是女人，而且幾乎每人手上都提著籃子。她們明知不可能卻還是希望把東西送進去給生病的家人，甚至更奢望病人能吃到這些東西。大門口有幾名武裝警衛守著，不時會聽到一聲怪異的尖叫穿過隔在宿舍與大門間的中庭，隨即就會有幾張面孔憂心忡忡地轉向醫務室。

他們三人正觀望著這幅景象，忽然聽到背後響起一聲簡潔低沉的「早啊」，便全都轉過頭去。儘管天氣炎熱，拉烏爾仍然一身筆挺西裝。體格高大健壯的他穿著一件深色雙排釦西裝，戴著一頂邊緣上翻的氈帽，臉色相當蒼白，有一雙褐色眼睛，嘴巴抿得緊緊的，但說起話來快速而清晰。

他說：「我們到城裡去，賈西亞，你可以先走了。」

賈西亞點了根菸，目送他們遠去。他們配合著走在中間的拉烏爾的步伐，快速前行。

他說：「賈西亞跟我說過了，事情辦得成，不過你得付一萬法郎。」

藍柏回答說可以。

「明天，到海濱區的西班牙餐廳跟我一起吃午飯。」

藍柏說沒問題，拉烏爾於是同他握手並第一次露出笑容。他走了之後，柯塔抱歉地說隔天自己沒空，不過反正接下來也不需要他了。

次日，當記者走進西班牙餐廳，所有人都轉過頭看他。這間有如地窖般陰暗的餐館，坐落在一條被太陽曬得乾乾黃黃的街道低處，平常只有男性顧客，而且多半是西班牙人。但是當坐在靠裡面一張桌子的拉烏爾朝他招手，藍柏也隨即向他走去之後，眾人的好奇感消失了，又回頭吃起盤子裡的東西。與拉烏爾同桌的是個又高又瘦的人，臉上留有鬍碴，兩肩寬得出奇，一張長長的馬臉，頭髮稀稀疏疏。他把襯衫的袖子捲起來，露出兩隻覆滿黑色毛髮的細長手臂。拉烏爾介紹藍柏時，他連點三次頭。拉烏爾沒有說出他的名字，提到他時只說「我們的朋友」。

「我們的朋友認為應該可以幫你的忙。他會替你……」

拉烏爾突然打住，因為女侍者來問藍柏要點什麼，打斷了他的話。

「他會替你牽線認識我們的兩個朋友，然後這兩人會介紹你認識和我們一夥兒的警衛。但光是這樣還不夠。出城的適當時機得由警衛自己判定。最簡單的方法是你到其中一人家裡住上幾晚，他家就在城門邊。但在此之前，我們的朋友得先替你作好一些必要的聯繫，等一切安排妥當，你再把錢付給他。」

那位馬臉朋友又點了一下頭，一面則不停地大嚼著番茄甜椒沙拉。接著他開口說話了，略帶有西班牙口音。他向藍柏提議後天早上八點在大教堂門廊底下碰面。

「還要兩天。」藍柏說。

「因為事情不簡單。得找不少人。」拉烏爾說。

馬臉再次點點頭，藍柏也只好不情願地答應了。接下來的用餐期間都在忙著找話題。後來當藍柏發現馬臉是個足球員，一切就變得輕而易舉了，因為他自己以前也常踢足球。於是他們聊起了法國的錦標賽、英國職業球隊的長處與W隊型戰略。午餐結束時，馬臉已經興奮不已，熱絡地跟藍柏稱兄道弟，並試圖說服他一個球隊裡最棒的位置就屬中衛了。他說：「你要知道，整場球賽都是由中衛布局的，而足球最重要的就是布局。」藍柏也持同樣看法，儘管他向來都踢中鋒。到後來討論不得不中斷，因為原先反覆低聲播放一些傷感旋律的收音機，忽然宣布前一天有一百三十七人死於瘟疫。現場沒有人作出反應。馬臉聳了聳肩站起來，拉烏爾和藍柏也跟著起身。臨分手前，那個中衛用力握住藍柏的手說道：「我叫貢札雷斯。」

接下來的兩天讓藍柏感覺度日如年。他去找李厄，對他詳述事情的進展，還陪同醫師出診。到了疑似瘟疫病患的住處門口後，他便與醫師道別，同時聽見走廊上一陣奔跑與說話聲，有人去通知那家人說醫生來了。

「但願塔盧能趕快來。」李厄喃喃地說，他顯得十分疲倦。

「傳染的速度太快了嗎？」藍柏問道。

李厄說不是這樣的，還說死亡人數上升的速度甚至減緩了。只是對抗瘟疫的方法不夠多。

他說：「我們缺乏設備。全世界所有的軍隊通常都會以人力彌補設備的不足，但我們也缺少人手。」

「從外面來了一些醫生和醫護人員不是嗎？」

李厄說：「是的，有十個醫生和上百名人員。表面上看起來很多，卻幾乎不足以應付目前的狀況。要是疫情再擴大，就肯定不夠了。」

李厄豎起耳朵傾聽屋內的雜音，然後衝著藍柏微微一笑。

他說：「對，你應該要趕緊出城去。」

藍柏的臉上登時蒙上一層陰影。

「你知道的，」他用低低的聲音說：「我不是為了這個才要離開。」

李厄回答說他知道，但藍柏又接著說：

「我想我不是個懦夫，至少大部分的時間都不是。我本來有機會可以證明，只不過有些念頭我實在無法忍受。」

醫師正視著他。

「你會和她團圓的。」

「也許吧，但一想到這樣的情況還要再繼續拖延，而她會在這段時間裡變老，我就難以忍受。人過了三十就開始變老了，一定要好好把握。我不知道你能不能理解。」

李厄喃喃地說他應該可以理解，這時候塔盧來了，表情非常興奮。

「我剛剛去請潘尼祿加入我們。」

「結果呢？」醫師問道。

「他考慮了一下，答應了。」

醫師說：「我真高興，真高興知道他比他講的道還要好。」

塔盧說：「每個人都是這樣，只要給他們機會就行了。」

他面露微笑，並且朝李厄眨眨眼。

「我這輩子最感興趣的事就是提供機會了。」

藍柏說：「抱歉，我得走了。」

約好要碰面的星期四那天，藍柏在七點五十五分來到大教堂門廊底下。氣溫還十分涼爽。天空裡飄浮著幾朵圓圓的小白雲，只是再過一會兒就會被上升的熱氣給一口吞噬了。草地雖然乾枯，卻仍隱約散發出潮溼的氣味。還藏在東面屋舍背後的太陽，只照亮了廣場上全身金燦燦的聖女貞德銅像的頭盔。大鐘敲了八下。藍柏在無人的門廊下踱了幾步。模糊的唱經聲伴隨著熟悉的地窖與焚香氣息從裡面傳出來。歌唱聲忽然安靜下來，接著有十來個小黑影從教堂出來，快步奔向市區。藍柏開始感到心急。有另外一些黑影爬上大階梯，朝門廊這邊走來。他點燃一根香菸後，立刻想起這裡可能禁止抽菸。

八點十五分，教堂的管風琴開始輕聲彈奏。藍柏走進教堂幽暗的拱頂底下，過了一會才得以看清剛才從他面前經過的那些黑影現在都在中殿裡，而且全部聚集在一個角落。那裡有個臨時祭壇，剛剛安置了一尊聖洛克像，是在城裡某座工坊倉促完成的。那群人跪下來以後似乎縮得更小了，覆沒在一片灰色調中有如一塊塊凝結的影子，這裡一個那裡一個，幾乎要比周圍環繞的煙霧更暗淡模糊。在他們頭頂上，管風琴不停地變換曲調。

藍柏出來的時候，貢札雷斯已經步下階梯往城裡的方向走。

「我還以為你走了。這是很正常的事。」他對記者說。

他解釋說剛才是在等幾個朋友，他另外和他們約了七點五十在這附近碰面，不料竟讓他白等了二十分鐘。

「肯定是被什麼事情絆住了。幹我們這行的很難事事順利。」

他提議改約隔天同一時間，在陣亡將士紀念碑前面。藍柏嘆了口氣，把氈帽往後一推。

貢札雷斯笑著說：「這沒什麼，你想想射門進球以前，要作多少進攻和傳球的配合。」

「當然，」藍柏還是說：「可是球賽只有一個半小時。」

奧蘭的陣亡將士紀念碑位在城裡唯一看得見大海的地方，類似一條散步道，幾乎是緊沿著港口上方的峭壁延伸。翌日，先到的藍柏仔細地研讀那些光榮戰死的士兵的名字。幾分鐘後，兩名男子走上前來，淡淡地看了他一眼，然後伏在散步道的欄杆前，似乎全神貫注地凝視著空曠冷清的碼頭。他二人身材相當，也都穿著藍色長褲和短袖海軍衫。記者走遠了些，找到一張長凳坐下來，悠哉地看著他們。他這才發覺他們大概都還不滿二十歲。這時候，他看見貢札雷斯邊道歉邊走過來。

「這是我們的朋友。」他說著帶他走向那兩名年輕人，並介紹他們名叫馬塞和路易。正面一瞧，兩人長得很像，藍柏猜想他們應該是兄弟。

「好啦，」貢札雷斯說道：「既然已經都認識了，就來辦正事吧。」

不知是馬塞或路易說兩天後輪到他們站崗，時間是一個禮拜，得找出最恰當的一天。他們總共有四個人看守西門，另外兩人是職業軍人，不可能收買，因為他們不可靠，而且費用也會增加。但有時候到了晚上，那兩名同儕會到一家熟識的酒吧暗室待上一會兒。因此馬塞或路易建議藍柏住到他們位在城門附近的家裡，等人來接應。到時候要通過就非常簡單了。不過動作要快，因為前不久聽說要在城門外圍設置雙重崗哨。

藍柏接受了，並且拿出最後幾根菸請他們抽。這時候，兩人之中始終沒有開口的那人問貢札雷斯費用是否算清楚了，又是否能先拿訂金。

貢札雷斯說：「不行，不必多此一舉，他是我朋友。費用等出發的時候再拿。」

他們商談下一次碰面的時間。貢札雷斯提議後天到西班牙餐館吃晚飯，然後可以直接到警衛家去。

「第一個晚上，我會留下來陪你。」他對藍柏說。

第二天，藍柏上樓回房時，在飯店樓梯上遇見塔盧。

塔盧對他說：「我要去找李厄。你要不要一起來？」

「我一直不確定他會不會覺得我很煩。」藍柏猶豫了一下才說。

「不會吧，他常常跟我提起你。」

記者考慮之後說：「這樣吧。吃過晚飯以後要是有時間，你們倆就到飯店的酒吧來，就算很晚也無所謂。」

「這要看他，也要看瘟疫的情況。」塔盧說。

然而到了晚上十一點，塔盧和李厄走進又小又窄的酒吧，裡頭大約擠了三十多人，全都扯著嗓門說話。剛從一片死寂的瘟疫城區過來的兩人有點受到驚嚇，頓時止步，接著看到店裡還在供酒才明白何以如此嘈雜。藍柏坐在吧台另一端，正從高腳椅上對著他們打手勢。他二人分別坐到他的左右邊，塔盧還泰然自若地推開旁邊一個大聲喧譁的客人。

「能喝烈酒嗎？」

塔盧說：「當然能，求之不得呢。」

李厄聞著杯子裡辛辣的藥草味。一片鬧烘烘的，很難交談，但藍柏似乎只專心地在喝酒。醫師還看不出他醉了沒有。他們所在的這個狹小空間裡另外還有兩張桌子，其中一張坐了個海軍軍官，左右各擁著一名女子，正在向另一個滿臉通紅的胖子講述開羅爆發傷寒大流行的情況。他說：「有一些營區，有一些營區給土著們住，還給病人搭帳篷，外面站滿衛兵，要是有家屬企圖偷偷帶什麼秘方進去，他們就會開槍。是很殘忍，但這樣做是對的。」另一張桌子坐的全是氣質高雅的年輕人，談話內容聽不清楚，被高掛在他們頭上的收音機正在播放的《聖詹姆士醫院》⑬旋律給掩蓋了。

「事情順利嗎？」李厄提高聲音問道。

藍柏說：「就快成了，可能就在一個星期內。」

「真可惜。」塔盧嚷道。

「為什麼？」

塔盧看著李厄。

「喔！」李厄解釋道：「塔盧這麼說是因為他覺得你留下來應該會對我們有所幫助。不過我完全理解你渴望離開的心。」

塔盧又請他們喝了一杯。藍柏從高腳椅上下來，第一次正眼看他：

「我能對你們有什麼幫助？」

「這個嘛，」塔盧不疾不徐地伸手拿起杯子，說道：「加入我們的衛生小組。」

藍柏再次露出他臉上經常出現的固執沉思的表情，同時又坐回高腳椅上。

「你覺得這些小組沒有用嗎？」塔盧喝了口酒，兩眼直盯著藍柏問道。

「非常有用。」藍柏說著也喝了口酒。

李厄發現他的手在顫抖，心想沒錯，這人肯定早已喝醉了。

次日，當藍柏第二度進入西班牙餐館，有三五個客人已經搬椅子到門口，享受著金綠色的黃昏裡，熱氣才剛剛開始消退的涼意，一面抽著一種氣味嗆鼻的菸。店內幾乎空無一人。藍柏穿過那群人之後，走到靠裡面的桌子坐下，他和貢札雷斯頭一回見面就坐在這裡。他跟女侍說要等人。時間已屆七點半。外頭那些人慢慢回到店內坐定，服務生開始為他們上菜，低低的天花板下面充斥著刀叉聲與模糊不明的談話聲。到了八點，藍柏仍繼續等候。店裡開了燈。又進來幾個客人和他同桌而坐。他自行點了晚餐。八點半，晚餐吃完了仍不見貢札雷斯和那兩名年輕人。他抽了幾根菸。店裡的客人慢慢走光。在外頭，夜色很快地降臨。一陣來自海面的暖風輕輕吹揚起落地窗簾。到了九點，藍柏發現店裡已經沒有其他客人，女侍則以驚訝的眼神看著他。他於是付了錢走出餐館。對面有一家咖啡館還開著。藍柏坐在吧台前，監看著餐館大門。九點半，他開始走回飯店，因為沒有貢札雷斯的住址也不知該如何找他，一想到這所有程序都得再來一遍，心裡真是悶得慌。

就在此時，在這一輛輛救護車奔馳而過的夜裡，他發覺到（他應該是這麼跟李厄醫師說的）這段期間由於全心全意只想在他和妻子之間的牆籬上找到開口，他有點暫時把她給忘了。但也就在此時，當所有出口都再次堵塞，她也再一次成為他最大的渴望，這種痛苦的感覺爆發得如此突然，致使他開始朝飯店奔跑，希望能逃避那揮之不去、猛烈侵蝕著他雙鬢的焚熱感。

⑬《聖詹姆士醫院》（*Saint James Infirmary*），著名小喇叭手路易・阿姆斯壯（Louis Armstrong, 1901-1971）的一首爵士樂曲。

第二天一大早他卻來見李厄，問他如何能找到柯塔。

他說：「我現在唯一能做的，就是重新再來一遍。」

李厄說：「你明晚過來吧。塔盧要我請柯塔來，我也不知道為什麼。他應該會在十點鐘到，你就十點半過來好了。」

當翌日柯塔來到醫師家，塔盧和李厄正在談論李厄的一個病人竟然出乎意料地康復了。

「十分之一的機會，他真幸運。」塔盧說。

柯塔說：「啊！那麼他不是染上鼠疫。」

他們很肯定地說是鼠疫沒錯。

「既然他痊癒了就不可能是。你們跟我一樣清楚，瘟疫是不治之症。」

李厄說：「一般來說的確不會好，但稍微堅持一下，也可能會有驚喜出現。」

柯塔笑起來。

「不見得吧。你們聽說今晚公布的數字了嗎？」

塔盧和善地看著柯塔說他知道數字，情況很嚴重，但這說明了什麼？這說明了有必要採取更異於平常的措施。

「呃！你們已經採取了呀。」

「是的，但每個人都得為自己採取這樣的措施。」

柯塔看著塔盧，不明所以。塔盧解釋說有太多人始終無所作為，疫病是大家的事，每個人都應該盡一點責任。衛生志願隊歡迎所有人參加。

柯塔說：「這只是一個構想，其實沒什麼作用。瘟疫太厲害了。」

「這要等我們試過所有的方法以後才會知道。」塔盧耐著性子說。

這段時間裡，李厄在書桌前抄寫資料。塔盧則是一直盯著在椅子上扭來扭去的柯塔。

「柯塔先生，你為什麼不來加入我們呢？」

柯塔聽了不高興地站起來，手裡拿著他的圓帽說：

「那不是我該管的事。」

接著又用一種虛張聲勢的口氣說：

「再說了，這瘟疫讓我覺得自在得很，我想不出有什麼理由要攙和著去抑止它。」

塔盧拍了一下額頭，像是忽然靈光乍現：

「唉呀！可不是嘛，我怎麼忘了，要是沒有瘟疫你已經被捕了。」

柯塔嚇一大跳，連忙抓住椅子，好像站不穩就要跌倒。李厄這時也停下筆來，用一種嚴肅又有趣的神情看他。

「誰跟你說的？」柯塔尖聲喊道。

塔盧面露訝異之色說道：

「你啊，至少醫師和我都是這麼想的。」

柯塔一時怒不可遏，嘴裡嘟嘟囔囔的也不知說些什麼。

「你別激動，」塔盧又接著說：「醫師和我都不會舉發你的。你的事與我們無關，何況我們也從來沒喜歡過警察。好啦，坐下吧。」

柯塔看了看椅子，略一遲疑後才坐下。片刻過後，他嘆了口氣。

「這是老早以前的事了，」他坦承道：「沒想到又被他們挖出來，我還以為大家都已經忘了。

偏偏有個人又提起，他們就把我叫去，要我在偵查結束前隨傳隨到。我知道他們最後還是會逮捕我。」

「事情很嚴重嗎？」塔盧問道。

「這要看你所謂嚴重的定義。總之不是殺人案件。」

「要坐牢還是服勞役？」

柯塔滿臉沮喪。

「坐牢，如果幸運的話……」

但過了一會兒，他又情緒激動地說：

「我只是犯了點錯，每個人都會犯錯。一想到要因為這樣被抓、不能回家，還要斷絕一切習慣和所有認識的人，我就受不了。」

「啊！所以你才想到要上吊？」塔盧問道。

「對，沒錯，是很蠢的念頭。」

李厄終於開口對柯塔說他明白他的焦慮，不過一切應該都會順利解決。

「哈！目前我知道自己沒什麼好怕的。」

「看來你是不會加入我們的小組了。」塔盧說。

柯塔把帽子放在兩手間轉動，抬起雙眼用不確定的眼神看著塔盧說：

「這不能怪我。」

「當然了。」塔盧微笑道：「但至少請你不要故意散布病菌。」

柯塔反駁說他並不希望發生瘟疫，只是它就這樣爆發了，如今演變成這種局面也不是他的錯。當藍柏來到門口，柯塔還高聲大嚷一句：

「而且照我看來，你們是搞不出什麼名堂的。」

藍柏一問才發現柯塔也不曉得貢札雷斯住在哪裡，不過還是可以再回到小咖啡館去。他們約好第二天碰頭。由於李厄表示希望能知道事情的發展，藍柏便邀請他和塔盧這個週末到他的飯店房間，不管多晚都沒關係。

次日上午，柯塔與藍柏一起到小咖啡館去，留言給賈西亞說晚上見個面，要是不方便就約隔天。晚上，沒等到人。第二天，賈西亞出現了。他默默地聽藍柏講述事情經過。他不知道是怎麼回事，但有些地區為了挨家挨戶進行檢查，全天二十四小時都禁止進出。貢札雷斯和那兩個年輕人可能因此被攔住了。但如今他能做的就是再次替他們聯絡拉烏爾。當然，這至少得等到後天才行。

藍柏說：「我懂，一切都要從頭來過。」

第三天在某條街轉角，拉烏爾證實了賈西亞的假設，下城幾個地區被封鎖了。得想辦法重新再和貢札雷斯取得聯繫。兩天後，藍柏和貢札雷斯一起吃午餐。

足球員說：「真荒唐，早知道就該說好見面的方法。」

藍柏也有同感。

「明天早上，我們去那兩個小夥子家，試著把一切都安排好。」

次日，小夥子不在家，他們便留紙條約了第二天中午在中學廣場見。藍柏回飯店後，下午遇見塔盧，塔盧看見他臉上的表情大吃一驚。

「怎麼了嗎？」塔盧問他。

「全部都得再來一次。」藍柏說。

他再次提出邀請：「今晚要來喔。」

他二人晚上進到房間時，藍柏正躺在床上。於是他起身，把準備好的酒杯斟滿。李厄拿起杯子，問他事情進展得順不順利。記者回答說他已經重來一遍，現在又回到原點，最後一次約定的時間很快就要到了。他喝了口酒，補上一句：

「當然，他們是不會來的。」

「以前沒來不表示這次也不會來。」塔盧說。

「你還沒明白過來。」藍柏聳聳肩說。

「明白什麼？」

「瘟疫。」

「啊！」李厄說。

「不，你沒明白，它的本質就是不斷地重來。」

藍柏走到房間一個角落，打開一台小型留聲機。

塔盧問道：「是什麼唱片？我聽過。」

藍柏回答說是《聖詹姆士醫院》。

唱片聲中，遠處傳來兩記槍響。

「可能是狗，或是有人逃跑。」塔盧說。

片刻過後，唱片播放完畢，救護車的響聲變得清晰，接著愈來愈大聲，從飯店房間的窗戶底下經過後逐漸轉弱，最後歸於沉寂。

藍柏說：「這張唱片真沒意思，光是今天就已經聽十遍了。」

「你就這麼喜歡聽？」

「不是，但我只有這張。」

過了一會兒。

「我都說了，它的本質就是不斷地重來。」

他問李厄衛生小組運作得如何。現在有五個工作團隊，希望還能再多組幾個。記者坐在床上，似乎很專心地在檢視指甲。李厄注視著他縮在床沿那短小粗壯的身影。忽然間，他察覺藍柏也在看他。

他說：「你知道嗎？醫師，我一直在想你的組織。我之所以不加入，自然有我的理由。至於其他，我想我還不至於缺乏冒險的勇氣，我曾經打過西班牙內戰。」

「哪一邊的？」塔盧問道。

「輸的那一邊。但是在那之後，我作了一番思考。」

「思考什麼？」塔盧問。

「勇氣。現在我知道人能體現偉大的行動，但如果不能具有偉大的感情，我便沒興趣。」

「感覺上人應該什麼都辦得到。」塔盧說。

「不對，人就無法長時間受苦或幸福，也就是說根本無法做任何有價值的事。」

他看著兩人一會兒，又說：

「塔盧，你能為愛而死嗎？」

「不知道，但現在好像沒辦法。」

「你看吧。而你卻能為一個理念而死，這點一眼就看得出來。我真是受夠了這些為理念而死的人。我不相信英雄主義，我知道這很容易，也從經驗中得知這是殺人行為。唯一令我感興趣的是為自己所愛而生、而死。」

李厄仔細傾聽記者說的話，目光始終沒有從他身上移開。他溫柔地對他說：

「人不是一種理念，藍柏。」

記者從床上跳起來，臉上熱情熠燿。

「這是一種理念，而且是很短促的理念，打從我們背棄愛的那一刻開始。沒錯，我們再也沒有愛的能力。聽天由命吧，醫師。讓我們等待自己恢復這個能力，如果真的沒辦法，也讓我們等待著全人類的救贖，不要去扮演英雄。我話就說到這裡了。」

李厄站起身來，頓時顯出疲態。

「你說得對，藍柏，完全正確，關於你要做的事我覺得很對也很好，所以我一點也不想改變你的心意。可是我還是要跟你說：這一切無關乎英雄主義，而是一種正直。說出來可能會讓人發笑，但我覺得對抗瘟疫的唯一方法就是正直。」

「什麼叫正直？」藍柏忽然變得嚴肅。

「我不知道一般人怎麼看，但對我來說，就是盡我的本分。」

「啊！」藍柏忿忿地說：「我不知道我的本分是什麼。也許說穿了，我選擇愛是錯了。」

李厄正視著他，語氣堅定地說道：

「不，你沒有錯。」

藍柏若有所思地看著他。

「我想在這一切當中，你們兩個根本不怕失去什麼。這樣要當好人自然比較容易。」

李厄一口氣乾了杯裡的酒。

「好啦，我們還有事情要做。」

他走了出去。

塔盧隨後跟上，但正要走出房門時似乎又臨時改變主意，轉身對記者說：

「你知不知道李厄的太太在離這裡幾百公里的一家療養院養病？」

藍柏似乎大吃一驚，但塔盧已經離開。

第二天一大清早，藍柏便打電話給醫師：

「在我找到方法出城以前，可以和你一起工作嗎？」

電話那頭沉默了一下，才聽到：

「好的，藍柏，謝謝你。」

Troisième partie

第三部

瘟疫剝奪了每一個人愛的力量，甚至於友情的力量。因為愛需要有一點未來，而我們卻只剩下片段的時刻。

於是一整個星期以來，被瘟疫囚禁的人們極盡所能地奮戰著。可以看得出來有幾個人，例如藍柏，甚至想像自己還能像自由人一樣行動，還能夠有所選擇。但事實上，到了八月中旬這時候，瘟疫可以說已經籠罩全城。因此再也沒有個人的命運，而只有集體的經歷，也就是大家共同遭遇的瘟疫與共有的情感。而其中最強烈的感受就是分離與放逐，以及兩者所夾帶的恐懼與叛逆。正因如此，敘事者認為值此暑熱與疾病的高峰期，很適合說明城裡普遍的狀況，並以實際例子描述生者的暴力、死者的下葬與戀人相隔兩地的痛苦。

這一年就在這個時候起風了，強風接連幾日吹襲這座瘟疫之城。奧蘭市民對於風尤其懼怕，因為在城市坐落的高原上毫無天然屏障，風總能長驅直入狂掃街道。許多個月來沒有受到一滴雨水滋潤的城市，表面已經覆上灰色泥塵，如今被風一吹便層層剝落。這風揚起了滾滾塵土與紙片打在行人腿上，只見街上寥寥無幾的行人彎著腰、用手帕或手掌摀住嘴巴，匆匆前行。傍晚時分，大夥兒不再集結遊蕩，盡可能地將日子拉長（因為每一天都可能是最後一天），卻反倒會看見三五成群的人急著趕回家或是上咖啡館，以至於有好幾天，到了在這個時節總是來得特別快的黃昏，街上便空空蕩蕩，只聽見風持續不斷地吟嘯。從那波濤洶湧、但仍隱而不見的大海升起一股海草味與海水鹹味。這座空曠孤清、被塵土覆蓋成白色，又充斥著海水氣味與狂風呼嘯聲的奧蘭城，便有如一座不祥之島發出陣陣呻吟哀嘆。

直到目前為止，在人口較多、環境較不舒適的外圍郊區，因瘟疫死亡的人數要比市區多得多。但疫病彷彿突然間步步進逼，也來到商業區落腳了。居民怪罪於風，認為是風傳播了病菌。「都是風來搗蛋。」飯店經理如此說。但無論如何，市區裡的居民知道該輪到他們了，因為夜裡救護車的響聲愈來愈靠近，也愈來愈頻繁，就好像瘟疫在家家戶戶窗子底下發出陰沉無情的召喚。

政府想要將市區裡感染情形特別嚴重的幾個區加以隔離，只准放行那些因為公務需要而不得不外出的人。這些地區的居民難免會認為這項措施是故意刁難他們，相較之下，便覺得其他區的居民很自由。而這些其他區的居民雖然日子也不好過，但一想到還有人比自己更不自由也會稍感安慰。於是，「總還有人比我更像囚犯」這句話，概括了他們唯一可能的希望。

大約也在這個時期常常發生火災，尤其是西城門附近的休閒娛樂區。打聽之下發現，縱火的原來是從隔離檢疫所回來的人，由於悲痛與不幸遭遇造成心理上的恐慌，他們便放火燒掉自己的房子，幻想著能藉此把瘟疫給燒淨。救火的工作相當艱難，次數的頻繁加上風勢猛烈，導致整片區域一再陷入危險。政府起初努力宣導官方針對住家所進行的消毒工作已足以排除任何感染風險，卻不見功效，後來只得頒布異常嚴厲的罰則對付那些無辜的縱火犯。但最後遏止這些縱火犯的應該不是坐牢本身，而是因為市立監獄的死亡率高得離譜，以至於所有居民都一致相信被判入獄就等於被判死刑。當然，這種想法其來有自。基於一些明顯的理由，習慣於集體生活的人，諸如士兵、教士僧侶或囚犯，似乎特別容易受到疫病侵襲。儘管有部分犯人是個別囚禁，監獄畢竟是一個共同體，最好的證明就是在我們市立監獄裡，無論獄卒或囚犯都一律難逃疫病的魔掌。就瘟疫高高在上的觀點而言，上自長官下至最卑賤的囚犯，每個人都一樣被判了刑，這或許也是監獄第一次出現絕對公平的裁判。

政府計畫授勳給殉職的獄卒，試圖在被瘟疫一視同仁的群體中分出等級來，但仍是徒勞無功。因為已經正式宣布戒嚴，從某個角度來看，獄卒可以說是受徵調，死後便可獲頒軍事勳章。但即使囚犯沒有提出任何抗議，軍方卻十分不滿，並合情合理地指出，這樣一來可能會在民眾心裡造成令人遺憾的混淆。政府接受了他們的要求，並想到一個最簡單的方法，那就是頒給殉職的獄卒疫病勳章。但對於先前受勳的人，傷害已經造成，又不能將勳章追討回來，而軍方的想法也依然沒有改變。另一方面，那所謂的疫病勳章有個缺點，就是無法像軍事勳章那樣鼓舞民心士氣，因為在疫病流行期間獲頒這類的勳章未免稀鬆平常。總之所有人都不滿意。

再者，監獄單位無法像宗教體系，更不可能像軍方體系那般運作。事實上，城裡僅有的兩間修道院的修道士已暫時分散到信徒家中居住。同樣地，只要一有機會，也會有小隊士兵離開軍營，駐紮到學校或公共建築中。因此表面上這場疫病迫使居民在遭圍困之際團結一致，其實它也同時打破了傳統的組織結構，將每個人打入孤獨的處境，因而導致人心惶惶。

我們可以這麼想，這一切狀況再加上風勢助長，也讓某些人心裡燃起熊熊大火。入夜後，城門再度多次受到攻擊，但這幾次都是小群武裝人士所為。他們與警衛彼此交火，有人受傷，也有人逃跑。於是崗哨增加人手，很快便平息了這類的企圖。然而，光是這樣就足以在城裡激起一股革命熱潮，進而引爆數起暴力事件。有幾戶人家為了衛生的原因被燒或被封鎖，卻遭到劫掠。老實說，我們很難假設這些行為是預謀。通常，突發狀況往往會讓一些原本老實的人做出理應受譴責的行為，然後馬上就會有人起而效尤。因此有時候會看到一些瘋狂的人，當著哀痛失措的屋主的面，衝進仍深陷火海的房屋。見屋主沒有反應，許多旁觀者便也跟著往裡衝，於是在這條幽暗街上的火光中，可以見到許多黑影奔來跑去，但由於火焰逐漸減弱閃爍不定，加上肩上扛的物品或家具，這些黑影一個個都變形了。正因為這些事故使得政府當局不得不在瘟疫期間宣布戒嚴，並實施戒嚴的相關法令。有兩名竊賊遭到槍決，但其他人恐怕毫無印象，因為死的人太多了，誰也不會察覺這兩人被處決：這不過是滄海一粟。事實上，類似景象出現得相當頻繁，政府卻好像完全沒有打算插手的樣子。唯一能讓所有居民都有感覺的措施，似乎是宵禁令。從十一點開始就一片漆黑的奧蘭，有如一座石城。

在掛著月亮的天空下，城裡的灰白牆與筆直街道整齊排列，沒有沾上任何黑黑的樹影汙漬，也沒有受到任何行人腳步聲或狗吠聲驚擾。萬籟俱寂的大城此刻只不過是一堆動也不動的巨大方塊，其間散落著遭遺忘的善心人士或昔日偉人沉默不語的塑像，永遠被窒悶在青銅之中的他們，戴著鐵石假面，各自試圖呈現一副已然毀損的舊日面貌。陰霾的天空下，這些庸俗的偶像昂揚矗立於毫無生氣的街道路口，像一頭一頭無感的野獸，倒是頗能象徵我們所受到的僵化統治，否則至少也能體現它的最後階段，那就是所有聲音都被瘟疫、石頭與黑夜給壓制下來的墳場景象。

但黑暗也同時存在所有人心裡，關於下葬有種種傳聞，政府卻並未公布真相安撫民心。由於不得不談論埋葬的事，敘事者深感抱歉。他感覺得到自己可能因此受到一些譴責，但他唯一的辯解是這段期間內一直都在舉行葬禮，他可以說和所有市民一樣，被迫去留意埋葬的事。無論如何，並不是他對這類儀式情有獨鍾，相反地，他還比較喜歡活人社會的活動，譬如說泡海水浴。但海水浴場已經關閉，而活人社會整日裡都在擔心最終仍不得不向死人社會投降。這便是明證。當然了，我們大可以強迫自己視而不見，摀住眼睛拒絕面對，但明顯的事證有一種可怕的力量，到頭來總能橫掃一切。比方說，當你心愛的人需要下葬，你又如何拒絕面對呢？

我們的葬禮呢，最初的特色就是快速！所有儀式一概從簡，繁文縟節全都免了。垂死的病患無法在家人身邊闔眼，例行的守靈習俗遭禁，因此晚上去世的人只能獨自度過黑夜，白天去世的人則是立刻下葬。家屬當然會接獲通知，但多半不能到現場，因為先前若是與死者同住就得隔離。倘若死者未與家人同住，家屬必須在指定的時間，也就是出發前往墓園的時候到場，那時屍體都已洗淨入殮了。

且假設這個過程發生在李厄醫師負責的輔助醫院好了。這所學校的主建築後面有一個出口。面向走廊的一個大雜物間裡擺放著許多棺材，而走廊上則可以看到一具已經封釘的棺木。家屬一到立刻辦理最重要的手續，也就是讓家長簽署一些相關文件。接著將屍體搬上一輛汽車，這車有可能是正式靈車，也可能是經過改裝的大型救護車。家屬們坐上仍獲准執業的計程車後，所有車輛以最快速度經由外環道路前往墓園。到了門口，會有憲警將車隊攔下，在官方通行證上蓋章，沒蓋這個章的話，便無法獲得我們市民同胞所謂的安息之所。憲警退下，車輛隨即停放到一塊已經挖好許多墓穴等著充填的方形土地旁。這時一名教士上前來迎接死者，因為教堂已禁止舉行葬禮。棺材在眾人的祈禱聲中被搬下車，綁上繩子拖行，接著往下滑，重重地落到墓穴底部。神父灑聖水時，第一鏟土已經落在棺蓋上。救護車會提早一點離開，以便進行消毒清潔，當一鏟鏟土落下的聲響愈來愈微弱，死者家屬已經鑽進計程車，十五分鐘後便回到家了。

如此一來，凡事都確實以最快的速度、最低的風險完成。這種做法，至少在一開始，應該是冒犯了家屬的自然情感，但在瘟疫時期，也顧慮不了這麼多了：一切都要以效率為先。再者，即便一開始民心士氣為此受到打擊（因為舉行一場體面葬禮的期望比我們預想的還要普遍），所幸後來糧食問題變得棘手，居民的注意力也隨之轉移到當務之急。民眾為了有東西吃，將心力全部投注在排隊、到處奔走、填寫表格等等，已經沒有時間去想身邊的人是怎麼死的，自己有一天又會怎麼死。於是，物資缺乏本該是件麻煩事，不料後來竟成了一項效益。要不是疫病像我們所見那樣愈演愈烈，一切真可說是結局圓滿。

接下來棺木愈來愈少，做壽衣的布料和墓地也開始短缺。須得想想辦法。最簡單的做法應該就是集體舉行葬禮，必要的時候就在醫院和墓園之間多跑幾趟，這些都還是為了效率著想。那麼以李厄的醫院為例，院方目前有五具棺材。一裝滿之後，便抬上救護車。到了墓園，將棺木裡的鐵灰色屍體搬到擔架上，放在一個專門停屍候葬的棚子底下。棺材用消毒劑清洗過後，重新運回醫院；只要有必要，這樣的程序就會周而復始地循環。如此安排極有效率，省長顯得十分滿意，他甚至還對李厄說這比記載舊日瘟疫的書上所寫，由黑人來載運整車死者的方法更好。

李厄說：「是啊，埋葬的方法相同，但我們都作了紀錄，的確是進步了。」

儘管行政作業相當成功，但現在的儀式會讓人看了覺得不是滋味，省府只好不許家屬參與葬禮。他們只能來到墓園門口，甚至連這點也不是經過官方許可的，因為葬禮的最後儀式有點改變了。在墓園盡頭，一塊以乳香黃連木遮蔽起來的空地上，挖了兩個大坑，一個給男人用，一個給女人用。在這方面，政府單位還是行禮如儀，只是到了很後來，迫於情勢才不得不拋開這最後一點羞恥心，不顧體面地將男女混葬。幸好，這最終的混亂場面直到瘟疫末期才出現。在我們目前關心的這段期間，墳坑還是有男女之別，省府對此相當堅持。在兩個坑底，都有一層厚厚的生石灰在沸騰冒煙。坑洞邊緣也同樣有一堆生石灰往空氣中爆出氣泡。當救護車全部載送完畢，工作人員便列隊將擔架搬來，讓赤裸且略顯扭曲的屍體一一滑入坑底，幾乎是整齊並排著，接著在他們身上撒上生石灰，並覆蓋上泥土，不過只蓋到一定高度，以便給尚未送達的死者預留空間。第二天，家屬會被請去在一本登記簿上簽名，這是人和其他動物（例如狗）的差別：進行管制總是有可能的。

這一連串的作業程序都需要人手，而醫院常常瀕臨人手短缺的窘境。這些護士與挖墓人員起初都是正式雇用，後來則變成臨時雇員，其中有很多人死於瘟疫。不管作了什麼樣的防護措施，總有一天還是會受傳染。但仔細想想，最令人驚訝的是在整個瘟疫期間，從來不會找不到人做這份工作。真正最缺人的時候是在疫情到達顛峰前不久，也難怪李厄醫師憂心忡忡，那時無論是管理工作或是他所謂的粗活兒，都沒有足夠的人工。但自從瘟疫真正席捲全市那一刻起，疫情的猖獗反而讓事情變得好辦，因為它瓦解了整體的經濟生活，造成許多人失業。這些人多半都不符合管理階層的招聘條件，但是較低下的工作要找人就容易了。從此刻起，一直能看到貧苦的力量壓過恐懼，因為工作是以風險的高低計酬。衛生小組可以取得一份申請者名單，一旦遇有空缺便依照名單的順序通知，而接獲通知者除非剛好也在這段期間補上其他職缺，否則一定會來報到。因此長久以來一直猶豫著該不該用受刑人（無論是有期或無期徒刑）做這類工作的省長，也就不必採用這迫不得已的方法了。他認為只要還有失業者，就可以再等等。

直到八月底，市民同胞們還勉勉強強能被送到最後的安息之所，即使不是體面地走，至少也還算按部就班，足以讓相關單位自覺盡了義務而問心無愧。但在記述最後必須採取的手段之前，應該先預告一下後續的發展。事實上疫情從八月開始便居高不下，在這個階段累積的死者人數遠遠超過了我們那個小墓園所能容納。就算推倒圍牆、在鄰近土地上為死者開拓一點疆域也沒有用，必須盡快找出其他方法。首先作出的決定是在夜裡進行埋葬，如此一來便可免除某些考量。例如在救護車上堆放的屍體愈來愈多。有少數一些違反規定的遲歸行人，過了宵禁時間還逗留在外圍郊區（或是他們工作的地點附近），有時候便會看見長長的白色救護車隊飛馳而過，聽見那不清脆的鈴聲在深夜空洞的街道上回響著。屍體被倉促地丟入坑內，都還沒能穩定下來，一鏟鏟的石灰已經壓落在臉上，泥土也雜七雜八地蓋上來，把他們埋在愈挖愈深的洞裡。

然而不久之後，又得再另找其他空地了。省府發下一紙公文徵用永久租借的墓地，並將挖出的屍骸送往火葬場。很快地，死於瘟疫的人也得直接送去火化。但這下卻得用上位於東城門外的舊焚化爐，警衛隊也要往外移，於是有位市府職員提議使用已經停駛的沿海電車，讓相關單位的工作輕鬆許多。為此，他們將座椅拆除、重整車廂與車頭，並將路線轉移到焚化爐附近，使得焚化爐也成了一個起點站。

整個夏季末連同多雨的秋季裡，每到夜深人靜就會看到沿海峭壁邊上，有一列列奇怪的無人電車在大海上方搖搖晃晃地行駛著。到後來居民們終於知道那是怎麼回事。儘管有巡邏隊看守著不許民眾靠近沿海峭壁，卻經常有一小群人想方設法溜到突出於海上的岩石間，等電車通過時往車廂裡拋擲鮮花。因此，夏夜裡仍可聽見這些列車載著鮮花與死者，顛簸行駛的聲音。

總之，最初幾天的清晨時分，有一股濃密又噁心的煙霧飄蕩在城東區上空。所有的醫師都認為這些排出的氣體雖然聞起來不舒服，對人體卻是無害。但這些地區的居民立刻威脅說要遷居，因為他們深信瘟疫病菌正從天而降侵襲他們，結果政府只得設置複雜的排煙系統讓煙霧轉向，居民們的怒氣也才平息。後來只有颳強風的日子才會隱約有一股氣味從東邊飄來，讓他們想起自己生活在一種新秩序當中，也想起瘟疫的烈火每晚都在吞噬他們獻上的貢品。

這是疫情達到最高峰時的結果。但幸好疫病沒有繼續擴散，否則不難想像不僅行政官員巧思用盡、省府無計可施，就連火葬場都可能超過負荷。李厄知道已有人提出最後迫不得已非要採用的解決方法，像是將屍體丟入海中，他輕易便能想像藍色海水上出現這些可怕浮渣的景象。他也知道如果數據繼續往上升，再優秀的組織也承受不了，到時候不管省府怎麼努力，人都會大量死亡、曝屍街頭，城裡的大庭廣眾下也會看到垂死之人帶著合理的恨意與愚蠢的希望緊抓住活者不放。

總而言之，就是這類的明顯事實或憂慮讓我們的市民同胞始終懷有放逐與分離的感覺。在這方面，敘事者非常明白若不能記述一些真正奇特驚人的情節，例如像舊日編年史家所記載的一些安撫人心的英雄或傑出的行為等等，有多令人遺憾。但這是因為再也沒有什麼比瘟疫更平凡無奇，正因為它的曠日持久，天大的苦難也變單調了。在經歷過瘟疫的人的記憶中，那些可怕的日子並不像兇猛無情的火焰，反而像是永無休止的重步踩踏，將所經之處的一切全部踩扁。

不，瘟疫和疫病流行初期深深困擾著李厄醫師的那種震撼人心的猛烈形象全然不同。首先，它是個步步為營、完美無瑕又運作完善的統治團隊。因此，在此附帶一提，敘事者為了不違背任何事實也不違背自己，一直努力地作到客觀。除了讓前後關係大略一致而進行一些必要的調整之外，他幾乎不想為了藝術效果作任何改變。現在他也正是秉持著客觀態度這麼說：如果分離是這段時期最普遍也最深沉的巨大痛苦，又如果有必要誠實地對這個階段的疫情作新的描述，真的可以說就連這痛苦本身也慢慢變得不那麼悲愴了。

市民們，至少那些最受分離所苦的市民們，已經習以為常了嗎？也不盡然。比較正確的說法應該是，他們無論在精神或肉體上都已消耗殆盡。瘟疫爆發之初，他們清楚記得自己失去的人，並深深懷念。但即使心愛的人的五官、笑臉以及事後回想覺得幸福的日子都深深烙印在腦海中，他們卻難以想像當自己懷想愛人的那一刻，遠在天邊的對方又在做些什麼。總之，在這時候他們擁有記憶，卻缺乏想像力。到了瘟疫的第二階段，他們連記憶都喪失了。倒不是他們忘了那張面孔，但其實也等於是忘記了，因為那面孔失去了血肉，再也無法出現在他們的內心裡。於是最初幾個星期，他們經常抱怨在愛情現實中，自己只能和幽靈談感情，接下來他們發現這些幽靈還可能變得更飄渺，連留存在記憶中的最後一點色彩也失去了。經過長時間的分離後，他們已無法想像曾經有過的親密感，也無法想像與一個自己能隨時觸摸到的人一起生活會是什麼感覺。

就此看來，他們已進入瘟疫本身的範疇，它愈是平凡無奇便愈顯得力量強大。我們當中再沒有人顯現出強烈的情感，所有人都只感受到單調乏味。「也該是結束的時候了。」我們的市民這麼說，因為在疫災時期，希望全體的苦難盡快結束是很正常的，當然也因為他們確實希望到此結束。但說這些話的時候，已經沒有剛開始那種氣燄或尖刻，而只有如今僅剩的、少得可憐的清明理智。起初幾個星期憤世嫉俗的激烈情緒被一種消沉所取代，這種消沉可能會被誤以為是屈服，但其實那是一種暫時的許可。

市民同胞們開始採取一致的態度，就像大家所說的，他們適應了，因為別無他法。當然，不幸與痛苦依然在，只是他們已感受不到尖銳刺痛。儘管如此，有些人（例如李厄醫師）卻認為這正是不幸之所在，習慣於絕望比絕望本身更慘。以前，分離的人並非真的不幸，而原本痛苦中的那一線光明卻熄滅了。如今，可以看到他們在街角、咖啡館或朋友家中，平平靜靜、心不在焉、眼神倦怠，就因為他們使整座城活像一間候診室。有工作的人用和瘟疫一樣的步調做事，小心謹慎無聲無息。每個人都很謙卑。與心愛者分離的人第一次不再排斥談論那個不在身邊的人，不再排斥使用一般人的語言，也不再排斥從瘟疫相關數據的角度來檢視他們的分離狀態。雖然在此之前，他們憤憤地將自己的痛苦與集體的不幸區隔開來，現在卻願意將它混入其中了。失去記憶、失去希望的他們，只活在當下。事實上，對他們來說一切都變成現在式。必須這麼說，瘟疫剝奪了每一個人愛的力量，甚至於友情的力量。因為愛需要有一點未來，而我們卻只剩下片段的時刻。

當然了，情況並非絕對如此。持平地說，就算所有與心愛者分離的人果真都變成這樣，也不是同時發生，而且一旦遁入這種新態度之中，偶爾的靈光閃現、回光返照，也會讓這些患者重獲一種更年輕也更痛苦的感覺。例如作一點計畫聊以排遣的時候，想起了有朝一日瘟疫結束後的情形。或者是在某種機緣下，意外地感覺到一種莫名其妙的椎心嫉妒。還有人是在轉眼間重生，在一週間的某幾天（禮拜天是肯定有的，還有禮拜六下午）擺脫掉昏沉委靡的狀態，因為如今的缺席者當初還在身邊的時候，總會在這幾天進行某些特定儀式。還有時候，在白日將盡之際驀然襲上心頭的憂鬱會提出警訊（但也不一定總是如此），警告他們回憶即將浮現。傍晚的這個時刻，對虔誠信徒而言應該要自省的這個時刻，對於只能檢視虛空的囚犯或流放者而言十分難捱。這時他們會懸空片刻，然後重新回到遲鈍狀態，把自己封閉在瘟疫之中。

我們可以明白這等於是放棄他們最私人的東西。瘟疫初期，許許多多對他們而言很重要，在別人看來卻毫不起眼的小事情占據了他們的時間，這就是他們所體驗到的職業生活，然而現在他們只對別人感興趣的事物有興趣，腦子裡只有大眾普遍的觀念，就連他們的愛情也變得非常抽象。他們已自暴自棄深陷於瘟疫之中，以至於有時候只能在睡夢中懷抱希望，或是突發奇想：「得個鼠疫吧，死了乾淨！」但其實他們已經入睡，這些時間以來只不過是睡了長長的一覺。城裡充斥這樣的夢遊者，只有很難得的幾次到了深夜，當看似癒合的傷口突然再次迸裂，他們才能真正逃離這個魔咒。此時驚醒之後，他們會有些茫然地伸手觸摸輕微發燙的嘴唇，剎那間疼痛感又回來了，登時不僅這種痛楚，就連心愛的人那驚惶失措的臉龐也變得鮮明。天亮以後他們又重返疫災，也就是重返常規。

但這些被迫分離者會是什麼模樣呢？其實很簡單，他們什麼模樣也沒有。或者也可以說他們就跟所有人一樣，一種完完全全的大眾模樣。他們也分擔著城裡的平靜與幼稚的躁動。他們不再表現批判的精神，轉而顯現出冷靜沉著。例如我們可以看到一些才智出眾的人和所有人一樣，裝模作樣地想從報紙或廣播節目找到一些理由，讓自己相信瘟疫很快就會結束。他們似乎也會因為讀了某個記者無聊地邊打呵欠邊信筆塗鴉所寫的評論，而懷抱虛幻的希望或是沒來由地感到恐懼。其他時候，他們或是喝啤酒或是照顧家中病患，或是悠閒懶散或是筋疲力竭，或是將資料整理歸檔或是放唱片聽音樂，總之與他人並無不同。換句話說，他們再也不作選擇。瘟疫扼殺了他們對價值的判斷。這點從一個地方便看得出來，那就是再也沒有人關心自己購買的衣服或食物的品質。一切照單全收。

最後我們還可以說這些被迫分離者已經失去了最初享有的奇異特權。他們不再有對愛的自私心態以及從這心態所獲得的好處。至少目前的情況很明朗，疫災涉及到了每一個人。在城門邊砰然作響的槍聲中，在配合著我們生或死的節奏啪啪蓋下的印章聲中，在火焰與資料卡、恐懼與儀式程序中，我們所有人都可能面臨屈辱但作了紀錄的死亡；在可怕的濃煙與救護車平穩的鈴聲中，我們吃著同樣的流放食糧，不知情地等待著同樣的團聚與同樣的感人肺腑的和平。或許我們的愛始終都在，只不過已經沒有用處，放在心裡沉甸甸的，動也不動，就如同罪行或刑罰一樣貧瘠。如今這愛也只不過是一種沒有未來的耐性毅力和一種固執的等待。就這點看來，某些市民的態度倒是讓人想起了城裡隨處可見，排在食品店門前的人龍。那種順從、那種堅忍是一樣的，既無限際也不抱幻想。只是就分離的情況而言，這種感覺必須放大千百倍，因為那是另一種足以吞噬一切的飢渴。

無論如何，若想明確地了解我們城裡被迫分離者的心態，就得再想一想那些個金光閃耀、灰塵瀰漫的永恆傍晚，當暮色降臨這座光禿無樹的城市，當男男女女湧上街頭的時刻。因為說也奇怪，此時在仍有夕陽餘暉照射的露台上，已聽不見平常城裡唯一能聽見的車輛與機器噪音，卻只傳來巨大而嘈雜的腳步聲與隱約不明的說話聲，千萬隻鞋痛苦地滑行，配合著低沉天空裡那根疫鞭咻咻揮打的節奏，總之就是一種無休無止、令人窒息的原地踏步，腳步聲漸漸遍及整座城市，一個傍晚接著一個傍晚，將自己最忠實也最沉鬱的聲音傳到我們的內心，而這顆心裡的愛早已被盲目的執著所取代。

Quatrième partie

第四部

「或許是因為我也想為幸福做點什麼吧。」

九月與十月間，全城都折服於瘟疫，只能原地踏步，在那漫長的幾個星期當中，便有數十萬人不斷地踏著步。霧氣、熱氣和雨水在天空上相繼交接變換。一群又一群椋鳥與斑鶇從南方飛來，靜悄悄地穿越高空，卻繞過了奧蘭城，就好像潘尼祿口中那根怪異的木鞭在房屋上空咻咻揮動，使鳥群不敢靠近。十月初，傾盆大雨將街道洗得乾乾淨淨。在這段時間裡，除了巨大的原地踏步聲之外，再沒有更重要的事發生。

李厄和同伴們這才發現自己有多疲憊。事實上，衛生小組的人再也無法消化這份疲憊。李厄醫師之所以意識到這一點，是因為發現在同伴與自己身上慢慢萌生一種奇怪的冷淡。例如在此之前，這些人對於所有瘟疫的相關消息總是非常感興趣，如今卻根本不在乎。前不久藍柏下榻的飯店改設為一間隔離所，暫時由他負責管理，他可以明明白白說出在那裡接受觀察的人數，而突然出現瘟疫病症的人該如何立刻撤離，他也一清二楚，因為整個系統是他建立的。血清在隔離所裡施打的效果統計數據，更是牢牢烙印在他腦海。但他卻說不出每星期因瘟疫死亡的人數，他真的不知道疫情是加劇或趨緩。儘管如此，他始終抱著很快就能逃離的希望。

至於其他人則是日夜專注於工作，既不看報也不聽收音機。要是向他們宣布一項成果，他們會假裝感興趣，其實卻是帶著一種漫不經心的漠然，讓人聯想到大戰期間的士兵為了興建防禦工事而疲累不堪，一心只希望不要在執行每日的任務時昏倒，根本已不再對決戰或休戰抱有希望。

葛朗仍繼續針對瘟疫進行必要的統計工作，但肯定無法從中得出全面性的結果。他不像塔盧、藍柏或李厄那樣耐得起操勞，他的健康狀況一直都不好。然而現在除了市府、李厄家的祕書工作和自己的夜間寫作之外，他還兼任一些助理職務。因此看得出他持續保持在近乎油盡燈枯的狀態，只靠著兩三個堅定的念頭在支撐，像是等瘟疫過後讓自己好好放個假，至少一個禮拜，然後認真地，以「脫帽致敬」的態度，努力完成手上正在寫的東西。他也會忽然多愁善感起來，主動跟李厄談起珍妮，心裡想著此時的她會在哪裡，還有看了報紙會不會想到他。有一天，李厄也在不知不覺中，用最平常的口氣跟他談起自己的妻子，之前他從未做過這種事。妻子的每封電報都說自己很好，他不知道可不可信，所以決定打電報給那間療養院的主治大夫。醫師回信告知說病患情況惡化了，並保證會盡一切力量阻止病情加重。他一直保守著這個祕密，至於怎麼會告訴葛朗，他自己也說不出個所以然，多半是太累了吧。葛朗對他說完珍妮的事之後，問起了他的妻子，李厄也就回答了。葛朗說：「你也知道的，現在這種病治癒的機會很大。」李厄點點頭，只說他開始覺得分離的時間太久了，本來他也許能幫助妻子戰勝病魔，現在的她想必感到非常孤單。接著他便不再多說，對於葛朗的提問只是閃爍其詞。

其他人的狀況也一樣。塔盧的耐受力好一些，但從他的記事本可以看出，雖然他的好奇心仍保持原來的深度，卻失去了廣度。事實上，這一大段期間內，他似乎只對柯塔感興趣。自從醫院改成隔離所之後，他便借住在李厄家，每到晚上，當葛朗或李厄醫師公布統計結果，他幾乎聽都不聽，馬上就把話題轉到他平常關心的奧蘭市民生活上的小細節。

至於卡斯泰，有一天他來告知李厄血清已準備好的消息，當時歐東先生剛剛把小兒子送到醫院來，李厄似乎束手無策，於是他們決定拿小男孩作第一個試驗。稍後當李厄向這位老友報告最新數據，竟發現他窩在扶手椅上睡得不省人事。他看著那張臉，以往總因為帶著溫和與戲謔神情而永遠顯得年輕的那張臉，忽然垮下來了，微開的雙唇間流下一絲口水，衰頹與老態畢露。李厄不禁感到喉頭一緊。

李厄就是從這些虛弱的表現判斷出自己的疲憊。他失去了以往的同理心。大部分時間糾結著，已然變硬變冷酷的這顆心，久久就會爆裂一次，讓他陷入自己也無法控制的情緒。他唯一自衛的方式就是躲進這種冷酷中，把心裡的結再打得更緊些。他很清楚只有這樣才能繼續下去。至於其他，他沒有太多幻想，而內心還保留的那些也都被疲憊給剝奪了。因為他知道在一段看不到盡頭的時期，他的角色不再是治療，而是診斷。發現、觀察、描述、記錄，然後宣判，這就是他的任務。有一些太太會抓著他的手腕呼喊：「醫生啊，請你救他一命！」但他來不是為了救命，而是為了下隔離令。當時那些臉上流露出的怨恨有什麼用呢？「你真沒心肝。」有一天有人這樣對他說。其實不然，他有心有肝。有這副心肝支撐著，他才能每天二十四小時眼看那些應該活下去的人一一死去，他才能日復一日重新開始。從今而後，他的心肝只能作此用途，若還要救人命又怎麼夠用呢？

沒錯，他一整天下來給與的不是救援，而是訊息。這當然不能稱為職業。但畢竟在這群受盡驚嚇、大量死亡的人當中，又有誰能有閒工夫去從事真正的職業呢？也幸好有這份疲憊，倘若李厄精神更好一點，那到處充斥的死亡氣味可能會讓他變得多愁善感。但當你睡不到四個小時，也就多愁善感不起來了。你會看到事物的原貌，也就是會根據公平正義，那醜陋又微不足道的公平正義，來看待事物。其他那些被判死刑的人，他們也感受到了。瘟疫爆發前，大家都把他當成救命恩人。他只需三顆藥丸和一管針筒便能解決一切問題，迎接的病家還會緊拉著他的手臂帶他走過長廊。此舉是對他的恭維，但很危險。然而現在他會帶著士兵現身，還得用槍托重重敲門，家屬才會下定決心開門。他們應該很想拖著他、拖著全人類一起赴死。唉！的確，人是少不了彼此的，他也和這些不幸的人同樣受到剝奪，所以拋下他們的那一刻在他內心裡逐漸增長的強烈憐憫心，其實他自己也同樣需要。

這至少是這幾個漫漫無期的星期裡，李厄醫師心裡的想法，此外還混雜糾結著有關他與妻子的分離狀態的想法。同時他也在同伴們臉上看到相同想法的反射。不過，當所有繼續參與對抗疫災的人漸漸感到筋疲力盡，最危險的影響並不在於他們對外界事件或他人情緒的冷漠態度，而是不知道他們會自我放棄到什麼地步。因為他們已經開始出現一種傾向，凡是非絕對必要而且總讓他們覺得力有未逮的舉動，一律能免則免。於是這些人到後來愈來愈常疏忽自己定下的衛生規範，也會忘記自己要做的諸多消毒工作當中的幾項，有時候還會在沒有作好防範措施的情形下追著肺鼠疫患者跑，因為是臨時接獲通知要前往病患住處，若還要回到某個地點接受防疫注射，就會讓他們覺得更累。這才是真正的危險，因為正是與瘟疫的對抗讓他們在面對瘟疫時更加脆弱；總之他們是在賭運氣，而運氣是無法強求的。

然而城裡有個人看起來既不疲累也不氣餒，依舊顯得非常心滿意足。這人就是柯塔。他繼續保持距離，又同時不與他人斷絕關係。但他選擇經常與塔盧碰面（只要後者的工作時間允許），一方面是因為塔盧對他的情形了然於胸，另一方面則是因為塔盧始終以一種真誠的態度對待他。實在很不可思議，但塔盧不管工作再怎麼勞累，仍總是不改其親切熱心。即使某幾個晚上累壞了，隔天便又恢復精神奕奕。柯塔曾對藍柏說：「跟這個人哪，什麼話都能說，因為他是個真正的男人。他總是很能理解人。」

正因如此，塔盧那段時間的筆記內容漸漸地以柯塔這個人為中心。塔盧試著表列出柯塔的反應與想法，其中有些是柯塔向他吐露的，有些則是他自己的解讀。以「柯塔與瘟疫的關係」為標題的這份表格，在記事本中占了幾頁篇幅，敘事者認為值得在此略作簡述。塔盧對於柯塔的整體觀點可以用這句評價一言以蔽之：「這個人提升了。」表面看來，他的心情是提升了。對於事態的發展他毫無不滿，有時還會當著塔盧，用「沒錯，情勢是沒變好，但至少把所有人都拖下水了」之類的話來表達自己內心的想法。

「當然，」塔盧補充寫道：「他像其他人一樣受到威脅，但正因如此他也是和他們一起承受。還有，我很肯定，他並不真的認為自己有可能染病。他似乎是靠著一種信念在度日，而這信念倒也不算太荒唐：當一個人深受某種重大疾病或煩惱所苦，對其他所有疾病或煩惱也就免疫了。『你有沒有注意到，』他對我說：『人不可能同時生兩種以上的病。假設你患有某種嚴重或不治之症，像是末期的癌症或結核病，那就絕不可能再染上瘟疫或傷寒。再說，還可以再推得更遠一點，因為我們從來沒聽說過癌症患者死於車禍。』不管對或錯，這種想法讓柯塔一直保有好心情。他唯一不希望的就是和別人隔離開來，他寧可和所有人一起被困，也不想孤單一人關在牢裡。有了瘟疫，就不會再有祕密調查、卷宗檔案、密令與緊急逮捕等情事。正確說起來，也不會再有警察、再有犯罪案件（不管新舊）、再有罪犯，現在只有一群被判死刑的人等待著最難測的天意恩典，而其中也包括警察在內。」因此，柯塔（還是依據塔盧的詮釋）有充分的理由用一種包容、體諒的愉快心情，來看待我們市民同胞所呈現的焦慮與驚慌症狀，他這心情可以從一句話看出來：「你就說吧，這種感受我有過。」

「我對他說若不想和別人隔離，唯一的方法就是要問心無愧，但沒有用，他狠狠盯著我說道：『照你這麼說的話，誰都永遠沒法跟別人在一起。』接著又說：『你愛怎麼說就怎麼說吧，但我告訴你，唯一能讓人團結起來的方法還是讓他們得瘟疫。你看看四周圍的情況就知道了。』其實，我明白他的意思，也知道今天的生活在他看來有多愜意。路上到處都能看到他自己有過的反應，他又怎能認不出來呢？每個人都試圖讓所有人和自己同在；有時候向迷路的人報路時相當殷勤，有時候又顯得情緒惡劣；大家一齊湧進高級餐廳，在那兒歡喜快意得遲遲不願離開；混亂的人群每天在電影院前面排隊，把所有表演廳與舞廳擠得水洩不通，有如凶猛的浪潮般漫入所有公共場所；面對任何接觸都退卻，然而由於渴望人性的溫暖，大家還是忍不住靠向其他人，手肘靠向其他手肘，這一性別靠向另一性別。很明顯地，這一切柯塔早在他們之前都經歷過了。除了異性之外，因為以他那種長相……而且我猜想當他起心動念想上妓院，到頭來還是會打消念頭，以免事後留下對自己不利的壞名聲。

「總之，瘟疫讓他事事如意，它把一個不甘願孤單的人籠絡成同謀。他確實是同謀，還是一個樂在其中的同謀。他這個同謀造就了他所見的一切，包括這些隨時處在戒備狀態的人的迷信、沒來由的恐懼與敏感易怒；包括他們希望盡可能別提起瘟疫，卻又忍不住談個不停的怪癖；包括自從知道頭痛是疫病的最初症狀之後，只要頭一稍微隱隱作痛，他們便顯露出驚慌與蒼白；也包括他們性情的多感、容易受刺激，甚至於不穩定，往往會因為一些小疏漏而發怒，就連掉了一枚長褲釦子也會苦惱萬分。」

塔盧經常在傍晚和柯塔一起出門。接下來他在記事本裡敘述他們如何投身於黃昏或夜晚那黑壓壓的人群中，與人摩肩接踵，混雜在偶爾被路燈照亮的黑白群眾間，伴隨著這一大群人類前往尋歡作樂的熱情場所，以逃避瘟疫帶來的寒冷。幾個月前，柯塔在公共場所尋求的奢侈與闊綽生活，他未能實現的夢想，也就是縱樂無度，如今所有人都趨之若鶩。雖然物價全都無可避免地上揚，大家花錢卻比以前更兇，而當大多數人連日常必需品都缺乏，浪費在奢侈品上面的錢卻比以往都多。我們看到遊樂場所大幅增加，但這些閒人其實只是失業。有時候，塔盧和柯塔會跟在一對情侶後面很長一段時間，這些人以前會極力掩飾彼此的關係，現在卻是緊緊地相依偎著，非得走遍整個城區不可，就像熱戀中的情人眼中只有彼此，看不見四周的人潮。柯塔看了很動心，他會說：「唉呀！真不害臊！」他說話大聲了，感受到這集體的熱烈氣氛，聽到身旁大筆的小費叮噹作響，又目睹在眼前展開的情節，他不禁笑逐顏開。

然而，塔盧認為柯塔的態度中幾乎並未攙雜惡意。他嘴裡說的「我在他們之前就體驗過了」，其中不幸的成分多於得意。塔盧寫道：「我相信，他開始愛上被困在天地與城牆間的這些人了。比方說，只要可以，他都很樂於向他們解釋說情況沒那麼糟，他對我說：『你聽聽他們說的：瘟疫過後我要做這個，瘟疫過後我要做那個……他們這不是保持冷靜，而是讓生活變得悲慘。他們甚至還不明白自己占了什麼便宜。換作是我，我能說被捕以後我要做什麼什麼嗎？被捕是一個開始，不是結束。而瘟疫……你想知道我怎麼想嗎？他們之所以不快樂是因為放不開。我知道自己在說什麼。』」

塔盧接著寫道：「他確實知道自己在說什麼。他對奧蘭居民的矛盾心理作了真正的評價，他們深切渴望能接近熱情，卻又不敢放心大膽地接受，因為不信任拉開了人與人之間的距離。大家都心知肚明，不能信任鄰居，他有可能在不知不覺中趁你卸下心防之際，把瘟疫傳染給你。當你像柯塔那樣，很想找個伴卻又每每懷疑那些人可能是警方的眼線，就會明白這種感覺。你會非常理解並同情某些人，他們認為瘟疫可能在一夕之間找上自己，而且或許就在自己慶幸著健康無虞的時候，它已經準備出手。由於有這種可能性，他便能在恐懼中自在度日。但因為他比其他人提早經歷了這一切，我想他並不能完全設身處地去感受那種殘酷與不確定。總之，和我們這些尚未死於瘟疫的人在一起，他可以感覺到自己的自由與生命每天都瀕臨被摧毀的命運，但既然他本來就生活在恐懼中，自然認為其他人也該嚐嚐這種滋味。說得更正確一點，比起當初自己一人承擔，現在的恐懼感似乎沒有那麼沉重了。這一點他其實錯了，這使得他比其他人更難理解，但無論如何，他也因此比其他人更值得我們試著去理解。」

這幾頁內容結束前，塔盧最後以一段故事說明柯塔與受瘟疫侵襲的市民內心同時產生的這種奇特意識。這段故事約略還原了當時的艱難氛圍，因此敘事者認為相當重要。

他們到市立歌劇院看《奧菲歐與尤麗迪絲》⑭，是柯塔邀塔盧去的。這個劇團是在瘟疫爆發這一年的春天，來到我們的城市表演。被疫病困住之後，不得已與劇院達成協議，每週演出一次。因此這幾個月來，每星期五在市立歌劇院都會響起奧菲歐優美動聽的哀訴與尤麗迪絲無力的呼喚。然而，這齣戲持續地受到觀眾支持，票房一直很好。柯塔與塔盧坐在最貴的票價區，俯臨著幾乎就要被我們高雅無比的市民同胞給擠爆的樓下座位區。很明顯可以看得出來，這些人進場時無不竭力地鄭重其事。樂師們低聲調音之際，在耀眼的舞台燈光照射下，一個個黑影清楚明確地分隔開來，一排一排地往前走，一面風度翩翩地向人點頭致意。在窸窸窣窣的優雅交談聲中，男人們重拾了幾個小時前，走在城裡幽暗街道時還沒有的自信。衣裝驅除了瘟疫。

整個第一幕，除了奧菲歐的連連悲嘆，還有幾個穿長袍的女子評論他的不幸，並以小詠嘆調唱出愛意。觀眾們以適當得體的熱情作為回應。幾乎沒有人注意到奧菲歐在第二幕演唱時，加入了不搭調的顫音，還以略顯誇張的悲愴請求地府冥王，希望他能被自己的淚水感動。他有時會忽然作出一些不連貫的手勢，在細心的觀眾眼裡呈現出一種特殊風格效果，更為歌者的表演加分。

⑭《奧菲歐與尤麗迪絲》（*Orfeo ed Euridice*），一七七四年的歌劇，是偉大的歌劇改革家葛路克（**Christoph Willibald Gluck**, 1714-1787）的作品。

直到第三幕奧菲歐與尤麗迪絲主要的二重唱部分（也就是尤麗迪絲脫離情人那一刻），觀眾才流露出某種程度的驚訝。歌者彷彿就等著這樣的反應，又或者更可能是來自觀眾席的竊竊私語證實了他的感受，他於是選在這一刻以怪異的方式走向前方舞台，雙手雙腳在古裝裡張得開開的，然後整個人翻倒在布景的羊圈之間。這些羊圈從頭到尾就是年代誤植，但觀眾們卻這時才第一次發現，而且還是以可怕的方式發現。因為在此同時，樂隊停止了演奏，觀眾席上的人開始起身，緩緩走出廳院，一開始靜悄悄的，好像剛作完禮拜步出教堂，也像是瞻望遺容後走出靈堂。女士們輕攏著裙子低頭離開，男士們則挽著女伴走，並小心護著以免她們撞到座椅。但後來動作逐漸加快，低語變成叫喊，群眾爭先恐後地衝向出口，到最後還邊叫嚷邊互相推擠。柯塔與塔盧只是站起身來，現場只有他們留下來看著象徵他們當時生活寫照的這一幕：舞台上是瘟疫，由一名關節脫臼的蹩腳演員扮演，觀眾席上則是一大堆再無用處的奢侈品，像是被遺忘的扇子和一些蕾絲飾品，凌亂散落在紅絨椅上。

＊＊＊

九月初那幾天，藍柏很認真地在一旁協助李厄，其間只請過一天假，因為約了貢札雷斯和那兩名年輕人在男子中學校門口碰面。

那天中午，貢札雷斯和藍柏看著那兩個小夥子邊笑邊走來。他們說上一次運氣不好，但那也是預料中之事。不管怎樣，這個禮拜已經不是他們站崗，所以得耐心等到下星期，到時候再從頭來過。藍柏說沒錯，就是要從頭來過。於是貢札雷斯提議約下星期一中午。但這次要安排藍柏去住馬塞和路易那裡。「我和你約時間，要是我沒出現，你就直接上他們家去。我們會告訴你他們住哪兒。」但這時候，不知是馬塞或路易開口了，說乾脆現在立刻帶這名同伴去。只要他不挑嘴，家裡還有東西夠四個人吃。這樣他就很清楚了。貢札雷斯說這是好主意，於是他們一起走向港口。

馬塞與路易住在海濱區的另一端，離面向峭壁道路的城門不遠。那是一棟西班牙式小屋，牆壁厚實，外有上了漆的木頭窗板，陰暗的屋內家徒四壁。兩個年輕人的母親是個笑容可掬、臉上滿是皺紋的西班牙老婦人，她端出米飯來，貢札雷斯很驚訝，因為城裡已經缺米了。「在城門邊上總會有辦法。」馬塞說。藍柏又吃又喝，貢札雷斯說他果然是好夥伴，而他腦子裡卻只想到還得捱上一個禮拜。

其實，他又等了兩星期，因為守衛的輪班改為一次兩星期，以減少班數。在這兩星期當中，藍柏不辭勞苦地工作，從日出做到深夜毫不間斷，累得眼睛都快閉上了。他很晚才上床，倒頭便呼呼大睡。生活忽然從閒散轉為疲憊辛勞，讓他幾乎全身乏力，一夜無夢。他很少提起即將逃離的事。只有一件事值得一提：過了一星期後，他向醫師吐露說前一天晚上是他第一次喝醉。從酒吧出來以後，他忽然覺得兩邊的腹股溝腫起來，手臂靠近腋窩的地方活動也不太靈活。他心想應該是染上瘟疫了。當時他唯一能有的反應（他也向醫師坦承這種反應並不理性）就是跑到城裡高處，找一個雖然還是看不見海卻能看見一小片天空的小地方，大聲呼喊妻子的名字，讓聲音越過城牆。回到家後，身上沒有發現任何感染跡象，突然這樣歇斯底里讓他覺得丟臉。李厄說他很能明白這種行為。「其實，」他說：「有時候我們的確會希望得病。」

「今天早上，歐東先生跟我提到你了。」藍柏正要離開時，李厄忽然又說：「他問我認不認識你。他說：『既然認識，就勸他別和那些走私販往來，很容易引起注意。』」

「這是什麼意思？」

「意思就是你得加快速度了。」

「謝謝。」藍柏握著醫師的手說。

走到門邊，他又猛地回頭。這是打從瘟疫爆發以來，李厄頭一次看見他露出微笑。

「你為什麼不阻止我離開？你是有辦法的。」

李厄以平常習慣的動作搖了搖頭，說這是藍柏自己的事，既然藍柏選擇幸福，他沒有理由反對。他覺得自己無法在這件事情上面判斷怎麼樣是對、怎麼樣是錯。

「那麼為什麼在這種情況下，要叫我動作快點？」

這下換李厄露出笑容。

「或許是因為我也想為幸福做點什麼吧。」

次日，他們沒有再多說任何一句話，只是一起工作。到了下一個星期，藍柏終於住進那棟西班牙小屋。他們在起居間裡替他鋪了張床。由於年輕人不會回家用餐，也由於他們請他盡量少出門，因此除了大部分時間獨處之外，他也會和老母親聊聊天。她乾癟瘦削、行動靈活，老穿得一身黑，褐色的臉上布滿皺紋，一頭銀髮梳得整整齊齊。她並不多話，每當看著藍柏，只會瞇起眼睛微笑。

還有一次，她問他難道不怕把瘟疫帶給妻子。他認為的確有這個風險，但畢竟機率微乎其微，而若是留在城裡，他們卻可能再也見不了面。

「她很好嗎？」老婦人笑著問。

「非常好。」

「漂亮嗎？」

「算是吧。」

「啊！原來如此。」

藍柏想了想，這或許是原因之一，但不可能只因為這個。

「你不相信上帝嗎？」老婦問道，她每天早上都去做彌撒。

藍柏承認自己不信，老婦人又說原來如此。

「你做得對，你得去找她。要不然，你還剩什麼呢？」

其他時間，藍柏就在粗塗灰泥的空牆之間打轉，撫弄釘在隔板上的幾把扇子，或是數著裝飾桌巾邊緣的毛線球。晚上，年輕人回來了。他們沒說什麼話，頂多就是說時候未到。晚餐過後，他們喝著一種茴香酒，一邊聽馬塞彈吉他。藍柏似乎若有所思。

星期三，馬塞回家以後說：「明天晚上半夜，你作好準備。」和他們一同站崗的兩人，其中一個得了瘟疫，另一個平常都和同伴同寢室，因此要隔離觀察。如此一來，有兩三天便只剩下馬塞和路易值班。他們趁著夜裡的時間安排最後細節。第二天，事情應該沒問題。藍柏道謝後，老婦人問他：「你高興嗎？」他說高興，心裡卻想著其他事情。

第三天，在陰霾的天空下，悶熱得讓人都快窒息了。關於瘟疫依然傳出壞消息。但西班牙老婦還是氣定神閒。「這世上有罪惡，這是必然的！」她說。藍柏也和馬塞、路易一樣，上身打赤膊。但不管怎麼做，汗水還是沿著背脊和胸膛往下流。在關上窗板、光線微暗的屋內，他們的上半身變成油亮亮的咖啡色。藍柏一語不發地轉圈，到了下午四點，忽然穿上衣服說要出去。

「小心點，」馬塞說：「今晚半夜，一切都就緒了。」

藍柏去了醫師家。李厄的母親說他人應該在上城區的醫院。門口的警衛崗哨前，還是有一大群人在那兒兜圈子。「走開！」一個眼睛外凸的士官喊著趕人。人是走開了，但不一會兒又繞回來。「沒什麼好等的。」士官又說，他身上的汗水已經滲出外套了。其他人也是這麼想，卻還是留下來，也不管熱氣逼人。藍柏出示通行證後，士官指了指塔盧的辦公室。辦公室的門面向中庭。潘尼祿神父剛好從裡面出來，和他打了個照面。

那是一個骯髒的白色小房間，散發著藥品和溼布的氣味。塔盧捲起襯衫袖子，坐在一張黑色木桌前，正拿手帕在擦拭從肘彎流下的汗水。

「還在啊？」他說。

「對，我想跟李厄談談。」

「他在診間。不過要是不一定非找他不可，最好就省了。」

「為什麼？」

「他已經工作過度。我盡量在替他分擔。」

藍柏看著塔盧，發現他瘦了，眼睛和五官輪廓都因為疲倦而變得模糊，厚壯的肩膀也縮成一團。有人敲門，接著走進一名戴著白色口罩的男護士。他將一疊資料卡放到塔盧桌上，用被口罩蒙住而模糊不清的聲音，只說了一句「六個」就出去了。塔盧看著記者，把卡片攤成扇形給他看。

「漂亮的卡片哦?只可惜不是，是昨晚死去的人。」

他皺著眉頭，收起卡片。

「現在我們能做的就是統計了。」

塔盧站起來，兩手撐在桌面上。

「你就快離開了吧？」

「今晚午夜。」

塔盧說很替他高興，並要藍柏好好照顧自己。

「你是真心的嗎？」

塔盧聳聳肩。

「我都這把年紀了，肯定是真心的。撒謊太累了。」

「塔盧，」記者說：「很抱歉，我想見醫師。」

「我知道，他比我有人情味。我們走吧。」

「不是這樣的。」藍柏吞吞吐吐，說到一半又打住。

塔盧看著他，冷不防地衝著他微微一笑。

他們沿著一條小廊道走，兩側牆面漆成淺綠色，上面浮動著一抹有如魚缸裡的光線。就在到達一扇雙重玻璃門之前（門後可以看到奇怪的人影晃動），塔盧讓藍柏進入一個很小的房間，裡面全都是櫥櫃。他打開其中一個，從滅菌器中拿出兩個脫脂紗布口罩，將一個遞給藍柏之後請他戴上。記者問說這是否真的有用，塔盧回答說沒有，但可以給其他人信心。

他們推開玻璃門，裡面是一個巨大空間，儘管天氣炎熱，窗戶卻關得密實。牆壁高處有幾具隆隆作響的通風扇，攪動著兩排灰色床鋪上方濃濁又熱烘烘的空氣。從四面八方傳來哼哼唧唧或痛苦哀嚎的聲音，結果全部混成單調的呻吟。刺眼的光線從設有鐵條的長窗射入，有幾個穿白衣的男人在光線底下緩緩移動。室內的可怕燠熱讓藍柏感到不舒服，李厄正彎腰在看一具呻吟著的人體，他卻幾乎認不出他來。那張病床兩旁各有一名護士幫忙將病人的腿掰開按住，讓醫師切開他的鼠蹊部。醫師重新直起上身後，把手術工具丟進助手遞上來的托盤，定住不動一會兒，看著正在接受護士包紮的男子。

「有什麼新消息嗎？」他對走上前來的塔盧說。

「潘尼祿答應接替藍柏在隔離所的工作。他已經做了很多。藍柏走了，現在剩下的工作就是把第三探查組給重整一下。」

李厄點點頭。

「卡斯泰已經完成初步的準備工作。他提議做個試驗。」

「喔！」李厄說：「那很好。」

「最後一件事，藍柏來了。」

李厄轉過身，一看到記者，口罩上方的雙眼瞇了起來。

「你來這裡做什麼？」他說道：「你現在應該在其他地方才對。」

塔盧說就是今晚午夜了，藍柏卻補上一句：「原則上。」

不管是誰開口說話，紗布口罩便會鼓脹起來，嘴巴的地方也會變得溼溼的。這使得他們的交談有點不實在，好像雕像間的對話。

「我想跟你談談。」藍柏說。

「你願意的話，我們一起離開吧。你先到塔盧的辦公室等我。」

片刻後，藍柏與李厄已坐上醫師汽車的後座。塔盧負責開車。

「沒油了。」塔盧啟動引擎時說道：「明天，我們得走路去。」

「醫生，」藍柏說：「我不走了，我要跟你們留在這裡。」

塔盧沒有太大反應，還是繼續開車。李厄似乎無法擺脫滿身的疲憊。

「那她呢？」醫師低聲問道。

藍柏說他又重新考慮過了，說他原本的想法還是沒變，但如果就這麼離開，他會感到羞恥，也會使他無法盡情去愛他拋下的那個女人。但李厄身子一挺，以堅定的語氣說這麼做太愚蠢了，又說選擇追求幸福沒有什麼可恥的。

「對，」藍柏說：「但獨自一個人幸福卻可能令人羞愧。」

直到此刻都保持緘默的塔盧也沒有轉頭便對他們說，如果藍柏想要分擔他人的不幸，恐怕就再也沒有時間追求幸福了。他必須作抉擇。

「不是這樣的，」藍柏說：「之前我一直覺得自己不是這座城市的人，和你們毫無關係。但現在我看到了我目睹的情景，我知道我是屬於這裡的，不管我願不願意。這整件事關係到我們每一個人。」

見誰也沒有答腔，藍柏顯得有些不耐。

「其實你們清楚得很！要不然你們在這間醫院裡面做什麼？難道你們作了放棄幸福的抉擇嗎？」

塔盧和李厄都沒有再應聲。沉默持續許久，一直到接近醫師住處時，藍柏再次提出他最後那個問題，而且問得更鏗鏘有力。這時李厄轉身面向記者。他費了好大的勁才直起身子。

「對不起，藍柏。」他說：「但我不知道。既然你這麼想，那就留下來吧。」

車子忽然晃了一下，打斷他的話。接著他直直地看著記者又說：

「這世上沒有任何理由值得我們背棄心裡所愛。然而我也同樣背棄了，卻不知道為什麼。」

他重新癱坐回座椅上。

「事情就是這樣，沒有為什麼。」他乏力地說：「我們就把它記住，接受後果吧。」

「什麼後果？」藍柏問道。

「啊，」李厄說：「我們不可能同時替人治病又無所不知。所以還是盡快為人治病吧，這才是最緊急的。」

到了午夜，塔盧與李厄給藍柏畫了他負責探查的區域地圖，塔盧看看手表，抬起頭時正好與藍柏四目交接。

「你告知了嗎？」

記者將目光移開。

「來見你們之前，」他費力地說：「我給他們留了話。」

＊＊＊

十月底，他們以卡斯泰的血清作了試驗。實際上，這是李厄的最後一線希望。若是再次失敗，醫師相信整座城便得任由瘟疫宰割了，這疫病要不是繼續猖獗好幾個月，就是莫名其妙地自行收手。

卡斯泰來找李厄的前一天，歐東先生的兒子病了，於是全家人都必須進隔離所。前不久才剛從所裡出來的母親，又要再次接受隔離。法官依法行事，一發現孩子身上出現染病跡象，便立刻請李厄醫師前來。李厄到的時候，看見父母親站在床尾邊，小女孩則離得遠遠的。男孩處於虛弱期，接受醫生檢查的時候完全沒叫痛。醫師抬起頭正好迎上法官的目光，孩子母親站在法官身後，臉色蒼白，她用手帕摀著嘴，瞪大眼睛看著醫師的一舉一動。

「染上了，對吧？」法官冷冷地說。

「對。」李厄邊回答邊將視線轉回孩子身上。

母親的眼睛睜得更大了，但仍舊一語未發。法官也沉默下來，過了片刻才以更低沉的語調說：

「那麼醫師，我們得照規定來了。」

李厄盡量不去看始終以手帕掩口的母親。

「這不用花太多時間，」他遲疑地說：「如果能讓我打個電話。」

歐東先生說要帶他去，但醫師卻轉向法官太太。

「很抱歉，你得準備一點東西，你知道是什麼吧。」

歐東太太低頭看著地上，似乎在發愣。

「知道，」她點點頭說：「我會準備的。」

臨走之前，李厄忍不住問他們還需不需要什麼。法官太太仍只是默默地看著他，但法官這回卻轉移了視線。

「沒有，」他嚥了口口水。「但請救救我的孩子。」

一開始，檢疫隔離只是個簡單的程序，後來李厄與藍柏以非常嚴格的方式加以重整。尤其是他們堅持要求同一家人要彼此隔離。那麼就算有某個家庭成員在不知情的情況下受到感染，也不會增加其他人染病的機會。李厄向法官解釋了這些原因，法官認為有道理。然而，他與妻子互看的眼神讓醫師可以感覺到這次的分離讓他們多麼手足無措。歐東太太和女兒可以住在由藍柏負責、飯店改設的隔離所。至於預審法官，卻只能到省府目前正在規劃、向道路管理處借來帳篷搭建在市立體育場的隔離營。李厄向他道歉，歐東先生卻說規定只有一條，他也只是遵守而已。

孩子則是送到輔助醫院，病房是一間舊教室改裝的，裡頭擺了十張床。二十多個小時過後，李厄判定他已經無救。小小身軀已完全被病菌攻陷，毫無反抗跡象。一些極小的膿腫造成疼痛但尚未完全成形，已經讓他瘦弱四肢的關節動彈不得。他是未戰先敗。正因如此，李厄才想把卡斯泰的血清試用在他身上。當天晚上吃過飯後，他們進行了長時間的接種，孩子卻毫無反應。第二天天一亮，所有人都聚集到小男孩身邊來判定這項關鍵實驗的結果。

脫離昏沉狀態的孩子在被毯底下抽搐翻轉。醫師、卡斯泰和塔盧從凌晨四點就守在他身邊，密切觀察著病情是否加劇或緩和下來。床頭，是塔盧略顯駝背的龐大身軀。床尾站著李厄，卡斯泰則坐在旁邊看一部舊作品，表情顯得非常平靜鎮定。隨著舊教室裡天光漸亮，其他人也陸續抵達。首先是潘尼祿，他站到塔盧對面的床邊，背靠著牆，臉上流露出一種痛苦的神情，而這些天全力以赴之下的疲憊，也在他紅通通的額頭上劃出了皺紋。接下來，約瑟·葛朗來了。這時是七點，這位市府職員為自己的氣喘吁吁道歉。他只能待一會兒，但想知道是否已有什麼確切的結果。李厄沒吭聲，指了指孩子，只見那張變了樣的臉上雙眼緊閉，兩排牙齒死命地咬著，身體動也不動，只有頭在沒有枕頭套的長枕上，左右不停地擺動。當天色終於大亮，連教室後方留在原地的黑板上，都能看出昔日寫下的公式字跡的時候，藍柏到了。他背靠在隔壁病床的床尾，掏出一包菸來。但看了孩子一眼之後，又把菸放回口袋。

卡斯泰依舊坐在椅子上，視線越過眼鏡鏡框上緣望向李厄。

「有父親的消息嗎？」

「沒有。」李厄說：「他人在隔離營。」

這時床上的孩子發出呻吟，醫師用力抓住床的鐵欄杆，眼睛直盯著小病患不放，只見他身子忽然僵直，牙齒再度咬緊，腰部的地方有點凹陷，手腳四肢慢慢張開。蓋在軍毯底下的小小赤裸身軀，散發出一種毛織物混合臭汗的味道。孩子又漸漸放鬆了，手腳收攏回床中央，但仍然沒有睜眼或出聲，呼吸似乎加快了些。李厄與塔盧四目交接，塔盧卻連忙移開視線。

他們已經看過小孩死亡，因為這幾個月來，這恐怖氣氛對所有人一視同仁，只不過他們從未像今天早上這樣，一分一秒地目睹病童的痛苦。當然，施加在這些無辜者身上的痛楚，在他們眼中始終沒有脫離其可恥的本質，但至少在此之前，那種可恥可以說是抽象的，因為他們從未如此長時間正視一個無辜者臨終前的痛苦。

就在這時候，孩子像是肚子被什麼給咬了，身子再次屈起，還發出尖細的呻吟聲。他就這樣屈身許久，不停地顫抖、抽搐，那脆弱的軀殼彷彿被瘟疫狂風吹彎了，又在一陣接著一陣的高溫熱氣中瀕臨爆裂。風暴過後，他舒坦了些，高燒似乎退去，把他丟在一處受毒害的潮溼沙岸上喘氣休息，看起來卻像是死了一般。當那滾燙的波濤第三度向他襲來，並將他稍稍抬起，孩子蜷曲起來縮到床的最邊緣，深恐被火焰燒著。他猛力地搖晃著頭，一面將毯子踢掉。豆大的淚珠從發燙的眼皮底下湧出，順著鉛灰色的臉往下流。發作過後，筋疲力盡的孩子縮起了已在四十八小時內變得骨瘦如柴的腿和胳臂，在慘遭蹂躪的床上擺出一個怪異的受難姿勢。

塔盧彎下腰，伸出厚重的手擦去那張小臉上的淚珠與汗水。片刻前，卡斯泰已將書闔上注視著病患。他才剛開口，卻因為聲音忽然走調，不得不輕咳幾聲，才得以把話說完：

「早上症狀沒有減緩對吧？」

李厄說沒有，不過這孩子已經比一般情況撐得更久。似乎有點消沉地靠在牆邊的潘尼祿，這時低聲地說：「如果到頭來還是要死，就等於痛苦得更久了。」

李厄猛然轉身看他，張嘴想說話但沒有出聲，看得出他努力地在克制自己，隨後又把視線轉回孩子身上。

光線在房裡擴散開來。另外五張床上有幾個形體在扭動呻吟，但像是說好了似的都壓低聲音。唯一大喊出聲的是在病房最盡頭的病人，他每隔一段時間就會輕聲尖叫，聲音中似乎驚訝多過於疼痛。看起來好像就連病患都不像一開始那麼恐懼了。現在他們對待疫病的態度，帶有某種許可的意味，只有這孩子還在使勁地抗拒。李厄不時會替他測脈搏，其實沒有這個必要，他毋寧是想藉此逃避眼下那種無能為力的靜止狀態。當他閉上眼，便感覺到孩子的紊亂脈搏和自己澎湃洶湧的熱血混在一起。這時候，他和受苦的孩子融為一體，並試圖以自己依然完好的全副力量支撐著他。然而，兩人才一結合，心跳節奏就不和諧，孩子從他身邊逃離，他的力氣也落空了。他只好鬆開那細瘦的手腕，回到原來的位子。

射在石灰牆上的日光由粉紅轉黃。上午的熱氣開始劈劈啪啪敲在玻璃窗上。葛朗先行離開，說待會兒再回來，但幾乎沒人聽見，大夥兒都在等著。男孩依然閉著眼睛，情況似乎稍微穩定下來。他的兩隻手屈成爪狀，輕輕刮著床沿。接著手抬起來，抓扒膝蓋上的毯子，突然間他彎起雙腿，讓大腿貼靠著肚子，然後再也不動。這時他第一次睜開眼睛，直視眼前的李厄。他現在的臉有如塗上一層灰泥而凝結住，凹陷其中的嘴張了開來，而且幾乎一張嘴便發出一聲長長的、持續的吶喊，幾乎不受呼吸干擾，剎那間讓病房裡充斥著一種單調、不和諧的抗議，由於太不像人聲，以至於聽起來像是所有人同時發出的聲音。李厄咬牙切齒，塔盧則掉過頭去。藍柏走向卡斯泰旁邊的床位，而卡斯泰也已將書本闔起放在膝蓋上。潘尼祿看著那張稚氣的嘴，遭病菌汙染後，發出那一聲貫穿各個時代的響亮呼號。他不禁跪倒在地，用略微喑啞，但在分不清是誰持續不停地發出的呻吟中仍聽得清清楚楚的聲音說：「神啊，救救這孩子吧。」在場所有人聽了都不感到訝異。

但孩子依然繼續喊叫，四周圍的病患都焦躁起來。在病房另一端，尖叫聲始終沒停過的那人也加快節奏，直到原本的號叫變成了道道地地的吶喊，而其他人的呻吟也愈來愈大聲。哭泣聲如潮水般湧入房內，淹沒了潘尼祿的禱告，緊抓住床邊欄杆的李厄則閉上雙眼，疲憊厭煩得就要發狂。

當他重新睜開眼，發現塔盧就在身旁。

「我得走了。」李厄說：「我再也受不了這些。」

但其他病患突然全都噤聲。醫師這才意識到孩子的喊聲減弱了，而且愈來愈弱，就在前一刻停止了。周遭的呻吟聲再次響起，但只是幽幽地，彷彿是這場剛剛結束的戰鬥的遙遠回聲。是啊，是結束了。卡斯泰走到床的另一邊，說到此為止了。孩子張著無聲的嘴，躺在凌亂的被毯當中，頓時顯得更瘦小，臉上還殘留著淚水。

潘尼祿來到床邊，打了個降福的手勢，然後撩起長袍，從中央通道走了出去。

「一切都得重來嗎？」塔盧問卡斯泰。

老醫師搖搖頭。

「也許吧，」他勉強微微一笑說道：「他畢竟撐了很久。」

此時李厄已準備離開病房，由於腳步太倉促、神情太怪異，因此當他從潘尼祿身旁經過時，神父伸出手拉住他。

「別這樣，醫師。」神父對他說。

李厄以同樣突兀的動作轉過身，粗暴地大喊：

「拜託！這一個，至少他是無辜的，你心裡清楚得很！」

他說完立刻掉頭，早潘尼祿一步穿過病房門口，來到學校操場另一頭。他走到兩棵積滿灰塵的矮樹中間，坐到長凳上，拭去已經流進眼睛裡的汗水。他很想再大吼幾聲，好把內心裡拚命扭絞的那個結給打開。熱氣緩緩從無花果樹的枝葉間落下。上午的藍天很快便覆上一層白濛濛，讓空氣更悶熱。李厄癱坐在長凳上，抬頭看著枝葉、天空，呼吸漸漸緩過來，疲憊感也慢慢壓了下去。

「為什麼那麼憤怒地跟我說話？」他身後傳來一個聲音。「我也一樣，這樣的場面我也無法忍受。」

李厄轉頭看到潘尼祿。

「說的也是。請原諒我。不過疲倦是一種瘋狂狀態。有時候在這城裡，我只能感受到自己的反叛之心。」

「我明白。」潘尼祿喃喃說道：「這種事會令人憤慨是因為它超出我們的範圍。但也許我們應該去愛自己無法理解的事。」

李厄驀地挺起腰桿。他用盡全身的力氣與熱忱看著潘尼祿，搖了搖頭。

「不，神父。我對愛有不同看法。而且我到死都絕不會去愛一個讓孩子受折磨的宇宙現象。」

潘尼祿的臉上罩下大吃一驚的陰影。

「醫師啊！」他傷心地說：「我剛剛才明白什麼叫聖寵。」

但李厄又重新癱軟地靠在椅背上。他身陷在二度來襲的疲憊感中，回答的口氣變得柔和：「這是我沒有的東西，我知道。但我不想和你討論這個。我們能攜手合作，是因為有個超越褻瀆與祈禱的東西將我們結合在一起。這才是唯一重要的。」

潘尼祿坐到李厄身邊，神情顯得很激動。

「對，」他說：「對，你也是為了拯救人類而工作。」

李厄勉強一笑。

「拯救人類，這話未免說得重了。我不會做到那個地步。我關心的是人的健康，人的健康擺第一。」

潘尼祿有點遲疑。

「醫師。」他喊了一聲。

但沒有接著說。他的額上也開始流汗。只見他站起來，低聲說了句「再見」，眼睛閃閃發亮。他正要離去，原本沉思中的李厄也站起身來，朝他跨前一步。

「還是要再說聲對不起，像今天這樣爆發的場面再也不會發生了。」

潘尼祿伸出手，哀傷地說：

「但是我卻沒能說服你！」

「這有什麼關係？」李厄說：「我痛恨的是死亡和疾病，你很清楚啊。而不管你願不願意，我們都要一起承受、一起對抗。」

李厄握住潘尼祿的手。

「你看，」他迴避神父的目光說道：「現在連上帝也無法將我們分開了。」

＊＊＊

自從加入衛生小組後，潘尼祿便沒有離開過醫院和有瘟疫存在的場所。在救助者的行列間，他總是排在他認為屬於自己的位置，也就是打頭陣。死亡的場景他沒少看過。雖然原則上有血清保護，但對自己可能死亡的憂慮，他也並不陌生。表面上，他一直保持鎮定，但自從那天長時間目睹一個孩子死去之後，他似乎變了，臉上流露出愈來愈緊繃的神情。有一天，他面帶微笑對李厄說自己正在寫一篇短文，題目是：「教士能不能看醫師」，醫師感覺到事情不像潘尼祿的口氣那樣輕鬆。當醫師表示想看看文章，潘尼祿回答說他得在一場男教友的彌撒上講道，到時候他至少會表達其中幾個觀點。

「醫師，我希望你能來，這個題目你會有興趣的。」

神父第二次講道的那天強風大作。老實說，前來聽講的人比第一次少，因為市民同胞對這種場面已失去新鮮感。在全市經歷這些困境之後，「新鮮」一詞本身其實也沒有意義了。再者，即使大多數人並未完全放棄宗教責任，又或是沒有讓這些責任與極度不道德的私生活同時存在，他們還是以十分不理性的迷信取代了日常的宗教行為。與其上教堂做彌撒，他們寧可戴上聖洛克的徽章或護身符。

關於這點，我們可以舉個例子證明市民同胞有多麼沉迷於預言之中。春季期間，大家都等著疫病可能隨時結束，誰也沒想到要去問旁人疫情究竟會持續多久，因為所有人都深信不會太久。

但隨著日子一天天過去，大家開始害怕這場苦難恐怕沒有真正的盡頭，與此同時，疫病的終結成了所有人的期望。於是，占星家或天主教會聖人所占卜的預言，便在眾人之間以手抄的形式流傳著。城裡幾家出版社很快便看出這股風潮可能帶來的商機，開始大量印刷民間流傳的文本。後來發現讀者的好奇心難以滿足，他們又到市立圖書館，從各種小故事裡蒐集所有類似的見證，然後在城裡廣為散布。當歷史故事裡的預言用完了，他們便請記者撰寫，結果證明這些記者的能力（至少在這一點上）並不亞於過去世代的前輩。

有些預言甚至在報紙上連載，而讀者的熱切心情也像健康昇平時期閱讀連載的愛情故事一樣。這些預測中有一部分著重於一些怪異的數字，諸如該年的年份、死亡的人數以及疫情已經蔓延幾個月等等。還有一部分則是對照歷史上的幾次瘟疫大流行，從中擷取相似處（預言中稱之為常數），然後透過同樣怪異的計量方式，聲稱得到了有關目前這項考驗的相關訊息。但最受民眾青睞的，無疑是那些以啟示錄般的語言宣稱將會發生一連串事件的預言，其中每一件都可能是奧蘭城現在正在接受的試煉，而且話又說得籠統，怎麼解釋都行。諾斯特拉達姆斯⑮與聖歐蒂⑯因而成了人們每日諮詢的對象，而且總是會有收穫。此外，這所有的預言還有一個共通點，就是到頭來都會讓人安心。只有瘟疫不叫人安心。

在市民同胞的心目中，這些迷信代替了宗教，也因此潘尼祿講道時，教堂的座位只坐了四分之三滿。講道當晚，李厄到達時，風化成一股股氣流從入口搖撞不定的門滲入，肆無忌憚地在聽

---

⑮ 諾斯特拉達姆斯（Nostradamus, 1503-1566），法籍猶太裔預言家。

⑯ 聖歐蒂（Sainte Odile），七世紀阿爾薩斯地區的一名盲女，後來神奇地治癒了。

眾之間流竄。教堂裡陰涼安靜，在場的清一色都是男人，他找位子坐下後，看見神父走上講道壇。他這回說話的口氣比前一次溫和，也更深思熟慮，有幾次甚至顯現出些許遲疑。更奇怪的是他不再說「你們」，而是說「我們」。

然而，他的聲音愈來愈堅定。一開始他說這幾個月來，瘟疫一直與我們同在，如今應該對它有更深的認識，因為太常看到它坐在我們的桌旁或是我們心愛者的床頭，走在我們身邊，還在工作地點等候我們到來，因此現在我們應該比較能夠領受到它從不間斷地對我們說的話，起初受到太大震撼，我們或許沒能好好傾聽。神父上一次在同一地點所講的道仍然是對的，至少他堅信如此。但也許就像我們每個人都可能發生的情形，他當時的想法與說法缺乏仁慈，對此他深感懊悔。然而他至今不變的想法是：任何事情總有值得記取之處。最嚴酷的考驗對基督徒而言仍然是特權。而在這樣的情況下，基督徒理當尋求的正是他的特權，理當去找出這特權何在，又該如何覓得。

這時候，李厄四周的人似乎都把身子靠在扶手上，盡可能讓自己坐得舒服。入口有一扇襯墊門在輕輕搖撞，有個人特地去將門固定住。這騷動讓李厄分了心，沒聽到潘尼祿又重新開講了。他大約是說我們不應該試圖去解釋瘟疫的現象，而是應該盡量從中學習。根據李厄模糊的了解，神父認為沒有什麼好解釋的。他開始集中注意力是在潘尼祿大聲地說關於上帝，有些事可以解釋，有些則不然。這世上必然是有善有惡，而善惡的分別通常很容易懂，難就難在惡的內在本質。譬如說，有一些惡似乎是必要的，也有一些惡似乎毫無用處。有唐璜下地獄，也有孩子死亡；如果那個不信神的浪蕩子被擊斃是罪有應得，孩子受苦卻令人不解。事實上，這人世間最重要的莫過於孩子的痛苦、這痛苦帶來的恐懼，以及必須為這痛苦找出理由。在人生的其他階段，上帝讓我們一帆風順，直到今日，宗教毫無價值。現在則不同，祂讓我們碰壁了。我們碰上了瘟疫的高牆，因此必須在高牆的致命陰影中找到我們的特權。潘尼祿神父甚至拒絕訴諸於能輕易取得又能讓他翻越高牆的好處。他本來大可以說等待著孩子的永恆喜樂可以彌補他所受的苦，但其實他根本不能確定。誰能肯定永恆的歡樂真能彌補人類一時的痛苦？總之絕不會是基督徒，因為他們的主便曾經歷過肢體與靈魂的痛苦。不，神父將會繼續留在牆下，忠實於十字架所象徵的苦刑，面對孩子受折磨的事實。他要無所懼地對今天來聽他講道的人說：「兄弟們，時刻到了。你若不能完全相信就要完全否定，而你們之中有誰敢完全否定呢？」

李厄才剛覺得神父似乎觸及了異端，神父已經又以宏亮的聲音說下去，他斷言這項指令、這個純粹的要求就是基督徒的特權，也是他們的美德。神父知道他接下來要說的美德有點極端，可能會讓許多習慣於比較包容也比較傳統的道德觀的人感到震驚。不過瘟疫時期的宗教不能和平日一樣，如果上帝容許並甚至希望人的靈魂在幸福時刻能休養生息、感到喜樂，那麼在極度的不幸中祂也會要求極端。今天上帝賜予祂的創造物一項恩典，讓他們置身於莫大的不幸中，以至於不得不重新找到並接受美德中的最大美德，也就是全有或全無。

上個世紀，有一位不信神的作家聲稱要揭露教會的祕密，斷言並沒有煉獄的存在。他的言下之意是沒有折衷之道，不是天堂就是地獄，人也會根據自己的選擇不是得到救贖就是入地獄。在潘尼祿看來，這是只有不信神的靈魂才會生出的異端邪說。因為確實有煉獄存在。只不過可能在某些時代，不能對這個煉獄抱太大期望，因為在這些時期不能談論小罪。所有的罪都該死，所有對宗教的冷淡態度都有罪。不是全有就是全無。

潘尼祿說到這裡暫時打住，這時李厄更清楚地聽到門縫底下傳來外頭風的呼號聲，風勢似乎又增強了。同一時間神父又說話了，他說這裡提到的完全接受的美德，不能以平常所賦予的狹義來理解，這不是一般的順從也不是困難的謙卑態度。這是屈辱，但也是受辱者同意的屈辱。想當然耳，孩子的受苦對於心與靈都是屈辱，但也正因如此才必須進入這種狀況，也正因如此（這時潘尼祿信誓旦旦地對信眾說，接下來的話並不容易說出口）才必須把這種狀況當成我們的意願，因為這是上帝的意願。只有這樣基督徒才能不惜一切，在所有出口都封閉的情況下，一路到底作出基本的選擇。為了不淪落到完全否定的地步，他會選擇完全相信。時下教堂裡有一些信仰堅定的婦女，聽說淋巴膿腫的形成是身體排除感染病菌的自然管道，便說：「神啊，請給他膿腫吧。」基督徒就應該像她們這樣，即使無法理解也要完全服從神的意志。我們不能說：「這個我明白，但無法接受。」而是應該撲向上帝給予的這不可接受的核心，就為了在此作出選擇。孩子們的痛苦是我們苦澀的餅，但沒有這餅，我們的靈魂就會因為精神飢餓而死。

此時潘尼祿神父暫停了一下，底下又照例響起模模糊糊的騷動聲，接著他忽然拉開嗓門，假裝以聽眾的立場問道：那麼究竟應該採取什麼樣的行為舉止呢？他猜想應該會有人說出宿命論這可怕的字眼。老實說，只要能再加上「積極」二字，他並不反對。當然了，他要再次強調，絕不能效法他之前提過的阿比西尼亞的基督徒，更不能學習古代波斯的疫病患者，他們將自己的舊衣丟向由基督徒組成的衛生工作小隊，同時大聲向上天祈求，讓這些不虔誠的信徒染上瘟疫，因為他們竟想對抗上帝降下的疾病。但話又說回來，開羅僧侶的做法也不應該，在上一個世紀的瘟疫流行期間，他們用小鉗子夾聖體餅給領受的信徒，以免觸碰到那些溫熱、潮溼、可能有傳染病菌潛伏的嘴巴。無論是波斯病患或開羅僧侶都同樣有罪。因為對前者而言，孩子們的痛苦不算什麼，而後者對於痛楚又太充滿人的恐懼了。兩者都迴避了真正的問題，對上帝的聲音始終充耳不聞。不過潘尼祿還想舉其他的例子。根據馬賽瘟疫大流行的記載，拉梅西修道院的八十一名修道士當中，只有四人倖存，而這四人當中有三人逃跑。編年史家是這麼說的，就他們的工作職責也無須再說更多。但是看完之後，潘尼祿神父心裡只想到那個無視院內的七十七具屍體，尤其無視三名弟兄的逃離，卻還是留下來的人。神父握起拳頭敲打講道壇的邊緣，高呼道：「兄弟們，我們要當留下的那個人！」

這並不意味著拒絕採取防範措施，這措施其實是社會針對疫病流行的混亂所引進的明智秩序。那些道德家鼓吹民眾下跪屈服、放棄一切，這種話不能聽。大家只要在這片黑暗中，有點盲目摸索地往前走，試著做點善事就行了，至於其他則只能交給上帝並信賴祂，即使面對孩子的死亡也一樣，不能去尋求個人的解決手段。

說到這裡，神父提起馬賽瘟疫期間的尊貴人物貝爾宗斯主教。他說到了疫病末期，主教把所有能做的都做了，以為再無其他方法，便備妥食糧，把自己關在高牆圍繞的家裡。處於極端痛苦中的人常會有情緒反彈，於是原本奉他為偶像的居民們開始對他感到惱火，不但將屍體搬到他住處周圍試圖讓他染病，甚至還把屍體丟進牆內，好讓他必死無疑。這名主教因為最後一點薄弱的意志作祟，自以為與死亡的世界隔絕，誰知死屍卻從天而降落在他頭上。所以我們呢，我們應該說服自己在瘟疫當中是沒有島嶼的。沒有，沒有任何折衷之道。我們必須接受這令人憤怒的事實：只能選擇恨上帝或愛上帝。但有誰膽敢選擇恨上帝呢？

「兄弟們，」潘尼祿最後作出結論：「對上帝的愛是一種艱難的愛，必須以完全放棄自我、蔑視自我為前提。但只有這份愛能抹去孩子們的痛苦與死亡，只有它能讓這痛苦成為必要，因為我們不可能理解，就只能接受。這就是我想同各位分享的教訓，艱難的教訓。這就是我們要去親近的信仰，在人們眼中很殘酷，在上帝眼中卻是關鍵。在這可怕的景象裡，所有人都應該平等。在這顛峰上，一切都混雜在一起變得均等，真相也從明顯的不公之中迸現出來。正因如此，在法國南部的許多教堂裡，疫病患者已經在祭壇的石板下長眠數百年，教士則站在他們的墳墓上面說話，他們所要宣揚的精神便從這些屍骨，這些包含孩童在內的屍骨上方湧現。」

李厄走出去的時候，一陣強風從微開的門縫灌入，迎著信徒們的臉猛烈吹打。一股雨的氣息、人行道的潮溼氣味隨風吹入教堂，信眾尚未離開便能猜到城裡的景象。李厄醫師前面有一位老教士和一名年輕執事，在這個時候出去，幾乎連帽子都拉不住。儘管如此，年紀較長者還是不停地評論這次的講道。他很欽佩潘尼祿的口才，但也很為他展現的大膽思想感到憂心。他認為這次講道流露的不安更勝於鼓舞的力量，而像潘尼祿這把年紀的神職人員沒有不安的權利。年輕執事低著頭抵擋風勢，一面用肯定的語氣說他經常與神父接觸，知道他觀念上的轉變，又說他的論文內容還會更大膽許多，恐怕無法通過審查⑰。

「他到底在想什麼？」老教士問道。

他們來到教堂廣場上，風在他們四周呼嘯，打斷了年輕教士的話。等到終於能開口時，他只說：

「如果教士去看醫師，會產生矛盾。」

聽了李厄轉述潘尼祿的講道內容後，塔盧說他認識一名教士在戰爭期間失去信仰，只因為看到一個年輕人被炸毀雙眼。

「潘尼祿說得對，」塔盧說：「當看到無辜者被炸毀雙眼，基督徒就只能失去信仰或是接受這雙被炸毀的眼睛。潘尼祿不想失去信仰，他會堅持到底。他想說的就是這個。」

接下來發生了連串的不幸事件，這期間潘尼祿的行為舉止也令周遭的人感到不解，塔盧的這番觀察是否能讓事情稍微明朗化呢？屆時自可判斷。

講道過後幾天，潘尼祿便忙著搬家。這個時候迫於疫情的發展，城裡經常有人搬家。正如同塔盧不得不搬離飯店住到李厄家，神父也同樣得離開教會為他安排的住所，去和一個經常上教堂且尚未染上疫病的老人家同住。搬家期間，神父感覺到更加疲倦焦慮。這也使得房東不再敬重他，因為當老婦人興致勃勃地吹捧聖歐蒂的預言有多靈驗，神父可能因為疲乏的緣故，竟微微顯露出不耐。接下來無論他多麼努力想讓老婦人至少表現出親切中立的態度，都無法成功。他已經留下壞印象。每天晚上回到披掛覆蓋著大量針織蕾絲飾品的房間之前，他都得盯著女房東坐在客廳的背影，同時聽著她頭也不回、冷冷地對他說「神父，晚安」。就是在這樣一個晚上，到了就寢時間，他的腦袋裡面像有人在打鼓似的，他感覺到蟄伏了幾天的熱潮，瞬間一股腦兒地湧向手腕與太陽穴。

後來發生的事只能從女房東的口述得知。那天早上她一如往常，起得很早。過了一段時間還沒見到神父出房間，她感到很訝異，遲疑許久後終於決定去敲門。她發現一夜未眠的他還躺在床上，胸悶得難受，臉色也脹得比平常還紅。據她自己的說法，她禮貌地問他需不需要找醫師來，但這提議卻遭到悍然拒絕，令她十分遺憾。她也只好退出房間。稍後，神父搖鈴請她進房，首先為自己的發火道歉，然後對她說他不可能得瘟疫，因為完全沒有症狀，這只是一時疲勞引起的。

⑰有關宗教教義方面的著作，必須經過天主教會審查，取得許可後，方可印行。

老婦人鄭重地回答說方才的提議絕非出於這樣的憂慮，她並不是為了已交到上帝手中的個人安全著想，而只是顧及神父的健康，因為她覺得自己也得負一部分責任。由於神父沒有再多說些什麼，女房東又熱心地（這是據她所說）盡自己的責任，再次提議請醫師過來。神父也再次拒絕，但補充了一些讓老婦人甚感困惑的解釋。她好像只聽懂了神父之所以拒絕看醫生，是因為有違他的原則，而這也正是最令她不解之處。最後她認定房客是因為發燒而神智不清，於是只替他端來一杯藥草茶。

老婦人仍然堅持要確確實實盡到這種情況所賦予她的職責，便固定每隔兩個小時就去探視病人。最令她吃驚的是神父一整天下來都一直很煩躁不安，一下子掀去被毯一下子又拉回來蓋上，手不斷地擦拭汗溼的額頭，還經常坐起身來想清喉嚨，只是咳嗽聲被濃痰卡住變得沙啞，聽起來彷彿撕心裂肺一般，但最終好像還是無法將喉嚨深處那一團團絮狀物給連根拔除。咳了一陣子之後，他整個人往後倒下，完全筋疲力竭。最後他又斜坐起身來，兩眼直盯著前方一會兒，那凝視的目光比先前的躁動更嚇人。但老婦人擔心惹病患不高興，還是猶豫著沒找醫師。儘管看起來很嚴重，但也可能只是普通的發燒而已。

不料到了下午，她試著和神父說話，卻只得到幾句含糊的回答。她重新提議找醫生。神父一聽立刻坐起來，勉強用半窒息的聲音清清楚楚地回答說他不要醫生。這時，女房東決定等到第二天早上，如果神父的狀況沒有好轉，就要撥打資料新聞局每天都會透過廣播重複十幾次的電話號碼。始終盡忠職守的她，連夜裡也想到去探視房客，留意他的狀況。但這一天剛入夜，她將新泡的藥草茶端給神父後，想要稍微躺一下，卻一躺就到隔天破曉時分才醒來。她連忙跑進房間。

神父直躺著，動都沒動。前一晚的緋紅臉色已變得有點慘白，加上他臉型仍維持原來的圓胖，感覺更明顯。神父眼睛瞪著懸掛在床上方的小型彩珠吊燈。老婦人進房時，他轉頭看她。根據女房東的說詞，那時候的他彷彿經過整夜奮戰後，已完全無力反應。她問他感覺如何。他回答說情況不好，但他不需要醫師，只要一切照規定來，把他送到醫院就好。老婦人注意到他的聲音裡有一種怪異的冷漠，驚恐之餘，她趕緊跑去打電話。

李厄在中午抵達。聽完女房東敘述後，醫師只回答說潘尼祿說得沒錯，應該已經太遲了。神父以同樣漠然的態度迎接他。李厄替他作了檢查之後十分訝異，竟完全沒有任何腺鼠疫或肺鼠疫的主要症狀，只有肺部出現腫大壓迫的情形。無論如何，他的脈搏太微弱，整體狀況太危急，生存的希望渺茫。

「你完全沒有疫病的主要症狀。」他對潘尼祿說：「但事實上還是有疑慮，所以我得把你隔離。」

神父像是出於禮貌，奇怪地笑了笑，但沒有說話。李厄走出房間打電話，之後又回來。他看著神父。

「我會陪在你身邊。」他輕聲說道。

神父似乎恢復了生氣，轉向醫師的雙眼中彷彿又重現某種熱情。接著他開口了，由於口齒不清，聽不出是否帶著哀傷。

「謝謝，但教士是沒有朋友的，他們把一切都交給上帝了。」

他請醫師將放在床頭的十字架拿給他，拿到手之後，他轉頭凝視著它。

在醫院裡，潘尼祿始終不發一語。他任由院方為他進行所有的治療，但怎麼也不鬆開手裡的十字架。然而，神父的病例還是曖昧難辨，李厄心裡始終存疑。可能是瘟疫，也可能不是。其實好一段時間以來，這疫病似乎便以誤導診斷為樂。但從潘尼祿病例的後續結果看來，這種不確定性或許並不重要。

他體溫上升。咳嗽聲愈來愈沙啞，整日裡折騰著病患。到了晚上，神父終於咳出那塊塞住喉嚨的絮狀物，是紅色的。在高燒引發的紛亂中，潘尼祿一直保持著淡漠的眼神，到了第二天早上，院方發現他死了，身子有一半倒出床外，眼神依舊空洞。院方在他的資料卡片上寫了：「不確定病例」。

＊＊＊

今年的萬聖節不同於平日。當然，氣候還是應時地驀然起了變化，遲遲不退的熱氣瞬間轉涼了。此時已和往年一樣，冷風持續不斷地吹著，大片雲朵在天際爭相追逐，雲影覆蓋在屋舍上方，過了之後，一道冷冷的金光再次從十一月的天空射下。已經開始有人穿上雨衣，但閃亮亮的橡膠雨衣數量多得出奇。原來是報紙報導了，兩百年前法國南部的瘟疫大流行期間，醫師都穿上塗了油的衣物保護自己。店家正好趁此機會出清過時的存貨，每個人也都希望穿上這些衣服便能免疫。

但這些應景的跡象並未能讓人忘記墓園裡的冷清。往年，電車上總是瀰漫著淡淡的菊花香，載著大批婦女前往親人埋葬之處獻上花束。這一天，人們會試著彌補這麼多個月來遭到隔離與遺忘的亡者。但今年誰都不願再想起死去的人，或者應該說是已經想得太多了。這不再只是帶著些許遺憾與許多哀愁去看他們，他們也不再只是我們一年找一天前去安撫的遭遺棄的人，而是讓人想忘懷的入侵者。這也是為什麼今年的這個亡者節有點被民眾迴避掉了。柯塔就說（塔盧發覺他說話愈來愈諷刺），現在每天都是亡者節。

事實上，瘟疫的喜慶之火在焚屍爐中愈燒愈興高采烈。沒錯，死者人數並沒有在一夕間增加，但瘟疫卻似乎穩坐於巔峰，像個盡忠職守的公務員，每天精準而規律地落實殺人任務。基本上，依某些權能人士之見，這是個好徵兆。例如對李察醫師而言，疫情發展圖表的曲線一路攀升到最高點後，已經持平許久，著實令人非常欣慰。「這圖表很好，太好了。」他說。他認為疫病已經到達他所謂的平坦曲線區，以後只可能逐漸下降。他將此結果歸功於卡斯泰的新血清，最近確實有幾個出乎意料的成功案例。老卡斯泰沒有反駁他的說法，但心裡仍然認為世事難料，歷史上的瘟疫流行便曾意外地死灰復燃。長期以來，省長一直渴望撫慰民心，卻礙於瘟疫而不可得，便打算召集醫師們開會，請他們作相關報告，不料就在疫病進入平坦曲線區時，李察醫師也被瘟疫奪走了性命。

此一事例或許令人震驚，但畢竟也不能證明什麼，只是這麼一來，政府又輕率地恢復悲觀心態，就像先前輕率地抱持樂觀態度一樣。至於卡斯泰，就只是盡可能小心謹慎地準備他的血清。總之，現在所有的公共場所都已經改設為醫院或檢疫站，而之所以還保留著省府辦公室，純粹是因為有必要留一個開會的地點。不過大體上而言，由於疫情顯得相當穩定，李厄所籌備的組織絲毫沒有不勝負荷的情形。已經忙得筋疲力盡的醫師與助手們，無須再付出更大的努力，只須繼續規律地作這份超人的工作（如果可以這麼說的話）。目前，肺部出現感染的情形在城裡各個角落不斷增加，就好像強風點燃並助長了胸腔裡的火勢。在咯血的情況下，病患走得更是快得多。如今流行病換了新型態，傳染範圍可能會擴大。老實說有關於這一點，專家們始終意見分歧。然而為了更確保安全，衛生工作人員還是照舊戴著消毒過的紗布口罩。無論如何，乍看之下疫情應該是擴散了，但因為腺鼠疫的病例減少，便仍保持著平衡狀態。

然而食糧的供應隨著時間愈來愈困難，因此可能面臨其他令人擔憂的問題。投機的生意人參了一腳，以天價出售一般市場上買不到的基本民生食品。於是貧窮的家庭陷入更大困境，而富裕的家庭則幾乎什麼也不缺。至於在執行職務時有效地落實了公平公正的瘟疫，理當能強化市民之間的平等關係，沒想到卻在私心作祟所使出的正常手段下，反而使人心更加感到不公平。當然了，死亡的公平性依然無可挑剔，但這種公平誰都不想要。為此受飢餓之苦的窮人便更加懷念起鄰近那些生活自由、麵包又不貴的鄉鎮村莊。既然無法提供他們足夠的糧食，他們總覺得（這想法其實不太合理）應該允許他們離開，以至於到後來有時會在牆上看到，也有時會在省長經過之處聽到這樣一句口號：「不給麵包，就給空氣。」這句諷刺的口號會引起某些示威抗議，雖然很快就會被壓制，但任誰都看得出其嚴重性。

報紙理所當然會遵守上級的命令，不計一切代價地保持樂觀。根據報載，眼下情勢的最大特色就是居民所表現出來「沉著冷靜的感人典範」。不過在一座封閉的城市裡不會有永遠的祕密，因此對於所謂的「典範」，大家都心知肚明。若想確切了解報上所說的沉著冷靜，只要進入政府籌組的檢疫單位或隔離營就行了。由於敘事者剛好被指派到其他地方，無緣得見，因此這裡只能引述塔盧的證詞。

塔盧的記事本內有一段紀錄，敘述他與藍柏一同前往設置於市立體育場的營區。體育場幾乎就位在城門邊，一側面向有電車經過的街道，另一側則面向一大片空地，這空地一直延伸到城區坐落的高原邊緣。體育場平常就是水泥高牆環繞，只要再在四個出入口設置哨兵，裡頭的人便很難脫逃。同樣地，這些圍牆也讓外面的人無法在好奇心驅使下去騷擾那些不幸遭到隔離的人。反觀後者，則是鎮日裡聽著（但看不到）電車駛過，再藉由隨著電車拖行而過的更響亮的喧鬧聲，來猜測上下班的時間。這樣他們便能知道自己被排除在外的生活還在幾公尺外繼續著，而這些水泥牆將裡外隔成了兩個陌生的宇宙，感覺比生活在兩個不同星球還要陌生。

塔盧與藍柏選定某個星期日下午前往體育場，另外還有貢札雷斯陪同。這位足球員後來又再次與藍柏相遇，並在他幾經勸說下，終於答應以輪班方式負責監督體育場。藍柏得把他介紹給營區的主管。三人碰面時，貢札雷斯對他們說瘟疫爆發以前，他通常都是在這個時間換上球衣準備比賽。如今體育場被徵用，自然是不可能了，這讓貢札雷斯覺得也顯得完全無所事事。這便是他接受這份監督工作的原因之一，但條件是他只在週末工作。天色半陰，貢札雷斯仰起頭懊惱地說，像這種又沒下雨又不熱的天氣最適合好好踢場球了。他盡可能地回想著更衣室裡選手塗抹在身上的藥劑的味道、場內搖搖欲墜的看台、對照著黃褐色土地的色彩鮮豔的運動衫，還有中場休息時的檸檬或檸檬汁，就像用千百根刺輕刺著乾渴的喉嚨，清涼舒爽極了。此外塔盧還寫道，當他們一路穿越郊區那些坑坑疤疤的街道，這個球員只要一看到小石頭就踢，而且試著想直接踢進陰溝蓋，每當成功了就說：「一比零。」他抽完菸會把菸蒂往前啐，同時使勁地伸出腳去接。到了體育場附近，有幾個玩耍的小孩把球朝這群路過的人踢來，貢札雷斯還特意準確地將球踢還給他們。

最後他們進入體育場。看台上擠滿了人。但球場上卻搭了數百個紅色帳篷，遠遠地就能看見裡面有臥具與一小包一小包的東西。看台還留著，是為了讓隔離者能有遮日避雨的地方。只不過太陽下山後，他們就得回到帳篷。看台下方規劃了淋浴設施，昔日的球員更衣室則改為辦公室與醫護室。大多數的隔離者都待在看台上，有一些人在場邊晃來晃去，還有少數幾個蹲在自己的帳篷入口，以空洞眼神望著所有的人事物。看台上的人多半都斜靠著，像在等待什麼。

「他們白天裡都在做什麼？」塔盧問藍柏。

「什麼也沒做。」

的確，幾乎所有人都是空著手、晃著胳臂。聚集了數量如此龐大的人，卻安靜得出奇。

「剛開始幾天，在這裡說話都聽不見。」藍柏說：「但日子一天天過去，他們愈來愈少開口了。」

據塔盧的記載，他可以理解這些人，也可以想像他們當初被塞進帳篷裡，只能聽聽蒼蠅嗡鳴或是搔搔癢，一旦發現有人願意聆聽，便吼出自己內心的憤怒或恐懼。但自從營區內的人數過多之後，聽眾也愈來愈少，他們只得閉上嘴並提高警覺。的確好像有一種懷疑從灰灰亮亮的天空落到紅色帳篷上。

沒錯，他們臉上全都流露出懷疑。既然遭到隔離，不會沒有原因，他們臉上的表情就像是在尋找自己的原因，卻又感到害怕。塔盧放眼所見的人全都是眼神茫然，全都像是因為與原本的生活整個隔離開來而痛苦。因為不能老想著死亡，所以就什麼都不想。現在是在度假。「但最糟的是，」塔盧寫道：「他們是被遺忘的人，而他們自己心裡也明白。熟識的人已忘了他們，因為有其他事情要想，這很可以理解。至於愛他們的人也忘了他們，因為為了讓心愛的人離開營區而四處奔波、想方設法，恐怕已令人筋疲力竭。這也是正常現象。其實到頭來發現，誰也無法真正想著誰，即使身處於最不幸的苦難之中也一樣。因為真正想著某個人，就要每分每秒地想，不能為了任何事分神，不管是家務或飛來飛去的蒼蠅或三餐或身體發癢。偏偏這裡總是有蒼蠅，身體也總是發癢，所以生活不好過。這些人都很清楚。」

營區主管走過來對他們說，有位歐東先生想要見他們。他先帶貢札雷斯進辦公室，然後再領他們到看台一個角落，原本獨自坐在一旁的歐東先生一看見他們立刻起身相迎。他還是和平日同樣的穿著，也戴著同樣的硬領。塔盧發現唯一不同之處在於他兩鬢的髮簇蓬亂許多，還有一邊的鞋帶鬆開了。法官神情憔悴，而且從頭到尾都沒有正視交談者的臉。他說很高興見到他們，也請他們向李厄醫師轉達他的謝意。

其他人默不作聲。

「但願，」過了好一會兒法官才說：「但願菲立普沒有受太多苦。」

這是塔盧第一次聽他提起兒子的名字，當下便明白有些東西改變了。太陽正要沉下天際，陽光從兩朵雲中間穿過，斜射在看台上，把他們三張臉染成一片金黃。

「沒有，」塔盧說：「沒有，他沒有太痛苦。」

他們離去後，法官仍繼續看著陽光那一側。

他二人去跟貢札雷斯道別，他正在研究輪班表。球員笑著同他們握手。

「至少我又回到更衣室來，」他說：「這已經很不錯了。」

不久，營區主管送塔盧與藍柏離開時，聽到看台上響起畢畢剝剝的巨大響聲，接著擴音器（在情況較好的時期，它是用來公布比賽結果或介紹球員的）裡傳出略帶鼻音的聲音，請隔離者回到自己的帳篷，要發放晚餐了。於是大家慢慢走離看台，拖著腳步回到帳篷。全部的人都歸位之後，有兩輛小型電動車（就像在火車站看到的那種）載著大鍋穿梭在帳篷之間。人人伸長手臂，車上的人將兩支長柄勺伸入兩只鍋中，舀起後穩穩地倒入兩個飯碗內。然後車子再往前開。到了下一個帳篷，又重複同樣步驟。

「很科學的做法。」塔盧對主管說。

「是啊，」主管一邊握手一邊滿意地說：「是很科學。」

暮色降臨，天空暗了下來。營區浸在一片柔和清新的光線中。在傍晚的寧謐氣氛下，湯匙碗盤的碰撞聲從四面八方傳來。幾隻蝙蝠在帳篷上空飛舞，卻忽然間不見蹤影。牆的另一邊有輛電車駛過，輪軌的摩擦聲嘶嘶作響。

「可憐的法官，」塔盧走出門口時喃喃自語道：「一定要替他做點什麼。但要怎麼做才能幫助一個法官呢？」

＊＊＊

城裡還有其他幾個隔離營，敘事者由於缺乏第一手資料又不敢妄加臆測，因此無法多說什麼。但他能說的是這些營區的存在、從營區飄出的人的氣息、黃昏時分擴音器播放的巨大聲音、高牆的神祕與對這些禁地的恐懼，都重重地打擊了市民同胞的士氣，也讓所有人更加惶惶不安。意外事故與對抗政府的衝突愈來愈頻繁。

到了十一月底，早晨變得十分寒冷。幾場暴雨清洗了道路，也把天空洗得乾乾淨淨，只剩幾片雲飄浮在發亮的街道上方。每天上午，疲軟無力的太陽往城裡灑落一道耀眼冰冷的光芒。反而是在傍晚左右，空氣才又轉為暖和。塔盧常常挑這個時候，去找李厄醫師談自己的想法。

有一天，大約十點前後，經過了漫長而疲憊的一天，塔盧陪著李厄去那位哮喘老人家作夜間訪診。老舊社區的屋舍上空發出淡淡的光，一陣微風靜悄悄地吹過陰暗的十字路口。兩人走過寂靜的街道後，卻一頭栽進老人的叨絮聲中。老人告訴他們有些人有意見，說奶油碟老是被同一批人占用，說壞事做盡會自食惡果，還說很可能會引起口角，到時候他可就開心了。醫師替他治療的時候，他始終繞著這個話題喋喋不休。

他們聽見樓上有走路聲。老婦人發現塔盧似乎顯得好奇，便解釋說有幾個女鄰居跑到露台上去了。他們也同時得知那上面的視野很美，而且各屋的露台經常有一側相連，因此鄰近的婦人不必出門便能聯絡感情。

「是啊，」老人說：「上去看看吧。上面空氣很不錯。」

他們發現露台上空無一人，倒是擺了三張椅子。在一邊，放眼望去只看見一個接著一個的露台，最後背靠著布滿石頭的黑壓壓一團，他們認出了那是最近的一座小山。另一邊，視線越過幾條街道和看不見的港口後，落在海天相連處那幽微顫動的地平線。在他們已知是峭壁岩岸的背後，有一道看不見光源的微弱光線規律地閃著：自今年春天以來，航道的燈塔一直繼續在運作，指引那些轉往其他港口的船隻。在被風吹掃得閃閃發亮的天空上，群星閃爍著純淨的光芒，遠方燈塔的微光則不時加入些許一閃而逝的灰濛。辛香料與石頭的氣味隨風傳送。四下裡萬籟俱寂。

「好舒服。」李厄說著坐了下來。「就好像根本沒瘟疫這回事。」

塔盧背轉向他，望著大海。

「是啊，」過了片刻他才說：「是很舒服。」

他說完來到醫師身邊坐下，細細地端詳他。微光在空中反覆出現了三次。街道另一頭傳來碗盤破碎的聲音，隨後屋門砰的一聲。

「李厄，」塔盧說話的口氣再自然不過。「你從來就不想知道我是誰嗎？你曾把我當朋友嗎？」

「有的。」醫師回答：「我是把你當朋友。只不過到目前為止，我們都沒有時間表達。」

「好，那我就放心了。要不要讓現在變成友誼的時刻呢？」

李厄只是微微一笑。

「那麼，就這樣吧……」

幾條街外，似乎有一輛車在溼溼的路面上滑行許久。車子走遠後，緊接著又從遠處傳來模糊的叫喊聲，再次打破寧靜。之後，寧靜又重新挾著整片天空與星星的重量，壓在這兩個男人身上。塔盧起身走到露台欄杆旁，跳上去坐著，面向仍陷坐在椅子上的李厄。看過去，他只是一個映在天空上的巨大剪影。他說了很久，內容大致如下：

「我們就簡單地說吧，李厄，在我還沒來到這座城市碰上這場流行病以前，就已經染上瘟疫了。也可以說我和所有人是一樣的。不過有些人不自知，又或許是安於現狀，也有些人知道但想脫離。我就一直很想脫離。

「年輕的時候，我懷著天真的想法過日子，也就是完全沒有想法。我沒有自我折磨的癖好，一開始就過得中規中矩。凡事都順順利利，不管是和知識分子往來或是在女人堆裡都很自在，就算偶爾有些小煩惱，也是來得快去得也快。有一天，我終於開始省思。現在……

「我得跟你說，我並不像你這麼窮。我父親是法院的佐審官，地位不低。但是從外表卻看不出來，他天生就是個好好先生。我母親是個單純、不愛出鋒頭的人，我無時無刻不愛她，但還是不提她的好。父親用愛來照顧我，我甚至覺得他試著想了解我。他曾經在外頭拈花惹草，我現在可以確定了，但反正我一點也不感到憤慨。他的這一切行為並沒有太超過，沒有激起任何人的反感。簡而言之，他不是一個太特別的人，如今他去世了我才領悟到，即使他生前不是聖人，卻也不是壞人。他屬於中庸一派，如此而已，我們會對這種人產生一種合理的愛，一種能讓人繼續下去的愛。

「不過他有一項特點：他在床頭擺了一本大大的鐵路指南。他其實不常旅行，只有度假時會到布列塔尼去，那裡有棟小別墅。但他卻能準確無誤地說出巴黎－柏林列車的出發與到站時刻、從里昂到華沙應該怎麼轉車、任選兩國首都之間的確實距離。你能說出怎麼從布里安松到沙木尼去嗎？這恐怕連火車站站長都摸不著頭緒。我父親卻不然。他差不多每天晚上都在努力充實這方面的知識，對此他感到相當自豪。我覺得很有趣，常常拿問題考他，再去翻鐵路指南對照他的答案，發現他答對了就高興得不得了。這些小小問答練習讓我們的關係緊密許多，因為我成了他的聽眾，他也感受到我的誠意。在我看來，有關鐵路知識方面的優越成就並不亞於其他的優越成就。

「忍不住說了這麼多，恐怕太強調我父親的好人形象。因為說到底，他對我所下的決心只有一點間接影響，頂多也就是提供給我一個機會。我十七歲那年，父親邀我去旁聽。那是重罪法庭一個重要的案子，他肯定是想向我展現自己最好的一面。我覺得他也想利用法庭上的莊嚴肅穆，激盪年輕人的想像力，讓我繼承他的衣缽。我答應了，因為一來可以取悅父親，二來我也很好奇想看一看、聽一聽他在家庭以外扮演的另一個角色。我完全沒有再想到其他。之前，法庭裡發生的一切對我而言，一直就像國慶閱兵或頒獎儀式一樣地自然。我對這些的想法十分抽象，並未感到困擾過。

「可是那一天唯一讓我留下印象的只有罪犯。我想他是真的犯了罪沒錯，至於是什麼罪並不那麼重要。但這個留著稀疏紅髮、年約三十來歲的矮小男子，似乎非常堅決地想要坦承一切，似乎被自己做過的事和別人即將對他做的事嚇得魂不附體，以至於幾分鐘後，我眼裡除了他再也看不見其他。他就像隻受到強光驚嚇的貓頭鷹。他的領帶沒有打正對準領口，他不停咬著右手的指甲……總之，我不用再強調你也已經明白，他是個活生生的人。

「但是我這才突然醒悟到，直到當時為止，我都是以一種簡單的類別來想他，那就是『被告』。雖然不能說我把父親忘了，但有個東西緊擰著我的心口，使我將全部的注意力都放在犯人身上。我幾乎什麼也沒聽見，只感覺到他們想殺死這個活生生的人，於是有一股奇妙的本能像浪潮般，執拗而盲目地把我推送到他那邊去。直到父親開始發言，我才真正清醒過來。

「換上紅袍的父親不再是老好人也不再充滿熱情，他嘴裡吐出一長串一長串的語句，就像一條條蛇不停地跑出來。我聽懂了，他以社會之名請求判此人死刑，甚至請求將他斬首。的確，他只說了：『這個人頭理應落地。』但差別畢竟不大，結果其實都一樣，他還是得到了這個人頭，只不過動手的人不是他。而在法庭上從頭旁聽到尾的我，唯獨和那個不幸的人產生了一種莫大的親密感，這種感覺和父親之間從未有過。然而依據慣例，父親仍得參與罪犯的最後時刻，這是禮貌性說法，其實應該稱之為最卑劣的謀殺時刻。

「從那天起，每次看到那本鐵路指南我就感到深惡痛絕。從那天起，我開始帶著畏懼的心留意司法案件，留意死刑的判決與執行，當我發現父親必然參與過幾次殺人，而且正好是他早起的那幾天，不禁感到天旋地轉。沒錯，碰到這些時候，他總會撥鬧鐘。我不敢跟母親提，但卻更仔細地觀察她，之後我才明白他們之間已毫無聯繫，母親過的根本是自暴自棄的生活。這讓我原諒了她，我當時是這麼說的。後來我才知道其實無所謂原不原諒，因為她在結婚前窮了大半輩子，而貧窮讓她學會逆來順受。

「你大概以為我會說我馬上就離家出走了。沒有，我又待了幾個月，將近一年的時間。但我的心病了。有一天晚上，父親在找鬧鐘，因為隔天要早起，結果我整夜沒闔眼。第二天，他回到家時我已經走了。接下來我就長話短說吧，父親派人來找我，我去見了他，沒有作任何解釋，只是平靜地說要是強迫我回家我就自殺。他最後接受了，因為他本來就是個性情溫和的人，他長篇大論地跟我說教，說想隨心所欲地過日子有多麼愚蠢（他是這樣詮釋我的舉動，我並未加以反駁），又千叮嚀萬囑咐的，還強忍住已在眼眶打轉的淚水。事後，其實是過了很久以後，我會定期回家探望母親，也會因此碰見他。這樣的聯繫對他來說應該就夠了。至於我，我並不仇視他，只是心裡有些許哀傷。他死後，我把母親接來同住，若不是母親後來也去世了，她現在還跟我住在一起呢。

「我花了這麼長時間鋪陳這個開頭，是因為這其實是一切的開頭。現在我會說得快一點。十八歲脫離安逸的生活後，我體驗到了窮困，為了謀生做過無數工作，而且做得都還不錯。但令我感興趣的是死刑。我想和那隻紅毛貓頭鷹算清一筆帳，所以我就像人家說的去搞政治。我只是不想染上瘟疫罷了。我認為我身處的社會建立在死刑之上，對抗社會就等於對抗謀殺。我這麼相信，別人也這麼跟我說，直到現在這想法多半還是對的。於是我和自己所愛的人並肩作戰，我對他們的愛從未停止過，也與他們攜手許久，在歐洲沒有一個國家的抗爭活動是我沒有參與過的。這就暫且不提了。

「當然，我知道我們有時候也會給人判刑。但有人告訴我說要想讓這世界不再發生殺人情事，死這幾個人是必要的。這話倒是有幾分真實性，而我或許畢竟還是難以在這種真實性當中堅持自己的立場。總之可以確定的是，我猶豫了。但只要再想到貓頭鷹，便又能繼續下去。直到有一天我看到行刑的場面（是在匈牙利），年幼時體驗過的那種暈眩感又再次使成年的我眼前一片模糊。

「你從沒看過一個人被槍斃吧？當然沒有，這通常是得受邀的，而且參觀群眾也會事先經過挑選。結果你一直都只是停留在圖片與書本上的描述。蒙眼的布條、綁人的柱子，還有遠處幾名士兵。其實不然！你知道行刑的槍手站得不遠，離犯人只有一米半嗎？你知道如果犯人往前走兩步，胸口就會碰到槍嗎？你知道在這麼近的距離之下，槍手們個個瞄準心臟部位，當所有人都射出大大的子彈後，會開出一個拳頭大小的洞嗎？不，你不知道，因為這些是大家不會討論的細節。對瘟疫患者來說，睡眠比生命更神聖。我們不能阻止善良正直的人安心入眠。這樣一來就得有一些令人不是滋味的做法，也就是不要太過堅持，這個大家都知道。可是從那時起，我就沒有睡好過。那壞滋味一直留在我的嘴巴裡，而我也沒有停止過堅持，也就是沒有停止過思考。

「我於是明白了，這麼多年來雖然全心全意地認為自己在對抗著瘟疫，卻始終是個瘟疫患者。我知道了有數以千計的人死亡都是經過我間接同意，由於我認定那些導致他們喪命的行動與原則是正確的，他們的死甚至可以說是我挑起的。其他人似乎並不為此困擾，或者至少他們從未自動提起，而我卻覺得喉嚨像打了結。我雖和他們在一起，卻備感孤單。有時我向他們表達我的顧慮，他們會叫我想想真正重要的事，並提出許多理由，經常看起來都很冠冕堂皇，非讓我把難以下嚥的東西給吞下去。但我回答說照這樣說的話，那些染上瘟疫的大人物，那些穿著紅袍的人，也同樣有非常正當的理由，假如接受了染上瘟疫的小人物所提出的不可抗力的理由與其必要性，那就不能否決大人物提出的理由與必要性。他們提醒我說如果認為紅袍子有理，最好的方法就是把生殺大權都交給他們。但我心想一旦讓步一次，就沒有理由不繼續讓步。歷史的演變似乎證明我的想法是對的，今天大家都在爭相殺人，而且已經殺人殺到眼紅，想停也停不了。

「不管怎樣，我真正關心的不是論證，而是那隻紅毛貓頭鷹，是那段卑劣齷齪的驚險過程，過程中幾張骯髒發臭的嘴向一個上了手銬腳鐐的人宣布他很快就會死，而且還將一切安排妥當，好讓他一夜又一夜地苦悶等待，等待自己睜著雙眼被殺的那一刻到來之後才赴死。我關心的是胸口上那個洞。我暫且告訴自己，至少就我個人而言，我絕不肯承認這種卑鄙的屠殺會有任何正當理由，任何一種都不行。對，在能把事情看得更透徹以前，我選擇了這種固執的盲目。

「直到今天，我依然沒變。我已經羞愧好久，羞愧得想死，只因為自己也曾經是個殺人兇手，儘管隔了很多層，也儘管是出於善意還是一樣。隨著時間過去，我只察覺到即便是高人一等的人，到了今天也難免要殺人或放任他人殺人，因為這是他們生活的邏輯，而在這個世上，我們的一舉一動都有可能置某人於死地。對，我依然還是感到羞愧，我從經驗中得知我們每個人都患了瘟疫，我再也無法安心。到了今天我還在尋找內心的平和，試著去了解所有人，也試著不要成為任何人的致命敵人。我只知道要把該做的事做好才能從瘟疫中痊癒，也只有這樣才能讓我們期盼獲得內心的平和，或者即使得不到也能死得泰然。這麼做才能減輕人的負擔，就算不能救人脫離痛苦，至少會盡可能減少對他們的傷害，甚至有時候還會有一點好處。所以我決定排拒一切致人於死或是為致人於死辯護的事，不管是直接或間接，也不管有沒有正當理由。

「這也是為什麼這場瘟疫只讓我學到一件事，那就是和你並肩作戰。我確知（是的，李厄，你也看到了，我對人生瞭如指掌）每個人身上都有瘟疫，因為這世上沒有人能免疫，一個也沒有。所以我們得隨時提高警覺，不要一個不留神就往另一張臉上呼氣，把病菌傳染給別人。這裡頭唯一自然的東西是細菌。其他諸如健康、正直，或者還有純潔，這些都受到意志的影響，而且這種意志應該永遠不會停止。幾乎不傳染病菌給人的好人，就是盡可能不分心的人。要想無時無刻不分心，就需要有意志力，還要繃緊神經！是的，李厄，當個瘟疫患者很累人，但不想當瘟疫患者更累人。這就是為什麼每個人看起來都很累，因為今天每個人都有點染上了瘟疫。但這也是為什麼有幾個不想再當患者的人會疲憊到極點，除了死無法解脫。

「在那之前，我知道我對這個世界本身已毫無價值，打從我拒絕殺人的那一刻起，我就被永遠驅逐了。歷史將由其他人去創造。我也知道我似乎不能去批判其他這些人。我缺少一種特質，因此無法成為理性的殺人者，這可不是優點。但現在我願意當自己了，我學會了謙卑。我只會說這世上有疫災也有犧牲者，我們應該盡可能地拒絕站到疫災那邊。也許你會覺得這好像不難，我不知道它難不難，但我知道這是真的。我曾經聽過無數論證不僅差點讓我暈頭轉向，也讓其他人暈頭轉向到了同意殺人的地步，因此我了解到人類的所有苦難都源自於未能使用清楚的語言。所以我決定無論說話或行動都要清清楚楚，以便讓自己走上正道。也因此除了這世上有疫災和犧牲者之外，其他我什麼都不說。如果說這句話讓我自己變成災害，至少我不是故意的。我盡量試著當一個無辜的殺人者。你瞧，我的野心其實不大。

「當然，還得有第三種類別，那就是真正的醫者，不過這種人不常見，也應該是困難的工作。所以我每次都決定加入犧牲者，盡量降低損害程度。在他們當中，我至少可以試著找出如何成為第三類人，也就是如何獲得平和。」

說完之後，塔盧晃動一條腿，腳尖輕碰露台。沉默片刻後，醫師略略挺起上身，問塔盧知不知道要走哪條路才能獲得平和。

「知道，就是同情。」

兩輛救護車的鈴聲遠遠地回響著。方才模糊不清的叫喊聲，又重新集結在市區邊緣，山石遍布的小山附近。同時還聽到一個像是鳴槍的聲響。隨後再次恢復寧靜。李厄數著燈塔的光又閃了兩次。微風的力道似乎增強了，就在這時候，一陣海風帶來鹹鹹的味道。現在可以清楚聽見海浪拍打在岩壁上的低沉呼吸聲。

「總之，」塔盧爽直地說：「我最感興趣的就是想知道怎麼成為聖人。」

「可是你又不相信上帝。」

「正是。如果沒有上帝還能不能成為聖人？這是我目前所知道唯一具體的問題。」

忽然間，一道大大的閃光從發出吶喊聲那個方向射出來，隱約的嘈雜人聲也順著風傳到兩人耳中。閃光立刻變暗，遠方露台邊上只留下一抹紅暈。當風暫停之際，男人的喊叫聲，接著一記槍聲和群眾的喧嚷聲都清晰可聞。塔盧起身傾聽，卻再也聽不見什麼。

「又有人在城門邊打架。」

「現在結束了。」李厄說。

塔盧喃喃地說永遠不會結束，還會有更多犧牲者，因為這是常規。

「也許吧，」醫師回答道：「不過你也知道，我跟戰敗者比跟聖人更有休戚與共的感覺。我想我對英雄主義和聖人行為都沒興趣，我關心的是怎麼當個人。」

「對，我們尋求的目標是一致的，只是我的野心比較小。」

李厄以為塔盧在開玩笑，便轉頭看他。不料在天上射下的微光中，卻看見一張憂傷而嚴肅的臉。又起風了，李厄感覺到皮膚溫溫的。塔盧振作起精神來。

「你知道我們應該為友誼做點什麼嗎？」他問道。

「你想做什麼都行。」李厄說。

「去泡個海水浴。即使對未來的聖人而言，這都是一項高尚的娛樂。」

李厄微微一笑。

「拿著我們的通行證，可以到防波堤去。只活在瘟疫之中，畢竟是太笨了。當然，人應該為犧牲者奮鬥，但如果從此什麼都不愛，那奮鬥還有什麼意義？」

「說得對，」李厄說：「我們走吧。」

過了一會兒，車子已經停在港口柵門邊。月亮已升起，在乳白天空的映照下，到處都是淺淡的影子。他們身後是層層堆疊的城區，從那兒飄來一陣溫熱病態的氣流，將他們推向大海。他們出示證件後，警衛檢視許久才放行。他們經過並穿越放滿木桶、充斥著酒氣與魚味的平台，朝堤防走去。快要抵達時，碘與海藻的氣息先向他們預告大海到了。接著便聽到聲音。

海水在堤防的大石塊底部發出輕柔的嘶嘶聲，他們爬過石塊後，大海便出現在眼前，厚實得像天鵝絨，又柔軟光滑得像頭野獸。他們坐到面向大海的岩石上。海水緩緩地漲落。水面上有一些油亮的反光隨著海的平靜呼吸一明一滅。在他們眼前，是無垠的黑夜。李厄用手指觸摸著岩石坑坑洞洞的表面，心裡充滿一種奇特的幸福感。他轉向塔盧，在友人那張平靜又嚴肅的臉上彷彿也看到同樣的幸福表情，那種一切都未曾遺忘，甚至連謀殺也都記得的幸福。

兩人脫下衣服後，李厄先跳下水，一開始覺得冷，待重新浮上來時，水似乎變溫了。游了幾下以後，他知道當晚的水是溫的，那是秋天海水吸收了這漫長數月以來土地所累積的熱量。他踢動雙腳，在身後留下滾滾水沫，水沿著手臂流下後黏在腿上。聽見重重的嘩啦一聲，他知道塔盧也下水了。李厄背轉過來仰躺不動，看著漫天的月亮與群星當頭覆罩下來。他深深吸了幾口氣。接著聽到打水聲愈來愈響，尤其在這幽靜的夜晚更顯得出奇清亮。塔盧游近了，不久便聽到他的換氣聲。李厄再次翻身，追趕上去，以同樣的節奏和朋友並肩游著。塔盧游得比他好，他不得不加快速度。有幾分鐘的時間，他們以同樣的律動、同樣的力道往前游，與世隔絕，終於擺脫了奧蘭城與瘟疫。李厄先停下來，然後他們才慢慢往回游。忽然有一瞬間遇上一道冰冷水流，兩人受到大海奇襲的刺激，什麼話也沒說便都加快划水的動作。

穿上衣服之後，他們不發一言地離開。但兩人擁有同樣的心情，這個夜晚對他們來說都是個美好的記憶。遠遠地看到警衛時，李厄知道塔盧也跟他一樣心裡想著：剛才他們被疫病給遺忘了，真好，而現在又得重新來過。

＊＊＊

沒錯，得重新來過，瘟疫不會遺忘任何人太久的。十二月間，它燒灼著市民同胞們的胸臆，讓焚屍爐燒得更熾烈，讓隔離營擠滿兩手空空的幽靈，總之它從未停下那充滿毅力、顛簸斷續的步伐。政府原本寄望寒冷的天氣能遏止疫情擴大，不料它安然度過第一波冬寒的考驗，並未中斷。還得再等等。但大家不再為了等待而等待，整座城裡的人都像沒有未來似的過著日子。

至於醫師，他所獲得的短暫平和與友誼也一樣沒有明天。又有一間醫院成立，唯一能與李厄面對面的只剩病患了。但他發現這個階段的瘟疫轉換了形態，肺部感染的病例愈來愈多，患者似乎也比較配合醫師。發病之初他們不再陷入消沉或發狂狀態，而是似乎比較清楚地知道該怎麼做才對自己有利，因此會主動要求對自己最好的療法。他們不停地要求喝水，所有人也都會想要保暖。在這樣的情況下，儘管疲勞不減，醫師卻感覺不那麼孤單了。

將近十二月底，李厄接到現在人還在隔離營的預審法官歐東先生的來信，信上說他的隔離時間已滿，但因為行政單位找不到他入營的日期，現在還繼續將他留在營內，這肯定是個失誤。他的妻子已經出營一段時間，她去向省府抗議卻受到惡劣對待，府方還對她說從來沒有失誤過。李厄請藍柏介入調查，幾天後，歐東先生前來見他。作業確實出錯了，李厄略感氣憤，但如今消瘦不少的歐東先生卻舉起軟弱無力的手，字斟句酌地說每個人都可能會犯錯。醫師心裡只想著他變得有點不一樣了。

「你打算做什麼呢？歐東先生，有很多案子等著你處理吧。」李厄說。

「不，」法官說：「我想請假。」

「說得也是，你是該休息休息。」

「不是的，我想回營裡去。」

李厄吃了一驚。

「但你已經出來了！」

「你誤會我的意思了。我聽說營裡有一些志願的行政工作。」

法官轉了轉圓圓的眼睛，又用手壓了壓一綹頭髮……

「你應該明白，這樣能讓我有事情可忙。而且說起來有點蠢，但我覺得這樣好像離我兒子近一點。」

李厄看著他。在那雙嚴峻平淡的眼裡，應該不可能忽然出現一絲溫柔吧。但那雙眼睛確實變得濛濛然，已失去原來金屬般的冷硬清澈。

李厄說：「當然沒問題，既然你有意願，我來安排。」

醫師確實作了安排，這座瘟疫橫行的城市就這樣維持它的生活步調直到耶誕節。塔盧繼續帶著有效率的冷靜態度到處走動。藍柏偷偷告訴醫師，他靠著兩名小警衛的幫忙，建立了與妻子聯繫的地下管道，每隔一段時間就會收到一封信。他建議李厄不妨也利用一下他的管道，李厄接受了。他寫了信，這是這麼多個月以來的第一封，但也最難下筆。他好像喪失了某種語言能力。信寄出去了，卻遲遲未接到回信。至於柯塔，發達了，他那些投機的小生意讓他賺了不少錢。而葛朗則似乎沒有感染到節慶氣氛。

今年的聖誕節與其說是福音的節日，倒不如說是地獄的節日。商店裡空空的也沒有亮燈，櫥窗裡擺著假巧克力或是空盒，電車上滿載著死氣沉沉的乘客，這一切都無法與往日的聖誕節聯想在一起。以前每到這個節日，所有市民不分貧富都會歡聚一堂，如今卻只有一些特權人士能付出昂貴的代價，躲在髒兮兮的商店暗室，孤單而羞愧地享受片刻歡愉。教堂裡面的哀嘆聲多於感恩。在陰鬱冰冷的城區，有幾個孩子在奔跑著，對於自己可能面臨的危險仍懵然無知。但誰也不敢向他們預報神來了，這神從前總是帶著滿滿的禮物，祂古老得一如人類的苦難，卻也清新得猶如年輕的希望。現在所有人心裡都只容得下一個非常古老也非常陰鬱的希望，這個希望使人無法一心想死，這個希望其實也不過就是無論如何都要活下去的堅持。

前一天，葛朗沒有依約前來。李厄替他擔心，一大早就跑到他家卻沒找到人。他便通知所有的人代為留意。十一點左右，藍柏來到醫院告訴醫師說他遠遠看見葛朗在街上溜達，好像整張臉都變了樣。接著就不見人影了。醫師和塔盧隨即開車去找他。

中午，冷颼颼的時刻，李厄從車上下來，老遠看到葛朗幾乎把臉貼在一片櫥窗上，櫥窗內擺滿了粗糙的木雕玩具。老公務員臉上淚流不止。這些淚水讓李厄的心糾結起來，因為他明白，他也覺得喉頭被淚水梗住了。他還想起了這個可憐老人在某間耶誕商品店門前訂的婚約，以及珍妮如何仰起頭對他說自己好高興。珍妮清新的聲音想必是從久遠的年月，從愛意正濃的那一刻，傳回到葛朗耳中。李厄知道此時此刻流著淚的老人在想些什麼，他也有同樣想法：這個沒有愛的世界就像一個沒有生命的世界，人生在世總有那麼一刻會厭倦牢獄、工作與勇氣，只想看看某個人的臉、感受那顆為愛驚歎的心。

但老人從玻璃倒影看見了醫師。他轉身背靠櫥窗，看著醫師走上前來，淚水依然撲簌簌地流著。

「醫師啊！醫師啊！」他喊道。

李厄點點頭表示理解，卻開不了口。他也感到同樣悲痛，此時有一股巨大的憤怒揪著他的心，這是當你面對所有人共同承擔的痛苦時會產生的憤怒。

「我知道，葛朗。」他說。

「我希望能有時間給她寫封信。讓她知道……讓她可以快快樂樂的，沒有悔恨……」

李厄有點粗暴地拉著葛朗往前走。葛朗也不抵抗，但還是繼續嘟嘟囔囔說著不連貫的句子。

「拖得太久了。讓人很想放棄，這是必然的。醫師啊！我看起來很平靜，就像這樣。但我總要費很大的勁才能勉強保持正常。可是現在啊，就連這個也做不到了。」

他不再出聲，四肢不停顫抖，眼神猶如發狂。李厄拉起他的手。是燙的。

「你得回家了。」

但葛朗掙脫開來，跑了幾步之後停下，張開雙臂，開始前後搖晃。他原地打轉，跌倒在冰冷的人行道上，把臉弄得髒兮兮的淚水還在流。路過的行人猛然站住，遠遠觀望，不敢再往前。李厄只得把老人抱起來。

此時，葛朗躺在自己的床上，呼吸困難：肺部受感染了。李厄思忖著。這個職員沒有家人，轉送有什麼意義？就由他一人，還有塔盧來照顧吧……

葛朗的頭深陷在枕頭裡，臉色發青，眼睛暗淡無光。他定定地望著壁爐的微弱火光，那是塔盧用一只貨箱的殘碎木片點燃的。「情況不好。」他說。他說話的同時，還會從灼熱的肺部發出一種奇怪的爆裂聲。李厄要他盡量少說話，說他晚一點會再過來。病人露出怪異的笑容，臉上也因此流露出一種溫柔神情。他費力地眨眨眼。「我要是能脫險，向你脫帽致敬，醫生！」但話才剛說完，就立刻虛脫倒下。

幾個小時後，李厄與塔盧回來時發現病人半坐在床上，而當李厄看見他臉上燒燙的痛苦進展如此快速，不禁感到驚恐。但他的神智似乎清醒了些，他立刻用一種空洞得怪異的聲音請求他們，把他放在抽屜裡的手稿拿給他。塔盧遞上那幾張紙之後，他緊緊摟在胸前，然後看也不看就轉手交給醫師，打了個手勢請他念出來。這份手稿不長，約莫五十多頁。醫師翻了一下，發現每一頁寫的都是同樣一句，不斷地重新抄寫、修改、增增減減。翻來覆去都是五月、女騎士和布隆涅森林小徑，只是順序編排不同。此外還有一些註釋（有時過度冗長）和語詞變化。不過在最後一頁的最底下，有一行工整的字跡似乎剛寫不久，只寫著：「我最親愛的珍妮，今天是聖誕節……」上面，一絲不苟地書寫著那個句子的最後版本。「念吧。」葛朗說。李厄也就念了。

「在五月一個美好早晨，有位苗條的女騎士，騎著一匹耀眼的栗色母馬，在群花盛開中，穿梭於森林小徑間……」

「可以嗎？」老人用熱切的聲音問道。

李厄沒有抬頭看他。

「啊！」老人激動地說：「我知道。美好，美好，這個字眼不對。」

李厄拉起他放在被毯外的手。

「放手，醫生。我沒時間了……」

他的胸口痛苦地起伏著，忽然間他大喊一聲：

「燒了吧！」

醫師猶豫不定，但葛朗又喊了一次，那聲調是如此可怕、聲音是如此痛苦，李厄只好將紙頁擲入近乎熄滅的火中。房內很快地亮起來，還感覺到一股短暫的溫暖。當醫師走回病人身邊，病人已背轉過身，臉幾乎貼到牆上。塔盧望向窗外，彷彿事不關己。李厄替病人打了血清後，對友人說葛朗度不過今晚了，塔盧表示願意留下來。醫師同意了。

一整晚，他滿腦子都在想葛朗會死。誰知到了第二天早上，李厄竟看見葛朗坐在床上，正在和塔盧說話。燒退了。除了全身虛弱無力之外，已無其他症狀。

「醫生啊！」葛朗說道：「我錯了。不過我會再寫一遍。你瞧著吧，我可是記得清清楚楚。」

「還要再看看。」李厄對塔盧說。

但是到了中午，沒有任何改變。傍晚時，葛朗可以說是得救了。李厄怎麼也想不通他是怎麼起死回生的。

然而大約在同一段時間，有名女病患被送到李厄這兒來，李厄診斷她已經無望，因此在她一抵達醫院便進行隔離。這女孩有嚴重的譫妄現象，也出現肺鼠疫的所有症狀。但次日上午，高燒減退了。醫師認為這和葛朗的情況一樣，是上午的緩解現象，根據以往的經驗，這絕非好徵兆。可是到了中午，體溫並沒有再回升。晚上，則只是上升了還不到一度，第二天早上就完全退了。女孩雖然虛弱地躺在床上，呼吸卻很順暢。李厄對塔盧說她完全不合常理地痊癒了。不料同一個星期當中，在李厄的醫院便出現四個類似的病例。

到了週末，醫師和塔盧去看哮喘老人時，他整個人激動得不得了。

他說：「這下好了，牠們又出來了。」

「誰啊？」

「老鼠啊！」

自從四月以後，就再也沒有發現任何死老鼠。

「難道又要開始了嗎？」塔盧對李厄說。

老人高興得搓著手。

「你們真該看看牠們跑的樣子！挺叫人開心的！」

他看到兩隻活老鼠從面對街道的大門跑進家裡來。有幾個鄰居跟他說他們家也是，老鼠又再度出現了。在某些房屋內部的木造結構中，也能再次聽到被遺忘達數月之久的騷動聲。李厄等著看每個星期一公布的整體數據。結果顯示疫病消退了。

Cinquième partie

第五部

他們已經分不清窗內延續著的痛苦與稍遠處街道上充斥著的歡樂。逐漸接近的解脫原來有一張攙雜著笑與淚的面孔。

儘管疫情突如其來的趨緩出乎意料，市民同胞們卻不急著開心慶祝。過去這幾個月來，他們對解放的渴望雖然與日俱增，但也學會了謹慎，甚至愈來愈不敢奢望這場流行病馬上就要結束。然而，這項新的事實掛在每個人嘴上，大家心底深處都有一個沒說出口的大希望在蠢動著。其他一切都成了次要。新的疫病死者造成的影響小了許多，因為有一個更引人注目的事實：死亡人數減少了。有一些跡象顯示我們的市民同胞雖未明說，卻暗暗等待著健康時代來臨，其中之一就是從這時候開始，他們會主動談論（雖然還是一副滿不在乎的樣子）疫病過後要如何重整生活。

所有人都一致認同過去生活上的便利不是一朝一夕就能恢復，摧毀總是比重建容易。大家只是以為食物供應的情況本身應該會略有改善，如此一來，燃眉之急便解決了。但事實上，在這些雲淡風輕的話語背後，卻馳騁著一個瘋狂荒誕的期望，市民同胞偶爾驚覺到了，便會連忙再次確認說不管怎麼樣，也不可能一兩天就完全解脫。

的確，瘟疫並未在一兩天內消失，但表面上減弱的速度比一般合理的預期還要快。一月初那幾天，寒意罕見地持續不退，彷彿凝結在城市上空似的。然而，天空卻是前所未見的蔚藍。接連好幾天，那恆定而冷冽的壯闊天色讓全城持續不斷地浸淫在光明之中。在滌蕩後的空氣裡，瘟疫已節節敗退了三個星期，從死亡人數愈來愈少的情況看來，它似乎是欲振乏力。累積了數月的力量，就在短短的期間內幾乎全部潰散。看著它把原本相中的獵物給弄丟了（像是葛朗或李厄治療的那個女孩），看著它在某些社區變本加厲地肆虐兩三天，在其他社區又完全銷聲匿跡，看著它星期一讓犧牲者變多，星期三又幾乎讓所有人逃過一劫，看它這樣上氣不接下氣或是倉促行事，應該可以說它已經因為神經緊張與倦怠而瓦解，它此時失去的不只有建立於自身之上的帝國，還有精密且至高無上的效率，這效率原是它的力量所在。卡斯泰的血清本來一直不見功效，如今也忽然一連出現許多成功的例子。醫師們以前採用的各種療法總是毫無結果，突然之間似乎也是每一出手必定見效。這回像是輪到瘟疫被圍剿了，它忽然快速疲弱，使得在此之前總是伸展不開的抗疫部隊獲得了新的力量。只不過疫病偶爾還是會重新振作，有點盲目發狠地帶走三四個原本有希望痊癒的病患。這些人很倒楣，在充滿希望的時候被瘟疫所殺。法官歐東先生便是一例，後來不得不將他撤離隔離營，塔盧說他還真是運氣不好，卻不知他指的是法官的生或死。

但整體而言，疫病已全線撤退，省府公報的內容起先只讓人暗自生出一絲膽怯的希望，最後終於證實作戰勝利，疫病已然棄守陣地，也讓人民吃下了定心丸。事實上，很難說這場仗是否打贏了。我們只能說瘟疫好像和來的時候一樣，忽然就走了。對抗它的策略並未改變過，昨日無效，今日顯然是幸運的。我們只覺得疫病是自行衰竭，也或許是因為目標全部達成所以退兵，有點任務結束的味道。

不過城裡可以說毫無變化。白天裡仍然靜悄悄的，傍晚街道上也還是擠滿同一批人，全都穿著大衣圍著圍巾。咖啡館與電影院照常營業。但仔細瞧瞧，可以看出這些人臉上的表情變得比較輕鬆，有時還會露出微笑。這時才讓人察覺到在此之前，街上從未見過一張笑臉。事實上，幾個月來籠罩全城的晦暗帷幔剛剛撕開了一道裂縫，每個星期一，所有人都會發現在收音機的新聞廣播後，那道裂縫逐漸擴大，到最後就可以呼吸了。這畢竟還是一種消極的寬慰心理，並沒有明白的事實呈現。不過，之前若是聽說有火車開出或船隻進港，又或是車輛可以再次通行，大家應該都是半信半疑，而到了一月中，這些消息卻引不起任何訝異。這或許是小事一樁，但這些微的差異其實已經說明，市民同胞在希望的道路上有了何等巨大的進展。再者也可以這麼說：自從民眾心中懷抱起最渺茫的希望，瘟疫的有效統治就已經結束了。

但話說回來，整個一月期間，市民同胞們的反應相當矛盾。確切地說，他們是興奮與沮喪之情反覆交替。因此即便在統計數據最樂觀的時候，還是會發生新的企圖逃亡事件。不只政府當局，就連城門警衛本身都十分吃驚，因為大部分的人都逃亡成功。其實在這個時候逃亡只是順其自然。某些人因為瘟疫所產生的懷疑已經根深柢固，擺脫不掉了。「希望」對他們起不了作用。所以就算瘟疫期已結束，他們仍然照著它的規範過日子。這些人跟不上事件的發展。反觀另一些人則不然，這些主要都是直到目前始終被迫與心愛者分離的人，在經過這麼長時間的幽禁與沮喪之後吹起的希望之風，點燃了他們內心的狂熱與不耐，導致他們完全失控。一想到自己可能在接近終點時死去，想到可能再也見不到珍愛的人，還有這長期以來的痛苦恐怕得不到補償，他們就會有點驚慌。儘管被監禁放逐了數月之久，他們始終秉持著一種隱晦的韌性等待不懈，不料第一線希望才剛出現，便足以摧毀恐懼與絕望都動搖不了的心。他們發瘋也似的急著想超越瘟疫，再也無法跟隨它的步伐直到最後一刻。

與此同時，種種樂觀的跡象也自然顯現。例如我們可以發現物價明顯下跌。純粹就經濟的觀點來說，這個改變是無法解釋的。困境依然沒變，城門處的隔離管制照舊，食物供應的情形更是一點也沒有改善。因此這純粹只是心理現象，卻好像瘟疫消退的情形已從各方面反應出來似的。這時候，原本過著群體生活卻迫於疫病分開的人，都感染了這份樂觀。城裡的兩間修道院開始重建，以便重新展開團體生活。軍隊也是一樣，軍人再次回到未受徵用的軍營，重拾正常的駐防生活。這些小事象徵著重大意義。

民眾內心裡暗潮洶湧的生活持續到了一月二十五日。那一週，死亡人數降得非常低，於是在醫學委員會商議過後，省府宣布疫情可說是控制住了。但公告中還補充一點，為了謹慎起見，城門還要繼續關閉兩個星期，預防措施也還要持續一個月，相信市民們應該都能認同。在這段期間，只要一有危險跡象再次出現，「則現狀仍須保持，所有措施也將繼續。」然而，人人都將這些附註視為形式化條款，一月二十五日晚上，整座城充滿了歡樂興奮的氣氛。為了配合全民的歡騰，省長下令恢復健康時期的照明。在寒冷清澈的天空下，市民同胞們成群結隊，歡笑喧鬧地湧上明亮的街頭。

當然，有許多屋舍的窗板依舊緊閉，屋內人家靜默地度過這個充滿歡鬧聲的夜晚。然而這些沉浸於哀傷中的人，多半也都大大鬆了口氣，或是因為已無須再擔心其他親人被奪走生命，又或是因為無須再保持自衛的警覺。但最無法感受全民同歡氣氛的，毫無疑問地就是此時此刻還有親人染病住院的家庭，這些人待在隔離所或自己家中，等待疫病終於肯放過他們，就像放過其他人那樣。他們當然也抱著希望，只是暫時把希望全都儲存起來，不到真正有權取用時便不去動它。介於苦悶與喜樂之間的這番等待、這個靜默的夜晚，在一片歡天喜地的熱鬧中，對他們更顯得殘酷。

不過其他人的滿足感絲毫不因這些例外而稍減。瘟疫可能還沒過去，必須要有事實證明。然而在每個人心中，都已經提早幾個星期想像著火車鳴笛出發，駛上沒有盡頭的軌道，船隻也在明晃晃的大海上來回穿梭。第二天，人心將會穩定下來，重新生出疑慮。但眼下全城都震動了，大家都將硬生生扎下的根丟棄在那些封閉、陰暗、靜止的地方，走了出來，這座城終於載著生還者起步向前。這天晚上，塔盧與李厄、藍柏等人也走在人群中，並感覺到腳底下輕飄飄的。離開大道許久，甚至於在空盪盪的巷弄中沿著緊閉的窗戶走的時候，塔盧與李厄還能聽到歡笑聲追隨在後。正因為疲憊之故，他們已經分不清窗內延續著的痛苦與稍遠處街道上充斥著的歡樂。逐漸接近的解脫原來有一張攙雜著笑與淚的面孔。

有一度，當喧鬧聲變得更嘈雜、更歡樂，塔盧停下腳步。在幽暗的路上，有個身影輕快地跑過去。是一隻貓，自從春天以來這是第一次再看到貓。牠在馬路中央稍停片刻，猶豫著，舔舔腳爪，再用同一隻爪子迅速地搔搔右耳，然後重新靜悄地跑入夜色中，消失不見。塔盧微微一笑。那個小老頭兒也會很高興。

＊＊＊

但是當瘟疫似乎逐漸遠去，回到它當初悄悄從中冒出的不明巢穴時，城裡至少有一個人對它的撤離頓感沮喪懊惱，那就是柯塔——如果塔盧的記事本可信的話。

老實說，自從統計數據開始下降後，這些筆記本的內容就變得相當奇怪。可能是因為疲倦，字跡愈來愈潦草難辨，主題也經常跳來跳去。而且筆記內容首度缺乏客觀陳述，取而代之的是個人的評論。例如，在關於柯塔的長篇大論中便夾雜了一小段啐貓老人的記載。據塔盧說，他對此人的關注始終沒有因為瘟疫而稍減，無論疫病前後，他對老人還是一樣感興趣，只可惜儘管他充滿誠意，卻無法再繼續留意老人，原因並不在他。因為他曾試著想再見到老人。一月二十五日的歡慶夜晚過後幾天，他守在小路的轉角。那群貓又和平常一樣，趴在陽光照射處取暖。但是到了固定時間，窗板依然緊掩。接下來的幾天裡，塔盧也始終不見他開窗。於是他下了一個古怪的結論：這小老頭兒要不是在生氣就是死了；生氣是因為他認為自己沒做錯什麼，瘟疫卻對他很不公平，但若是死了，就該像對哮喘老人那樣問一個問題：他是聖人嗎？塔盧覺得他不是，但又認為以老人的情形看來有某種「跡象」。「也許，」筆記本內寫道：「我們最終只能近似聖潔，那麼也只好將就著滿足於一種適度且無害的邪惡了。」

筆記本裡對柯塔的觀察描述當中，還零散地混雜了許多關於葛朗（目前已逐漸恢復健康，並已若無其事地開始工作）與李厄醫師母親的評註。同住期間與老太太的幾次對話，她的態度、笑容與對瘟疫的看法，塔盧都詳細地加以記載。塔盧特別強調李厄太太的低調；強調她總是用簡單的語句就能表達一切；強調她特別喜歡某一扇面向安靜街道的窗子，傍晚時總會坐在窗邊，上身略略挺直、兩手閒放、雙眼凝視，直到暮色漫進室內使她在灰暗光線下變成一團黑影，而這個靜止不動的身影則慢慢融入愈來愈暗的光線中；強調她踩著輕盈的步伐在屋內走動；強調她的善良，這點塔盧雖然沒有見過明確實證，卻能從她的一言一行中隱約感受得到；最後還強調她從來無須深思便能知悉一切，而且儘管周遭充斥著沉默與陰影，她卻始終能維持在任何一種光線的高度，包括瘟疫之光在內。寫到這裡，塔盧的筆跡忽然出現怪異的扭曲，接下來幾行字很難看懂，而且就好像要為這裡的扭曲變異提出新證明似的，他在最後幾句話首次提到了私事：「我母親就是這樣，我也很愛她的低調，更一直想回到她身邊。已經八年了，我不能說她已經不在人世，她只是比平時更低調罷了，我回去的時候她已經不在。」

現在也該回來說說柯塔了。自從數據下跌後，柯塔想了各種藉口去找過李厄幾次。但其實每次他都會問李厄對於疫病的進展有何預測。「你認為它有可能像這樣毫無預警，說停就停嗎？」對於這點他抱持懷疑，至少他是這麼說的。但他一問再問，看來並沒有那麼肯定。到了一月中，李厄回答得相當樂觀，而每一次這些回答並沒有讓柯塔高興起來，反而引發種種不同反應，有時是情緒惡劣，有時則是沮喪消沉。後來，醫師不得不對他說雖然統計數字令人樂觀，但最好還不要高聲歡呼勝利。

「換句話說，」柯塔說道：「現在還沒有定論，隨時都可能再次爆發囉？」

「對，就像好轉的速度也可能加快一樣。」

這份不確定感讓所有人都放不下心來，卻明顯讓柯塔鬆了口氣。他當著塔盧的面和社區裡的生意人聊天時，總會盡量宣傳李厄的這番說法。做起來倒是不難，因為在初期勝利的狂熱過後，許多人心裡重新產生疑慮，取代了當初聽到省府公告後的興奮之情。柯塔見眾人憂心忡忡感到十分安心，但也有些時候會洩氣。「沒錯，」他對塔盧說：「城門終究是會打開的。你等著瞧吧，到時候他們一個個都不會理我了！」

在一月二十五日以前，所有人都注意到他性情的不穩定。他會花很多時間去爭取社區與往來人士的認同，然後又一連許多天猛力抨擊這些人。至少表面上他又縮回自己的窩裡，一夕之間開始過起孤僻的生活。再也見不到他上餐廳、戲院，或是他喜歡的咖啡館。然而，他似乎並未重新過著瘟疫爆發前那種小心翼翼又晦暗的生活。他完全隱身於公寓中，三餐就請附近的一家餐館外送，只有在傍晚時分，才會偷偷溜出去買必需品，離開店家後專挑無人的街道走。要是碰上了塔盧，也總是一兩個字簡單地應答。接著他會突然又活躍起來，大肆談論瘟疫，詢問每個人的看法，還每天傍晚喜孜孜地重回人潮中。

省府發布公告當天，柯塔整個人銷聲匿跡。兩天後，塔盧遇見了在街上閒晃的他。柯塔要求他陪自己到郊區去。那一天，塔盧覺得特別累，因此猶豫不決。但柯塔很堅持，他的神情異常焦躁，不斷比手畫腳，話說得又急又響。他問塔盧是否認為省府的公告真能讓瘟疫到此結束。塔盧覺得光是靠政府的公告當然不足以遏止疫災，但可以合理地推斷疫病應該就要結束了，除非有意外。

柯塔說：「對，除非有意外，世事往往都會有意外。」

塔盧對他說，省府之所以延後兩星期才開城門，其實就是考量到可能會有意外。

「做得對，」柯塔說，表情依然陰鬱又焦躁。「因為照事情的發展看來，他們有可能是白費口舌了。」

塔盧認為他說的不無可能，但最好還是作好城門即將開啟、生活也將恢復正常的準備。

「姑且這麼想吧，」柯塔說道：「不過你所謂恢復正常生活是什麼意思？」

「電影院會上映新片。」塔盧微笑著說。

但柯塔沒有笑。他想知道這是不是表示瘟疫不會改變什麼，城裡的一切都能像從前一樣，也就是說好像什麼事都沒發生過一樣。塔盧認為瘟疫過後，這座城市可能有改變，也可能沒有改變，當然了，市民們最希望的就是當作什麼都沒發生過，所以就某方面而言，什麼都不會改變，但是就另一方面而言，即使有再大的意志力也不可能完全忘記，所以瘟疫至少會在人心裡留下痕跡。柯塔斷然地說他對人心沒興趣，這甚至是他最不關心的事。他有興趣知道的是組織本身會不會改變，比方說公家單位還會不會像以前一樣運作。塔盧不得不坦承自己一無所知。在他看來，這些部門在瘟疫期間被攪得一團亂，要重新上軌道恐怕需要一點時間，甚至於可能會有許多新的問題產生，導致舊部門至少需要加以重整。

「啊！」柯塔說：「確實有這個可能，每個人都得重新來過。」

兩人走著走著來到了柯塔住處附近。柯塔這時開朗了些，也力圖樂觀看待。他想像著這座城市正要重新活過來，從前的一切一筆勾銷，從零開始。

「那好吧。」塔盧說：「總之，你的事情應該也會圓滿解決。就某個層面來說，一個新生活即將展開了。」

他們來到門口，握手道別。

「你說得對，」柯塔愈來愈激動。「重新從零開始，這會是件好事。」

不料從走廊的陰暗處忽然冒出兩個人來。塔盧才剛聽到同伴問說這兩個傢伙想要幹麼，這兩個傢伙（看起來像是穿得十分體面的公務員）已經開口問柯塔是不是柯塔本人。柯塔一聽，低低驚呼一聲後，立刻往後轉，衝入夜色裡，那兩人和塔盧都沒來得及作出任何反應。驚愕過後，塔盧問兩人有什麼事，他們以謹慎而禮貌的態度說只是想問幾句話，然後便從容不迫地朝柯塔離開的方向走去。

回到家後，塔盧記下這一幕並立刻註明自己的疲憊（這從字跡便能明顯看出）。接著他又寫說自己還有很多事要做，但也不能因為這樣沒有作好心理準備，他還自問是否已經準備好了。最後他回答道無論白天或黑夜，人總有某個軟弱的時刻，而他最害怕的就是這個時刻。塔盧的筆記便到此結束。

＊＊＊

又隔一天，也就是城門開放的幾天前，李厄醫師在中午回到家，心想不知會不會接到自己在等的電報。儘管這幾天仍然和瘟疫最猖獗的時候一樣筋疲力竭，等待著最後解脫的心情卻驅散了所有的疲累。現在他有了希望，也因此感到歡喜。人不可能一直硬撐、緊繃著，最後能藉由情感的抒發，讓一整束為了戰鬥而扭絞起來的力量鬆解開來，這是一種幸福。假如等候的電報也傳來佳音，那麼李厄就能從頭來過了。他認為每個人都正要從頭來過。

他從門房前面經過。新來的門房把臉貼在窗玻璃上，衝著他笑。上樓時，李厄腦海裡又浮現他那張因疲倦與貧困而蒼白的臉。

對，等這段抽象的生活結束後他要從頭來過，運氣好一點的話……這時他打開了門，母親迎上來說塔盧先生人不舒服。早上他起了床，卻無法出門，剛剛又睡著了。李厄太太十分擔心。

「也許沒那麼嚴重。」李厄對母親說。

塔盧直躺著，頭重重地將枕頭壓陷，厚厚的被毯掩蓋不住那結實的胸膛。他發燒，頭痛。他對李厄說症狀不明顯，也有可能是瘟疫。

「不，還不能確定。」李厄替他作了檢查以後說。

但塔盧覺得喉嚨乾渴欲裂。在走廊上，醫師對母親說可能是瘟疫的初期症狀。

她說：「天哪！不可能吧，現在還有！」

接著馬上又說：「把他留在這兒吧，貝納。」

李厄想了想，說：「我沒有權利這麼做，不過城門就要開了，如果你不在，我想這會是我第一個行使的權利。」

她說：「貝納，我們倆一起照顧他。你也知道我剛剛接種新疫苗了。」

醫師說塔盧也接種過，但可能因為太疲倦而忽略了最近一次的血清注射，也忘了採取一些預防措施。

李厄說完便走進診療室。當他再次回到房間，塔盧看見他拿著幾個大大的血清瓶。

「真的是囉！」他說。

「不，只是以防萬一。」

塔盧沒再出聲，只是伸出手臂，接受他自己曾為其他病患做過無數次的注射。

「今晚再看看情況。」李厄正視著塔盧說道。

「隔離呢？李厄。」

「根本還不能確定你得了瘟疫。」

塔盧勉強笑了笑。

「我第一次看到你替人注射血清卻沒有下令隔離。」

李厄背轉過身。

「我母親和我會照顧你，你待在這裡比較好。」

塔盧閉口不語，醫師一面整理安瓿瓶，一面等著他開口再轉身。最後，他走到床邊，病人直盯著他看，臉色憔悴，但灰色的眼睛看起來很平靜。李厄對他微微一笑。

「可以的話睡一覺吧，我過一會兒再回來。」

走到門口時，他聽見塔盧喊他，便轉過去。

卻見塔盧似乎欲言又止。

「李厄，」他終於說出口了：「你一定要一五一十全告訴我，這是我需要的。」

「我一定會的。」

塔盧那張大臉微微扭曲成一個微笑。

「謝謝。我不想死，我會努力奮戰。但如果打不贏，我希望能好好安排後事。」

李厄彎下身子，抓住他的肩膀。

「不行，要成為聖人就得活著，奮戰吧。」

白天裡，原本凜冽的寒意略微減弱，但是午後卻下起暴雨和冰雹。到了日暮時分天開了，卻又變得嚴寒刺骨。李厄在傍晚回到家，大衣也沒脫就先進友人的房間。母親在打毛線，塔盧似乎沒有動過，但從那因為發燒而泛白的雙唇看得出他正多麼努力地搏鬥著。

「怎麼樣了？」醫生問道。

塔盧將厚壯的肩膀從床上抬高了一些。

「唉，我輸了。」他說。

醫師俯身檢視。淋巴結已經在滾燙的皮膚底下形成腫塊，胸口發出各種雜音，好像裡面藏了個鍛鐵爐。奇怪的是兩種類型的疫病症狀同時出現在塔盧身上。李厄直起身子說血清還沒有完全發揮功效。塔盧本想說些什麼，卻有一股熱流湧上喉頭，硬是將他的話壓了下去。

吃過晚飯後，李厄與母親一塊兒來守在病榻邊。對他來說，這一夜一開始就是搏鬥，李厄知道這場與瘟疫天使之間的硬仗得持續到天明。塔盧最有力的武器並非結實的肩膀與壯闊的胸膛，而是方才在李厄的針尖下湧出的血，還有在那血液中比靈魂更深藏、任何科學都無法發掘的東西。而他則只能眼睜睜看著友人辛苦奮戰。他要做的事就是注射藥物、激發膿腫，幾個月來反覆的失敗已經讓他學會如何評估效力。其實他唯一的任務就是提供機會讓運氣降臨，而這運氣除非受到刺激，否則往往是蟄伏不動的，現在得讓它動一動。李厄見到了瘟疫令人張皇失措的一面。它再次擾亂了針對它所構思的戰略，出現在意想不到的地方，又從看似已安頓下來的地方消失。它再次殺得人措手不及。

塔盧靜定地奮戰著。整夜下來，面對病痛的突襲他全然沒有顯露出躁動，只是用他全身的厚實與絕對的沉默加以對抗。但他也全然沒有開口，只以他的方式坦承自己已無法分心顧及其他。

李厄只能從友人的眼睛追蹤他的戰鬥階段，只見那雙眼睛時而睜開時而閉合，眼皮時而緊貼眼球時而脹離，目光時而凝視某樣物品時而遊走在醫師與母親身上。每當與醫師四目交接，塔盧便會非常費力地露出微笑。

有一度，街上傳來倉促的腳步聲，似乎是在躲避遠方某種隆隆響聲，這聲音逐漸逼近，最後漫流於街道上：又開始下雨了，不久還夾混著冰雹劈哩啪啦打在人行道上。窗前的大布簾不停飄動。坐在陰暗中的李厄因下雨而分神片刻之後，再次注視被床頭燈照亮的塔盧。他母親依然織著毛衣，並不時抬起頭留心病人的狀況。到目前為止，能做的醫師都做了。雨停後，房裡更加沉寂，唯獨充斥著一場隱形戰爭的無聲紛擾。李厄因為失眠而神經緊繃，彷彿聽到在寂靜的邊緣有一陣陣柔和而規律的咻咻聲，疫病流行期間這聲音始終縈繞在他耳畔。他朝母親打了個手勢要她去睡覺，母親搖搖頭，眼睛又亮了起來，然後仔細地檢視棒針末端，好像有一針織錯了。李厄起身餵病人喝水，之後又回來坐下。

幾個行人趁雨勢暫歇之際快步走過人行道。腳步聲漸行漸弱、漸遠。醫師第一次感覺到這個有不少夜歸行人又沒聽到救護車噹噹聲的夜晚，就跟從前一樣，是個擺脫了瘟疫的夜晚。疫病好像受到寒冷的天候、燈光與群眾的驅趕，從市區的幽暗深處逃出來，躲進這個溫暖的房間，打算給塔盧動也不動的身軀最後一擊。疫病的巨鞭不再攪動城市上空，而是在這房裡的沉重空氣中輕輕地咻咻作響。這幾個小時，李厄聽到的就是這個聲音。現在還是得等著它停止，還是得等著瘟疫投降。

天將破曉時，李厄彎身對母親說：

「你得去睡一下，八點才能接替我。睡前記得打個針。」

李厄太太站起來，將打到一半的毛線收好，走到床邊。塔盧的眼睛閉著，已經有一段時間了。幾縷髮絲被汗水黏在緊皺的額頭上。李厄太太嘆了口氣，病人忽然睜開眼睛，看見那張溫柔的臉正俯視自己，儘管變換不定的熱流在體內湧動，他還是再度露出頑強的笑容，只是眼睛隨即又閉了起來。獨自留下的李厄，改坐到母親剛剛離開的扶手椅上。街道上安安靜靜，此時完全聽不到一點聲音。房裡開始感受到清晨的寒意。

醫師打起盹來，但黎明時第一輛車聲便讓他從昏睡中清醒。他打了個哆嗦，看著塔盧才明白自己小睡了片刻，而病人也睡著了。這時還能聽到馬車的圈鐵木輪轆轆遠去。窗外天色仍暗。當醫師靠向床邊，塔盧兩眼空洞地看著他，好像還沒清醒過來。

「你睡著了，對吧？」李厄問道。

「對。」

「呼吸順暢些了嗎？」

「稍微，這代表什麼嗎？」

李厄沒有作聲，過了一會兒才說：

「沒有，塔盧，這完全不代表什麼。早晨的緩解現象，你跟我一樣清楚。」

塔盧點點頭。

「謝謝。你一定要確實地回答我的問題。」

李厄往床尾坐下。他可以感覺到旁邊病患的腿，又長又硬，好像墓碑上橫臥的雕像。塔盧呼吸得更用力。

「高燒還會再回來，對吧？李厄。」他喘著氣說。

「對，不過到了中午就能確定了。」

塔盧閉上眼睛，彷彿在集中力量，臉上顯現出疲乏的神情。熱氣已在體內某處蠢蠢欲動，他在等著體溫上升。當他睜開眼睛，眼神暗淡，直到發現李厄朝自己彎下身子，才又雙眼發亮。

「喝吧。」李厄對他說。

他喝完後，頭重重躺回枕頭上。

「好難捱。」他說。

李厄抓住他的胳臂，但已經別過頭去的塔盧沒有反應。忽然間，熱度明顯地再次竄升到額頭，彷彿衝破了裡頭的某道堤防。當塔盧的目光移回來，醫師將臉湊近替他打氣。塔盧仍努力地想擠出笑容，卻頂多只能繃緊下顎、吐出白沫、封住嘴唇。不過，在那硬邦邦的臉上，一對眼睛仍然閃耀著勇氣的燦爛光芒。

七點時，李厄太太進入房間。醫師則回到辦公室打電話到醫院請人代班。他也決定延後看診，在診療室的長椅上躺一會兒，但才剛躺下便又立刻起身回到房間裡來。塔盧的頭已轉向李厄太太。他看著身旁椅子上將雙手交疊在大腿上的那團小小黑影，由於看得過於專注，李厄太太伸出一根手指放到嘴唇上，然後起身關掉床頭燈。但晨光很快便穿透窗簾，隔不久，當病人的臉從黑暗中浮現，李厄太太發現他還在盯著她看。她俯身替他把枕頭扶正，直起身子時，順手摸了摸他那汗溼糾結的頭髮。這時她聽見一個遙遠而微弱的聲音向她道謝，並說現在沒事了。當她重新坐下，塔盧也閉上眼睛，儘管嘴巴封住了，疲憊萬分的臉上卻似乎再次露出淺笑。

中午時，病人燒到最高點，一種像是發自五臟六腑的咳嗽震撼了他的軀體，他也開始咳血。淋巴結已不再腫大，但並未消腫，依然像螺帽般旋在關節窩裡，李厄判斷無法進行切開術。高燒與咳嗽久久暫停一下的時候，塔盧還是盯著這兩個朋友看。但沒多久他的眼睛愈來愈少睜開，那張飽受蹂躪的臉上偶爾顯露的光彩也一次比一次暗淡。狂風暴雨將塔盧的身子震撼得不停抽搐驚跳，照亮他的閃電卻愈來愈少，他就在這場風暴深處緩緩地飄移遠去。如今李厄眼前只剩一張從此文風不動的面具，連微笑都消失了。這具人體曾經與他那麼親近，現在卻被長矛刺得千瘡百孔，被超凡的痛楚燒灼著，被天上的仇恨狂風吹得扭曲變形，並當著他的面沉入瘟疫洪水底下。而他對朋友的遇難一籌莫展，只能待在岸上，空著手、揪著心，再一次手無寸鐵、無能為力地面對這場災難。最後，因無助而淚眼模糊的李厄沒能看到塔盧猛然轉頭面向牆壁，吐出一聲空洞的嗚咽，就好像他體內某處有一條重要的線斷了。

接下來的夜晚不再有搏鬥，而只有寂靜。在這個與世隔絕的房間裡，李厄感覺到已穿著整齊的屍體上方籠罩著一股驚人的平靜，數天前在露台上俯臨瘟疫的某個夜晚，城門邊一陣騷動後也曾有過這樣的平靜。當時他已經思索過這種從他眼看著人死去的病床上出現的寧靜。這全都是相同的暫停狀態，相同的莊嚴間隔，是戰爭過後相同的和平，是戰敗的寧靜。但此時包圍著友人的這份寧靜卻是如此扎實，像極了街道上與從瘟疫解放出來的城裡所呈現的靜謐，更讓李厄覺得這次是最終的失敗，雖然終結了戰爭，卻讓和平本身成為無法痊癒的痛。他不知道塔盧最後是否獲得了平和，但至少此時此刻他認為自己再也不可能獲得平和，就像失去兒子的母親或是埋葬朋友的男子一樣，永遠不可能有停戰時刻。

外頭的夜依然寒涼，群星凍結在清朗冷冽的天空上。半昏暗的房裡可以感覺到緊貼在窗玻璃上的寒意，像是極地黑夜深深呼出的蒼白氣息。李厄太太以平日的姿態坐在床邊，床頭燈照亮了她的右側。李厄則坐在臥室正中央，遠離光線的扶手椅上等候著。他不時會想起妻子，但每次都把念頭驅散。

剛入夜時，行人的腳步聲在寒夜中清晰響起。

「你都處理好了嗎？」李厄太太問道。

「是的，打過電話了。」

接著他們又安靜下來，默默地守靈。李厄太太不時看著兒子，要是剛好迎上母親的目光，李厄便微微一笑。夜裡熟悉的雜音在街道上此起彼落。雖然尚未開放禁令，已經有許多車輛恢復行駛。車輪咂咂地快速駛過，消失後又重現。人聲、叫喊聲、再度安靜、馬蹄聲、兩輛電車轉彎時的吱嘎聲、模糊的喧譁聲，接著又是黑夜的呼吸聲。

「貝納？」

「欸。」

「你不累嗎？」

「不累。」

他知道這個時候母親在想什麼，他知道她愛他，但也知道愛一個人沒什麼大不了，或者至少可以說愛永遠不會強烈到能找出適當的表達字眼。因此，母親和他總是默默地愛著彼此。她（或是他）總有一天也會去世，而他們終其一生都無法更進一步吐露自己內心的感情。他生活在塔盧身邊時也是一樣，塔盧今晚死了，他們也沒來得及好好體驗兩人的友誼。就像塔盧自己說的，他輸了。但是李厄呢？他贏了嗎？他只贏在體驗到了瘟疫並記在心裡、體驗到了友情並記在心裡，體驗到了溫情，將來想必也會記在心裡。在瘟疫與生命的遊戲中，人能贏得的也只有體驗與回憶。或許塔盧所謂的贏，指的就是這個！

又有一輛汽車經過，李厄太太在椅子上扭動了一下。李厄朝著她微笑。她說她不累，緊接著又說：

「你得到山上去休養一下。」

「好的，媽媽。」

對，他要到那兒去休養。有何不可呢？這也可以是製造回憶的藉口。但如果這就是贏的意義，那麼生活中只有我們知道和記得的事卻沒有希望，該有多辛苦！塔盧過的可能正是這樣的生活，而他也意識到了沒有幻想的人生何其貧乏。沒有希望就沒有內心的平和，塔盧認為人無權審判任何人，卻也知道誰都難免會審判他人，即便是受害者有時也是劊子手，這樣的塔盧一直生活在撕扯與矛盾當中，從來不知道什麼是希望。是否因為如此他才想當聖人，他才會想藉由為人服務來尋求內心的平和？事實上，李厄毫無所悉，而這也不重要。塔盧留在他腦海裡的形象，只會是牢牢抓著方向盤替他開車的模樣，還有現在躺著不動的那副粗壯軀體。生命的熱度與死亡的形象，這才是所謂的「體驗」。

也許這就是為什麼早上接到妻子的噩耗時，李厄醫師還能心平氣和。當時他人在診間。母親幾乎是跑著送來電報，然後便離開去拿小費賞給信差。她再次回來的時候，兒子把拆開的電報拿在手上，她看著他，而他卻死盯著窗外，燦爛的晨曦正從港口那端升起。

「貝納。」李厄太太叫了一聲。

醫師凝望著她，但有些漫不經心。

「電報說什麼？」她問道。

「就是那樣。」醫師確認道：「已經一個星期了。」

李厄太太掉頭看向窗外，醫師沒有出聲，過了一會兒才對母親說不要哭，說他早已預料到，只不過還是很難受。只是在說這話的同時，他知道這番痛苦並非突如其來。從幾個月前到兩天前到現在，都是同樣的悲痛在持續著。

＊＊＊

城門終於在二月某個美好的清晨開啟了，民眾、報紙、廣播與省府公報無不齊聲同慶。因此敘事者剩下的工作便只是據實報導開放城門後的這些歡欣時刻，儘管他本人也和其他一些人一樣，無法完全自在地融入其中。

白天晚上都舉辦了盛大的慶祝活動。與此同時，車站的火車頭開始冒出濃煙與蒸氣，來自遠洋的船隻也已航向我們的港口，在在以其方式顯示這一天對於所有悲嘆分離的人而言，是大團圓的一天。

這個時候很輕易便能想像，無數市民同胞長久以來忍受的分離之苦將會演變成什麼樣子。白天裡，進城和出城的火車都同樣載滿乘客。每個人都早已預訂了這天的票，在過去兩星期的延宕期間又都心驚膽戰，唯恐省府會在最後一刻收回成命。但有些旅客都已經快進城了，卻仍擺脫不掉憂慮，因為儘管大致上知道自己親近的人命運為何，對於其他人與城市本身卻一無所知，因而賦予奧蘭城可怕的面貌。不過懷抱這種心情的人都是這段時間裡未遭受熱情煎熬的人。

那些熱情如火的人一心一意只想著一個念頭。對他們來說，只有一件事改變了：被流放的這幾個月來，他們多麼希望加快時間的腳步，恨不得快還要更快，但如今奧蘭城已近在眼前，當列車開始煞車準備停下，他們卻反而希望時間過慢一點，甚至暫停一下。這許多月來生活中失去愛的感覺既模糊又尖銳，讓他們隱隱約約覺得有權要求某種補償，那就是要讓快樂時光過得比等待的時光慢上一倍。至於那些在某個房間或月台上等候的人，也是同樣地迫不及待、惶然不安，藍柏正是其中之一。他的妻子在數星期前已接獲通知，此時正想盡辦法趕來。其實瘟疫流行的這幾個月已經將這份愛或是溫情化為抽象，眼看馬上就要和支撐著自己這些情感的血肉之軀面對面，藍柏在等候之際不免緊張得發抖。

他真希望再變回疫病爆發初期，那個想一鼓作氣衝出城去，奔向心愛女人的自己。但他知道不可能了。他已經變了，瘟疫讓他變得淡漠，雖然他極盡所能想否認，這感覺卻像一種莫名的焦慮持續纏繞著他。他有點覺得瘟疫結束得太突然，讓他來不及回過神來。幸福又這麼快便降臨，事情的發展快得超乎預期。藍柏了解到一切都會在轉瞬間歸還於他，那歡喜之情卻猶如火燒，無法細細品嘗。

其實所有人都多多少少和他有同樣的感覺，在此應該來說說這所有的人。在火車月台上，已重新展開個人生活的他們仍感覺得到彼此間的共同聯繫，因此會交換眼神與微笑。但一看到冒著煙的火車頭，一股狂亂而令人暈眩的喜悅之情洶湧而來，那放逐感登時消逝無蹤。火車停穩後，無止境的分離（多半還都是在這同一個月台上開始的）轉眼間結束了，一雙雙手臂貪婪而狂喜地張開擁抱那些他們已忘記實體感覺的身軀。而藍柏則是還來不及看清楚，那個奔向他的形體已經撲進他懷裡。他將她抱個滿懷，只看到緊貼在自己胸前的那個頭上全是熟悉的髮絲，忍不住淚流不止，也不知道是為了眼前的幸福還是壓抑了太久的痛苦爆發出來，但可以肯定的是淚水讓他無法認清埋在自己肩窩的這張臉，究竟是他魂牽夢縈的臉或者是一張陌生的臉。稍後這疑慮自然能澄清。目前他只想和周遭所有人一樣，讓自己相信瘟疫的來去不會改變人心。

於是所有人彼此緊緊相擁地回家去，無視於其他人，表現出戰勝了瘟疫之姿，把所有的不幸拋諸腦後，也包括那些搭乘同一班火車到來，卻無人迎接的乘客在內；其實長時間的音信杳然已讓這些人心生恐懼，現在更讓他們有心理準備，回到家後自己恐懼的事便要獲得證實。這些人現在只有新的哀痛陪伴，還有一些人此時則是沉湎於對逝者的回憶之中，對他們而言情勢截然不同，分離的感覺至此到達了高峰。這些母親、配偶、戀人失去了一切歡笑，因為心愛的人如今或是混葬在無名屍坑中或是化成一堆灰燼，在他們心中，瘟疫永遠都在。

但有誰想到這些孤寂的人呢？中午時分，太陽戰勝了從清晨便猛烈吹襲的冷風，和煦的陽光源源不絕傾瀉而下。白晝彷彿驚奇地定住不動。山丘頂上堡壘的砲聲，在平靜的藍天裡隆隆作響不絕於耳。全城居民都湧出戶外慶祝這個被擠壓在中間的時刻：前面的痛苦已經結束，後面的遺忘尚未開始。

所有廣場上都有人在跳舞。一夕之間，交通流量大增，變多了的汽車被困在擁擠的路上寸步難行。整個下午，全城鐘聲鳴放，回響在金光曜曜的蔚藍天空。這是因為教堂裡在作感恩彌撒。但同一時間，娛樂場所全部爆滿，咖啡館也顧不得以後如何，把最後幾瓶酒都拿了出來。每個吧台前擠滿了同樣興奮至極的客人，其中有許多對男女親熱地摟摟抱抱，完全不在意他人的眼光。所有人要不是大叫就是大笑。前幾個月，每個人將自己的靈魂之火調弱之際所儲存的生命活力，就在這一天，彷彿劫後餘生的這一天，全部釋放出來。第二天，真正的生活連同種種預防措施便要重新開始。眼下，出身大不同的人暫時都肘臂相連、友善相待。當初死亡未能真正實現平等，解脫的歡樂竟做到了，至少有幾個小時的時間。

但這熱情洋溢的平庸喜氣卻不代表一切，傍晚時和藍柏一同充斥在街頭的那些人，往往會以一種平靜的態度掩飾內心所感受到較細微的幸福。有不少夫妻戀人與家庭成員，表面看起來只是悠閒地在散步，事實上卻是以微妙的心情來到自己曾受苦的地方朝聖，為初抵者指出瘟疫所留下醒目或隱匿的痕跡，指出這段歷史的種種遺跡。有些人扮演的角色只是嚮導，只是見多識廣的人，只是曾與瘟疫同時共存的人，談論著危險卻不提恐懼。這番樂趣無傷大雅。但也有些路線比較容易令人情緒激盪，這時沉浸在淡淡的回憶愁緒中的人可能會對愛侶說：「當時在這裡，我曾經那麼渴望你，而你卻不在身邊。」這類的感情旅人其實可以看得出來：在一路上的喧譁擾攘中，他們形成了一個個私語與祕密的孤島，比起在街口廣場上演奏的樂隊，這些人更能清楚顯示真正的解放。因為這些滿心喜悅的伴侶緊緊相依偎，也不多話，在喧譁的人群中完全表現出幸福的勝利之姿與不公，也確認了瘟疫已經結束，恐懼已經過去。儘管證據確鑿，他們仍平心靜氣地否認曾見識過那個殺人如麻的瘋狂世界、那種明確的野蠻行為、那種精算過的瘋狂屠殺、那種囚禁狀態（這讓人對不屬於此時此刻的一切產生某種漠然以對的可怕心理）、那種讓所有未遭殺害者驚愕至極的死亡氣味。他們甚至還否認市民們曾飽受驚嚇，因為每天都有一部分人填入焚化爐的大口，燒化成油膩煙氣，另一部分人則被銬上無力與恐懼的鎖鍊，等著哪天輪到自己。

無論如何，這在李厄醫師看來是再明顯不過了。這天傍晚，他獨自穿過鐘聲、砲聲、樂聲與震耳欲聾的吶喊聲，正要前往郊區。他還是照常執業，病人是不會放假的。在籠罩著全城的美麗薄暮中，飄揚著昔日的烤肉香氣與茴香酒味。他周遭一張張快活的面孔仰天笑著。男男女女互相擁抱，臉頰通紅，緊繃著神經發出慾望的吶喊。是啊，瘟疫和恐懼都結束了，這些交纏的手臂說明了瘟疫更深層的含義其實就是放逐與分離。

前幾個月當中，李厄總會在所有路人臉上看到一種類似的神情，今天是他第一次能明白說出個所以然。現在只要看看四周圍就行了。充滿不幸與艱苦的瘟疫時期到了尾聲，也讓所有人都披上長期以來自己所扮演的角色的外衣，也就是移民者的角色；首先是容貌，現在是服裝，都顯示出他們遠離了家鄉。自從瘟疫迫使城門關閉後，他們便只能過著隔離的生活，被阻絕於能讓人忘記一切的人性溫暖之外。在城裡各個角落，這些男男女女以不同程度渴望著團聚，對每個人而言，這團聚或許性質不盡相同，卻同樣是不可能實現。大多數人都是聲嘶力竭地渴求著不在身邊的人、肉體的溫熱、溫柔的愛或是日常的習慣。有些人往往不自覺地苦於友情斷離，又無法以平日維繫友情的方式與朋友聯絡，諸如書信、火車與船隻等等。還有其他比較少數的人，也許就像塔盧吧，渴望重新聯繫的對象連自己也無法明白表達，但這又似乎是他們唯一的想望。由於找不到其他適當的名稱，有時他們便稱之為平和。

李厄繼續走著。愈往前走，四周的人潮愈擁擠也愈嘈雜，想去的郊區也好像不斷地往後退。他逐漸融入這鬧烘烘的群體之中，並且愈來愈了解到這呼喊聲是他的呼喊聲——至少有一部分是。沒錯，大家都曾經在沉重的空閒中、在無可彌補的放逐中、在永遠無法滿足的渴望中，一起忍受肉體與心靈上的痛苦。屍體的不斷堆積、救護車的噹噹鈴聲、堪稱為命運所提出的警告、恐懼感的頑強折磨、內心可怕的反抗，除了這些還有一個巨大噪音不停在這群驚恐的人耳邊響起，提醒他們一定要回到真正的家園。對他們所有人而言，真正的家園在這座窒息的城市的重重圍牆之外、在那山丘上的芳香樹叢間、在大海裡、在自由的土地上和愛的負擔中。他們厭煩地拋下其他一切想要返回的就是這個家園，就是幸福。

至於這種放逐與重聚的渴望有何意義，李厄一無所知。他繼續走著，被四面八方的人推來擠去、高聲招呼的同時，也慢慢來到較不那麼擁擠的街道，他心裡想著這些事有無意義並不重要，只需要看看人類的希望得到什麼樣的回應就可以了。

今後他知道答案是什麼了，而一走進郊區，看到那些空蕩蕩的街道，心裡更加明白。執著於區區自身的那些人一心只想回到他們愛戀的家，有時候能夠心願得償。當然也有一些人失去了自己等待的人，只得繼續孤單地行走於城中。此外還有一些幸運兒不像某些人遭受到雙重分隔，後者在瘟疫爆發前便未能先打好愛情的基礎，後來花費多年時間，盲目地尋求和諧而不可得，終至將一對怨偶牢牢地綁在一起。這些人就像李厄本身，過於輕率地信賴時間：結果從此永別了。但還有其他人像藍柏一樣（當天早上分手時醫師才對他說：「加油，現在應該要做對了」），毫不猶豫地找回了原本不在身邊而他們也原以為失去了的人。他們至少會幸福一段時間。他們現在知道了，如果有什麼是我們可以自始至終渴求並偶爾獲得的，那就是人類的愛。

反觀那些訴諸於超乎人類之上，連他們自己都無法想像的某種力量的人，則沒能得到答案。塔盧似乎找到了他所說的那種難以獲得的平和，但人都已經死了，即使尋得平和也於事無補。相反地，李厄此時在夕陽餘暉中看到坐在門口激情擁抱、饑渴互望的那些人之所以能如願以償，那是因為他們只希求能由自己決定的事。轉入葛朗與柯塔住的街道時，李厄心想這些人的慾望只侷限於人類以及人類那卑微而艱巨的愛之上，讓他們得到喜悅的報償，哪怕只是偶爾，也是天公地道。

＊＊＊

這篇記事已近尾聲，也該是貝納．李厄醫師表明自己作者身分的時候了。但在敘述最後幾起事件之前，他希望至少說明一下自己此舉的用意，並讓讀者了解他是刻意採取客觀見證人的口吻。整個瘟疫流行期間，他因職業之故得以見到大多數市民同胞，得知他們的感受，也因此便於記錄下自己的所見所聞。但他希望能做得適度得當。大致上說來，他盡量只記述自己親眼所見的事，共度疫災的同伴們不一定會有的想法，盡量不歸諸於他們，而且也只採用因巧合或不幸落到他手中的文獻資料。

在某種犯罪的情況下被傳為證人的他，保留了一個有誠意的證人所應有的審慎態度。但也正因為他心地善良，總會果決地站在受害者一方，希望能和所有人，所有市民同胞，一同投入他們唯一共同確信的東西，那就是愛、痛苦與放逐。因此市民同胞們的焦慮恐慌，他無一不分擔，他們的處境無一不是他自己的處境。

誠實的見證人最重要的就是得記錄行為、文獻與傳聞。但個人想說的話，他的期待、他的考驗，都必須絕口不提。就算提到這些事，也只是為了去理解或是讓人理解他的市民同胞，並盡可能清晰地描摹出他們大部分時間的混亂感覺。老實說，這種理性的克制並未讓他太費力。每當企圖將自己的心聲混入千萬名受瘟疫侵襲者的聲音當中，他總會即時打住，因為想到自己的每一分痛苦也都是其他人的痛苦，而在一個往往得獨自承受痛苦的世界上，這倒也稱得上是個優點。他顯然非得替所有人發聲不可。

但至少有一名市民同胞是李厄醫師不能代為發聲的。塔盧曾有一天對李厄提起此人，他是這麼說的：「他唯一真正的罪行就是在心裡認同那害死孩童與成人的東西。其他的我能理解，但這點，我只能原諒他。」這個人有一顆愚昧無知的心，也就是孤獨的心，這篇記事以他作結尾很是恰當。

當李厄醫師離開喧鬧歡慶的大路，正要轉進葛朗與柯塔住的那條街，卻被一列警察給攔下。

這完全出乎他意料之外。遠處嘈雜慶祝的聲音讓這一帶顯得格外安靜，在醫師的想像中，這裡不只是靜悄而且冷清。他拿出證件來。

「不行，醫師。」警察說：「有個瘋子正朝著人群開槍。不過還是請你留下，可能會需要你。」

這時候，李厄看見葛朗走上前來。葛朗也一無所知。警方不許他通過，據說有人從他住的那棟樓房開了幾槍。遠遠地可以看見屋子的立面，被已經沒有溫度的殘餘日光照得金黃耀眼。樓房周圍直到對面的人行道中間，出現了一大片空地。馬路中央可以清楚看到一頂帽子和一截弄髒的衣物。李厄與葛朗看見老遠的對街站了一排警察，就像在這一頭阻止他們前進的警察，而那排警察後面有少數幾個社區居民來去匆匆。仔細一看，還發現有幾個警察持槍躲在對面的樓房大門內。葛朗住的那棟樓房，所有窗板都緊閉著，但三樓有一扇窗板似乎已半脫落。街上闃然無聲，只聽見斷續樂聲從市中心傳來。

有一度，對面某棟樓房發出兩記槍聲，半卸的窗板濺飛出一些碎片。接下來再度悄無聲息。李厄遠遠看著，尤其經過這喧鬧紛擾的一天，更覺得有點不真實。

「是柯塔家的窗子。」葛朗忽然激動地說：「可是柯塔已經失蹤了啊。」

「為什麼要開槍？」李厄問警員。

「為了讓他分神。我們正在等一輛車把必要裝備運來，因為只要有人試圖進入那棟樓房大門他就會開槍，已經有一名警員中槍了。」

「他為什麼開槍？」

「不知道。路上本來有人在玩樂，聽到第一槍的時候還搞不清楚狀況，到了第二槍，就開始有人尖叫，有一人受傷，接著所有人都逃開了。就是個瘋子吧！」

重新歸於沉寂後，時間似乎一分一秒地拖延著。忽然間，街道另一頭冒出一條狗，這是李厄許久以來看見的第一條狗，想必一直被主人藏匿著。這隻髒兮兮的西班牙獵犬沿著牆小跑步過來，到了門口附近，略一猶豫後，一屁股坐下來，頭往後仰開始搔跳蚤。警察吹了幾聲口哨趕牠，牠抬起頭來，然後慢慢地橫過馬路，走到帽子旁邊嗅了嗅。就在這時候，三樓開出一槍，狗就像煎餅一樣翻了面，四條腿在空中劇烈踢動，最後側躺在地，不停地抽搐。緊接著，對門也開了五、六槍作為回應，在窗板上擊落更多碎片。又再度悄然無聲。太陽微微沉落，陰影逐漸罩上柯塔的窗戶。醫師背後的街上傳來輕輕的煞車聲。

「來了。」警察說。

一群警察從他們背後竄出，手上拿著繩索、一具梯子和兩個包著油布的橢圓形包裹。他們走到葛朗住家對面那片樓房背後的街道上。片刻過後，雖然看不見卻多少猜得到那群樓房大門後面起了騷動。接下來靜候著。狗已經不動了，此時卻是倒臥在變黑的血泊中。

冷不防地，從警察占據的屋舍的窗口發出一連串機槍聲。射擊仍是瞄準那扇窗，而那窗板幾乎可以說被打得零零落落，露出一個黑洞，從李厄和葛朗站的位置根本看不見裡面有什麼。射擊停止後，便有第二把機槍從另一個角度，另一間較遠的屋子開始連發。子彈應該是射進了窗洞，其中有一顆射中磚牆噴出碎片。同一瞬間，三名警員跑著穿越馬路，攻入大門。另外三人也幾乎是同時衝了進去，機槍熄火了，大家繼續等著。樓房裡響起兩聲悶悶的轟鳴。接著一陣嘈雜聲愈來愈響，然後便看到一名穿著襯衫的矮小男子，被警察架著而不是拖著出來，嘴裡叫嚷個不停。此時如同奇蹟一般，臨街所有緊閉的窗板全都開了，好奇的民眾在窗口露了臉，還有一大群人從家裡出來，擠到警察圍起的封鎖線後頭。有一刻，可以看見那名矮小男子已經兩腳著地，站在馬路中央，兩隻手臂被警察反扭到背後。他還在嚷嚷。有個警察走上前去，用一種專心致志的態度，從容地、使勁地揍了他兩拳。

「是柯塔。」葛朗結巴地說：「他瘋了。」

柯塔跌倒在地，只見那名警察又大腳踢向地上那縮成一團的身體。接著一小群混亂模糊的影像動了起來，開始往醫師與其老友的方向前進。

「讓開！」警察喊道。

那一小群人從面前通過時，李厄別過頭去。

葛朗與醫師在黃昏將盡時離去。這事件彷彿搖醒了原本沉睡的社區，冷清的街道再次擠滿歡欣鼓舞的喧鬧人潮。來到住處樓下，葛朗向醫師道別。他要開始工作了。但正要上樓時，他又說已經給珍妮寫了信，現在覺得很心滿意足。而且他又重寫了那個句子。「我把所有的形容詞都刪除了。」他說。

這時他露出一抹狡黠的微笑脫下帽子，必恭必敬地行了個禮。但李厄一直想著柯塔，走向哮喘老人住處的途中，重重打在柯塔臉上那無聲的幾拳始終在他腦海縈繞不去。想著一個有罪的人，可能比想著一個死去的人更叫人難過。

李厄到達老病患家時，天色已全黑。從房間裡隱約可以聽到遠方的自由歡呼聲，老人則仍舊淡然地在移豆子。

「他們是應該好好慶祝。」他說道：「這世上什麼樣的人都有，不足為怪。對了，醫生，你那位同事怎麼樣了？」

遠遠地又聽見砰砰響聲，但很平和，是幾個孩子在放鞭炮。

「他死了。」醫師一邊說一邊用聽診器聽老人呼嚕嚕作響的胸腔。

「啊！」老人有點愣在當下。

「得了瘟疫。」李厄加上一句。

「是喔，」老人過了一會兒才接話說：「最好的人都走了，人生就是這麼回事。不過他這個人知道自己要什麼。」

「為什麼這麼說？」醫師收起聽診器問道。

「不為什麼。他不會說一些沒意義的話。總之，我很喜歡他。但這也是沒辦法的事。其他人都說：『瘟疫來了，有人得了瘟疫。』說到幾乎就像是要請求受勳了。但話說回來，瘟疫又代表什麼呢？也不過就是生活罷了。」

「記得要按時作薰蒸。」

「放心吧！我的命長著呢，我會看著所有人都死去。我知道怎麼過生活。」

遠處幾聲尖叫歡呼像在回應他似的。醫師走到房間中央忽然停下。

「你介意我到露台上去嗎？」

「當然不介意！你想從上頭看對吧？隨你高興。不過他們總還是老樣子。」

李厄於是朝階梯走去。

「對了，醫生，聽說要給瘟疫的死者蓋一座紀念碑，是真的嗎？」

「報紙上是這麼說的。可能是立個石碑或石板吧。」

「我就知道，而且還會有人發表演說。」

老人笑得幾乎喘不過氣來。

「我現在就能聽到他們說：『我們的亡故者……』說完以後就去大吃一頓。」

李厄已步上階梯。廣寒的天空在屋群上方閃爍不定，山丘附近，星子堅硬如火石。今晚很像他和塔盧為了遺忘瘟疫而上來這露台的那一晚，只是崖下的海浪比當時更澎湃譁然。微風習習，少了秋天暖風帶來的海水鹹味。市區的喧囂依然像浪花一般拍打在露台腳下，只不過今晚的喧嚷是解脫，不是反抗。遠方有一抹昏暗微紅的反光，是燈火燦爛的大道與廣場所在。在這個解放的夜晚，人的慾望變得毫無束縛，此時傳到李厄耳邊的正是那慾望的隆隆噪音。

正式慶祝活動的第一串焰火從幽暗的港口升空，全城隨即致以長長的、模糊的歡呼。柯塔、塔盧，李厄曾經愛過又失去了的男女，所有人，不管是身故或是犯罪，全都被遺忘了。老人說得對，人總是老樣子。但這正是他們的力量與純真，就在超越一切痛苦的此時此地，李厄才感覺到自己融入他們之中。隨著升上天際的七彩火花愈來愈繽紛熱鬧，群眾的呼喊也愈來愈長、愈響，回音直傳到露台腳下久久不散。李厄醫師便是在這片呼聲中決定撰寫這篇到此為止的記事，為的是不當那些沉默分子之一，以便為這些受瘟疫侵襲的人作見證，至少能為他們所遭受的不公與暴力留下一點紀念，最後也為了能簡單說出我們從疫災中學到的教訓，那就是人類值得讚美的地方比應受鄙夷的地方更多。

但他知道這篇記事並非記錄最後的勝利，而是作為見證。有些人無法成為聖人且容不下疫災，儘管個人心碎痛苦，仍極盡所能想成為醫者。這篇記事見證的正是這些人應該做些什麼，或許以後還得再做些什麼，以便對抗始終全副武裝的恐懼。

事實上，李厄聽著充滿喜悅的呼喊聲從城裡揚起，心裡想到的卻是這份喜悅隨時有幻滅之虞。因為他知道一些歡慶群眾所不知道的事；他知道書上寫了鼠疫桿菌永遠不會死亡或滅絕，這菌可能潛伏在家具與衣物內十數年，在臥室、地窖、衣箱、絹帕、文件紙張裡頭耐心等待。也許有那麼一天，為了帶給人類苦難與教訓，瘟疫會再次喚起老鼠，把牠們送到一座幸福快樂的城市去赴死。

GREAT! 13 **鼠疫**
La Peste by Albert Camus

作　　者	卡繆（Albert Camus）
譯　　者	顏湘如
編輯總監	劉麗真
發 行 人	凃玉雲
出　　版	麥田出版 地址：10483台北市中山區民生東路二段141號5樓 電話：(02) 25007008 傳真：(02) 25001966
發　　行	英屬蓋曼群島商家庭傳媒股份有限公司城邦分公司 地址：台北市中山區民生東路二段141號11樓 書虫客戶服務專線：(02) 25007718；25007719 24小時傳真服務：(02) 25001990；25001991 讀者服務信箱：service@readingclub.com.tw 劃撥帳號：19863813　戶名：書虫股份有限公司
香港發行所	城邦（香港）出版集團有限公司 地址：香港灣仔駱克道193號東超商業中心1樓 電話：(852) 25086231 傳真：(852) 25789337
馬新發行所	城邦（馬新）出版集團 【Cite(M) Sdn. Bhd. (458372U)】 地址：41-3, Jalan Radin Anum, Bandar Baru Sri Petaling, 57000 Kuala Lumpur, Malaysia. 電話：(603) 90563833 傳真：(603) 90576622
印　　刷	前進彩藝有限公司
初　　版	2012年4月
二 版 17刷	2023年9月
定　　價	300元

國家圖書館出版品預行編目(CIP)資料

鼠疫／卡繆（Albert Camus）著；顏湘如譯. -- 初版. -- 臺北市：
麥田出版：家庭傳媒城邦分公司發行, 2012.04
面；　　公分. -- (Great!；13)
譯自：La peste
ISBN 978-986-173-752-2（平裝）
876.57　　　　　　　　　　　　101004279

城邦讀書花園
www.cite.com.tw

Printed in Taiwan.
本書若有缺頁、破損、
裝訂錯誤，請寄回更換。